고양이
오스카

고양이
오스카

데이비드 도사 지음

공경희 옮김

예문사

세상의 모든 치매 환자들의 가족과
헌신적인 간병인들에게 바칩니다.

독자 여러분께

　나는 치매를 앓는 환자들을 돌보는 노인의학 전문의다. 과거에
도, 지금도 환자 개개인의 역사가 담긴 사연과 가족들의 이야기,
간병하는 분들의 헌신을 통해 많은 것을 배우고 있다. 그중에서
도 특히 오스카가 병상을 지키는 가운데 세상을 떠난 분들과 그
유족들, 시간을 내어 사연을 들려주신 분들에게 큰 신세를 졌다.
　이 책을 쓰는 동안 최대한 사실 그대로 전하려고 노력했으며,
내가 이 이야기들을 처음 들었을 때 받았던 감동을 독자 여러분
도 똑같이 느끼게 될 것이라 믿는다. 사연을 재현하고 가족들이
들려준 내용을 옮기는 과정에서 혹여 잘못된 점이 있었다면 사과
드린다.
　환자들의 비밀을 보장하기 위해 이 책에 등장하는 환자 중 일

부는 이름을 바꾸었고, 개인적인 배경을 바꾼 경우도 있다. 그렇지만 책의 주요 내용은, 감사하게도 내가 보살필 수 있었던 환자들과 간병인들의 실제 경험을 바탕으로 하고 있다.

마지막으로, 신기하고 놀라운 고양이 오스카의 특별한 능력은 여전하며, 오늘도 오스카는 세상을 떠나는 환자들의 병상을 지키고 있다. 오스카가 오랫동안 건강한 몸으로 이 '선행'을 베풀 수 있도록 독자들도 기도해 주시길 바란다. 또한 오스카가 한두 번 실수했다는 소식이 들려오더라도 넓은 마음으로 이해해 주시길 바란다. 완벽한 인간이 없는 것처럼 완벽한 고양이도 없으니까 말이다.

CONTENTS

죽음을 감지하는
고양이 오스카

자기 일을 사랑하면 세상 사람들이 어떻게 보든지 간에 자신의 일터가 멋져 보인다. 석유 사업가는 먼지 자욱한 평원을 보면 그 땅에서 석유를 끌어 올리는 상상을 한다. 소방관들은 불타는 건물을 보면 도움을 주고 싶어 아드레날린이 솟구친다. 트럭 운전사는 뻥 뚫린 도로, 혼자 보내는 시간, 길을 가는 여정, 목적지를 사랑한다.

나는 노인병 전문의로 미국 로드아일랜드 주 프로비던스 시내에 있는 스티어하우스 요양원에서 일한다. 사람들은 내게 요양원에서 일하면 우울하고 힘들지 않으냐고들 묻지만, 그런 말을 들을 때마다 사실 좀 당황스럽다. 내가 돌보는 환자와 가족들은 사랑하고 서로에게 헌신하는 분들이다. 나는 그들을 통해 매일 보람과 깨달음을 얻는다. 세상의 부귀영화를 다 준다 해도 나는 내 직업을 바꾸지 않을 것이다. 직업의 특성상 이따금 최악의 상황을 목격하기도 하지만, 환자가 맞이하는 최고의 순간을 함께하는 축복도 누린다.

부모님은 모두 의사였다. 그러나 내가 노인의학을 전공하겠다고 하자 제정신이 아니라고 생각했다. 우리 집안은 대대로 소아과 의사였기 때문이다. 어머니와 삼촌이 소아과 의사고, 할아버지도 소아과 의사였다. 어머니가 가끔 '아이들이 훨씬 더 귀엽지 않니?'라고 말하곤 했던 걸로 보아, 내가 가업과는 정반대인 노인의학을 선택할 거라는 느낌이 오래전부터 있었던 모양이다.

물론 소아과를 전공할까 생각해 본 적도 있다. 난 두 아이의 아빠일 뿐만 아니라 어린이와 아기를 매우 좋아한다. 그러나 직업으로 아이와 노인을 돌보는 것은 큰 차이가 있다. 그림으로 비유하자면 아이들은 텅 빈 종이와 같아서 새로움과 무한한 가능성을 느낄 수 있다면, 노인을 돌보는 일은 색감이 풍부한 그림과 같다. 나이 든 분들에게는 세월과 함께한 이야기가 켜켜이 쌓여 있다. 내 컨디션이 좋을 때 그들을 바라보면 어린 시절이 어땠을지 다 보인다. 세상을 떠난 지 오래인 그들의 부모, 그들이 가 본 곳과 보았던 것들이 떠오른다. 마치 망원경을 거꾸로 들여다보는 것처럼 현재에서 과거로 돌아간다.

내가 이 일을 사랑하는 데에는 스티어하우스가 요양원치고는 예쁜 곳이라는 사실도 한몫한다. 햇살 좋은 날이면 큼직한 창으로 빛이 쏟아져 들어오고, 거의 매일 로비에는 피아노 음악이 흐른다. 그리고 이곳에는 오스카가 있다. 고양이 오스카의 특별한 능력을 처음 알아차린 사람이 나였다고 말하고 싶지만 불행히도 나는 아니다. 나보다 훨씬 더 통찰력이 뛰어난 사람들이 있었다.

∴

2006년 여름 아침, 병동에는 아무도 없었다. 대신 간호사 책상 위에서 나를 바라보는 두 개의 눈과 마주쳤다. 그 의심 많은 눈망울은 나를 위험인물인지 아닌지 살펴보는 듯했다.

"안녕, 마야. 잘 있었니?"

털이 길고 하얀 고양이는 나를 반기기는커녕 고개를 숙여 앞발을 핥는 데 열중했다.

"다들 어디 있니, 마야?"

오늘따라 3층이 이상하게 조용했다. 복도는 텅 비었고, 병실 문 옆에 대충 놓인 보행기들만이 사람이 사는 느낌을 줄 뿐이었다. 보행기들은 장난꾸러기 아이가 놀이를 끝낸 후 아무렇게나 내던진 조립식 장난감 같았다. 복도 끝의 큰 직사각형 창문으로 든 아침 햇살이 넓은 통로를 비추었다.

나는 당직 간호사인 메리 미란다를 찾고 있었다. 메리는 3층 병동과 관련된 모든 정보를 알고 있다. 환자의 사연뿐 아니라 스티어하우스에 대해 모르는 게 없는 핵심 정보원이라고나 할까. 메리가 공식 책임자는 아니지만, 병동의 의사들과 직원들은 모두 그녀가 실제 운영자라고 생각했다. 메리는 환자에게 어머니 같은 존재다. 그녀는 병동에서 일어나는 모든 일을 꿰뚫고 있다. 상사들도 그녀의 의견에 따른다.

이렇게 이른 아침에는 병실 문이 닫혀 있게 마련이다. 메리가 환자에게 오전 처치를 하고 있는 322호실도 예외가 아니다. 병실 문을 두드리니, 안에서 기다리라는 대답이 들려왔다. 복도에서 기다리면서 문 옆에 걸린 브렌다 스미스의 가족사진을 쳐다보았다. 이름 '거트루드 브렌다 스미스', 생년월일 '1918년 1월 21일'이 흰 종이에 인쇄되어 코르크판 상단에 붙어 있었다. 손주들이 이름표 주위를 구슬과 장식품으로 예쁘게 꾸며 놓았다. 흑백사진 속에는 이제 갓 이십 대가 된 예쁜 아가씨가 있었다. 하얀 얼굴이 도드라지는 짙은 립스틱을 바르고, 1940년대에 유행하던 여름옷을 입고 있었다. 그녀는 해군 제복 차림의 미남과 팔짱을 끼고 있었다. 다른 팔에는 양산이 걸려 있었다. 전쟁이 끝난 직후의 어느 여름날 오후, 공원에서 행복한 시간을 보냈을 두 사람의 모습을 쉽게 상상할 수 있었다. 그들의 얼굴을 찬찬히 훑어보았다. 분명 사랑에 빠져 있었다.

그 사진 밑에 세월이 흘러 어린 두 자녀와 함께 찍은 부부의 사진이 걸려 있었다. 컬러 사진이었지만 오래되어 색이 바랬다. 스미스 씨는 머리숱이 줄었고, 브렌다는 회색 머리카락이 늘었다. 사진 속 부부는 이제 더 큰 미래를 꿈꾸는 당당한 부모가 되어 있었다. 마지막 사진에는 나이 든 스미스 부인이 있었다. 깔끔하게 옷을 차려입고, 은발을 단정하게 빗어 넘겨 멋진 모자를 쓴 차림새였다. 남편은 옆에 없었지만 자식들과 손주들에게 둘러싸여 있었다. 밑에는 '할머니의 여든 번째 생신을 축하드립니다'라고 적혀 있었다. 그로부터 팔 년이 지났다.

다시 노크를 하고 병실로 들어갔다. 메리가 환자를 보살피고 있었다. 생일 사진 속 멋진 차림의 할머니는 아니지만 옛 모습의 그림자는 여전히 남아 있었다.

"저 찾으셨어요?"

메리가 성가시다는 듯 물었다.

"네. 오늘 어떤 분을 진료해야 하는지 물어보려고요."

"여기 처치를 끝낸 다음 간호사실에서 봬요."

병실에서 나오려고 몸을 돌리자, 침대 옆에 웅크리고 서 있던 메리가 허리를 펴며 말했다.

"데이비드, 다시 생각해 보니 시간이 좀 걸릴 것 같네요. 가서 사울의 다리를 살펴봐 줄래요? 다리가 빨갛게 부어 있더라고요. 염증이 재발한 것 같아요."

"알았어요. 사울에게 가 보죠."

병실에서 나와 사울 스트라한을 찾으러 갔다. 여든 살인 그는 이 병동에서 지낸 지 오래되었다. 사울은 보스턴 레드삭스 유니폼을 입고 야구 모자를 쓴 채 텔레비전 앞 안락의자에 앉아 있었다. 텔레비전에서는 아침 토크쇼가 한창이었다.

"텔레비전에서 재미있는 거라도 합니까?"

나는 별다른 대답을 기대하지 않고 물었다. 사울 옆에 앉아 텔레비전을 힐끗 보았더니 젊은 여배우가 어딜 가나 쫓아다니는 파파라치 때문에 얼마나 괴로운지 말하고 있었다.

"모두 고민이 있네요. 그렇지요, 사울?"

나는 그를 더 찬찬히 살폈다. 사울은 진행 중인 치매 말고도 사 년 전 그를 덮친 심각한 뇌졸중 때문에 언어 기능을 잃었다. 그렇지만 사울은 여전히 생기 있는 눈빛으로 나를 마주 보았고, 말하려 애쓰고 있었다. 그의 어깨에 손을 얹고 다리를 진찰하러 왔다고 말했다. 사울은 이십 년간 울혈성 심부전을 앓고 있었고, 그 때문에 두 다리는 부종으로 벌겋게 부어 있었다. 오른쪽 다리가 더 심하고 만져 보니 아주 뜨거웠다. 메리가 걱정한 그대로였다.

"사울, 다시 항생제를 드셔야 할 것 같네요."

나는 사울의 딸에게 전화해야겠다고 생각했다. 간호사실로 들어가니 마야는 여전히 책상 위에서 털을 핥고 있었다. 내가 들어가자 마야는 '여긴 우리 둘이 있기엔 너무 좁아'라는 듯 책상에서 뛰어내렸다. 사울에게 조치한 처방을 메모한 뒤 메리가 돌아오기를 기다렸다.

메리는 고등학생이던 1970년대에 간호조무사로 일하기 시작했고, 간호학교에서 실습하면서 노인들을 돌보는 것이 자신과 잘 맞는다는 사실을 깨달았다. 메리는 내가 아는 가장 헌신적인 간호사였다. 그뿐만 아니라 일을 할 때는 육감을 발휘해서 가장 관심이 필요한 사람이 누구인지 금세 알아차렸다.

"기다리게 해서 미안해요."

메리가 간호사실로 들어오면서 명랑하게 말했다.

"데이비드, 몇 분만 시간을 낼 수 있겠어요? 보여 주고 싶은 게 있어서요."

복도를 걸어가면서 메리는 릴리아 데이비스에 대해 간단히 소개했다.

"릴리아는 다른 의사가 돌보는 환자인데요. 이제 여든 살이고 여기 오신 지 열여덟 달 됐어요. 석 달 전쯤 몸무게가 급격히 줄기 시작하더니 하혈을 해서 큰 병원으로 보냈지요. 병원에서는 대장암이 전신에 퍼졌다고 진단했어요. 치매가 심해서 가족은 암 치료를 포기하고 릴리아를 이곳으로 다시 보냈어요."

의사로서 그것이 적절한 조치라고 생각했다. 병실에 들어가니 부인은 옆으로 누워 눈을 감고 얕은 숨을 내뱉고 있었다. 왼팔에 꽂은 링거에 모르핀 펌프가 연결돼 있었다. 방 한쪽에 놓인 빈 침대는 시트가 옆으로 밀쳐져 있었다. 조금 전까지 누군가 거기서 잠을 잔 모양이었다. 내가 묻기도 전에 눈치 빠른 메리가 말했다.

"데이비스 부인의 따님이 있었는데 집에 다녀오라고 보냈어요. 샤워하고 옷 좀 갈아입으라고요. 여기서 서른여섯 시간이나 있었거든요."

"그런데 저한테 보여 주고 싶은 게 무엇인가요?"

내 질문에 메리가 침대 발치를 가리켰다.

"봐요."

내가 다가가자 검은색과 흰색이 섞인 얼룩 고양이가 이불 위로 머리를 들었다. 목에 달린 종이 가볍게 흔들렸다. 고양이는 귀를 바짝 세우고 무언가 물어보는 눈빛으로 나를 쳐다보았다. 나는 고양이를 못 본 척하고 환자에게 다가갔다. 고양이는 다시 고개를 숙이더니 부인의 오른쪽 다리에 몸을 기대고서는 가르랑거렸다. 부인은 편안한 얼굴이었다.

"환자분은 괜찮아 보이는군요. 약 처방이 필요한가요?"

"데이비드, 부인은 괜찮아요. 고양이를 보세요."

"고양이요? 겨우 고양이를 보라고 여기까지 데려온 겁니까?"

"이 아이는 오스카예요."

메리가 마치 저녁 파티에서 누군가를 소개하듯이 말했다.

"알아요. 우리 병동에서 키우는 고양이잖아요."

나는 부루퉁하게 대꾸했다.

"그렇죠. 사실 오스카는 사람들과 어울리는 것을 좋아하지 않아요. 병동에서 오스카를 본 게 몇 번이나 되나요? 평소 오스카는 어딘가에 숨어 있곤 하거든요."

맞는 말이었다. 오스카가 병동에서 산 지 일 년이 넘었는데도 내가 그를 본 적은 손에 꼽을 정도였다. 가끔 사료와 물그릇이 있는 접수대 옆에 있거나 낡아 빠진 담요에서 웅크리고 자는 것을 보았을 뿐이다. 오스카는 확실히 사교성이 좋은 고양이가 아니었다.

"녀석이 이제야 우리와 친해졌나 보지요. 내가 고양이 전문가는 아니지만, 고양이는 뭐든 하고 싶은 대로 한다고 들었어요. 부인이 자기를 성가시게 하지 않기 때문에 여기 있는 것이겠죠."

"데이비드, 내 말이 어처구니없게 들릴 줄은 알아요. 하지만 오스카는 환자들에게 살갑게 구는 고양이가 아니에요. 평소에는 거의 어딘가 숨어 있고 어쩌다 가끔 내 방에 와요. 그런데 최근에 직원 두어 명이 오스카가 특정한 몇몇 환자들과 많은 시간을 보내는 것을 알아차렸어요."

나는 어깨를 으쓱했다.

"그런데 그게 왜 어처구니없지요?"

데이비스 부인 옆에 몸을 동그랗게 만 채 누워 있는 오스카를 쳐다보자니, 갑자기 고대 이집트인들이 장례를 치를 때 고양이를 함께 매장했다는 것이 생각났다. 고양이가 함께 있는 풍경은 확실히 평화로웠다. 메리가 천천히 말했다.

"중요한 것은, 오스카가 임종 직전인 환자들 옆에 붙어 있는다는 점이에요."

그 말에 내 인내심이 바닥났다.

"그러니까 데이비스 부인이 오늘 죽는다는 말입니까?"

나는 그녀를 내려다보면서 방금 내뱉은 말을 후회했다. 힘겹게 숨을 내쉬는 환자 앞에서 한 부적절한 언행에 죄책감이 들었다. 내가 보기에도 부인은 곧 운명을 달리할 것 같았다. 하지만 그것은 침대 발치의 고양이가 아닌, 치매와 급격히 진행되는 암 때문일 것이다. 메리는 난감해했다. 그녀를 비웃은 게 살짝 마음에 걸렸다.

"누군가 죽어 간다는 것을 고양이가 알 가능성도 있겠지요. 냄새로 암을 탐지하는 개들에 대한 기사를 본 적이 있어요. 일본에서는 지진이 일어나기 전에 물고기떼가 떠오른다고 하고요."

"사실은, 오스카가 어제도 다른 환자가 죽기 직전에 그 병실 안에서 왔다 갔다 했어요."

계속 말하려던 메리는 내 표정을 보더니 설득하려던 것을 그만두었다. 잠시 우리는 말없이 눈앞의 광경을 바라보았다. 부인의 다리를 파고든 고양이가 나직하게 가르랑거렸다. 내가 침묵을 깨면서 말했다.

"메리, 내 말을 오해하지 말아요. 환자 곁에서 임종을 지키는 동물이 있다니 참 멋진 것 같네요. 사실이라면 아주 흐뭇한 일이지요. 내가 어릴 때 키운 개도 늘 나를 졸졸 따라다녔어요."

나는 침대 옆으로 가서 오스카를 쓰다듬으려 했다. 오스카는 번개 같은 속도로 내 손을 후려쳤다. 나는 깜짝 놀라 물러나면서 손에 피가 나는지 살폈다.

"오스카는 사교성 좋은 고양이가 아니라고 말했잖아요."

메리가 살짝 웃으며 말했다.

"사교성은 개뿔! 녀석은 날 해칠 뻔했다고요!"

나는 조금 과장된 반응을 보였다.

"아뇨, 오스카는 상냥할 때는 굉장히 상냥해요. 지금은 환자를 보호하려고 그런 것뿐이에요."

"메리, 녀석은 고양이고, 고양이들은 자기한테 좋은 일이 아니면 아무 일도 하지 않아요. 오스카는 빈자리와 앉아 있을 포근한 담요를 찾아다니는 것일 뿐이에요."

나는 할퀸 자국이 있는지 손을 꼼꼼히 들여다보았다.

"세상에! 오스카는 거의 건드리지도 않았다고요."

"메리, 사실 난 고양이를 좋아하지 않아요. 오스카도 날 그다지 좋아하지 않는 것 같네요."

메리가 소리 내 웃었다.

"고양이들은 사람을 싫어하지 않아요. 다만 그 사람이 자기를 겁내는지 아닌지 알 뿐이죠. 사람이 무서워하면 고양이는 거기에 맞게 반응해요."

"웃지 말아요. 어릴 때 고양이에 대한 안 좋은 경험이 있단 말이에요."

한순간 메리에게 할머니가 키우던 고양이에 대해 말할까 말까 고민했다. 그렇지만 내가 불쌍하다는 듯 웃는 메리의 얼굴을 보고는 과거의 일은 묻어 두기로 했다. 메리가 침묵을 깨고 말했다.

"분명히 성미가 고약한 고양이들이 있어요. 그런 사람들도 있는 것처럼요. 하지만 한 번의 나쁜 경험 때문에 모든 고양이를 거부하면 안 되죠. 게다가 고양이가 누군가를 해칠 가능성이 조금이라도 있다면 여기서 고양이를 키우지도 않았겠죠."

나는 오스카와 데이비스 부인을 번갈아 보면서 말했다.

"정말 웃기네요. 오스카는 자기를 귀찮게 하지 않기 때문에 죽어 가는 환자들을 좋아하는 거예요."

"데이비드, 그 이상의 뭔가가 있는 것 같아요."

"그렇다면 데이비스 부인이 오늘 돌아가실 거라는 뜻인가요?"

"그건 두고 봐야 알겠죠."

🐾

요양원에서 나와 차를 몰고 외래환자 진료소로 가는 중 할머니 댁에 있던 고양이를 떠올렸다. 고양이 이름은 퓨마였다. 이름에 걸맞는 체격을 지녔고, 만날 때마다 점점 더 체구가 커지는 것 같았다. 할머니 댁에 갈 때마다 자신의 '영역'을 침범한 나를 똑

바로 쳐다보며 이글거리던 퓨마의 눈이 떠오르자, 나는 고양이는 무서운 존재가 맞다고 새삼 인정했다. 생각에 잠겨 있는데 휴대 전화가 울렸다. 메리였다.

"선생님이 떠나고 몇 분 후에 데이비스 부인이 돌아가셨어요."

'내가 그 병실에서 그녀가 숨 쉬는 걸 본 지 한 시간도 채 안 지났는데!'

오랫동안 환자가 죽는 걸 봤지만 난 여전히 죽음이 낯설다.

"메리, 고양이 일을 너무 유난스럽게 보지 말아요. 어쨌든 데이비스 부인은 곧 돌아가실 상황이었어요. 심각한 병을 두 가지나 앓고 있었으니까요."

"네, 그랬지요. 하지만 분명히 말하는데, 여기서는 누군가 돌아가실 때마다 이런 일이 벌어져요. 환자의 가족 중에서도 이 일을 눈치채고 말하는 사람들이 있어요."

메리는 잠시 말이 없다가 다시 입을 열었다.

"데이비드, 난 그 고양이가 죽음을 감지한다고 생각해요."

오스카의 수수께끼에
도전하다

어처구니없게 일진이 나쁜 날이 있다. 하는 일마다 실수투성이에 짜증이 나고 또 무슨 일이 생길지 조마조마한, 그런 날을 겪어 봤는가?

처음 오스카와 만난 날로부터 6개월쯤 지났을 때 난 그런 날을 경험했다. 나는 진료실에 앉아서 창밖을 내다보고 있었다. 청명한 날이면 진료실 창밖으로 멋진 풍경이 펼쳐진다. 눈부신 하늘에 솜사탕 같은 구름 아래로 내러갠싯 만(Narragansett Bay)의 파란 물이 빛나는 여름날은 특히나 장관이다. 그렇지만 1월의 풍경은 차고 을씨년스러우며 수면은 생기 없는 아스팔트가 펼쳐진 것처럼 삭막하다. 화물을 내리고 있는 대형 선박이 보였지만 그것에 주의를 기울이고 있지는 않았다.

머릿속에서는 지난 며칠간 있었던 일들을 되새기느라 분주했다. 망가진 디브이디처럼 유독 한 장면이 계속 떠올랐다. 삼 주 전, 나는 뉴욕의 어느 명망 있는 재단에서 주는 주요 연구상의 결선 후보에 올랐다. 그런 상금은 횡재 이상의 의미가 있다. 노인의학과 요양시설 분야의 연구는 내 삶의 원동력이다. 이런 상을 받는 것은 단순히 인정을 받는 차원의 문제가 아니라 내가 해 온 모든 일을 인정받는 셈이었다.

이틀 전 나는 뉴욕으로 가는 기차에 올랐다. 면접은 순조로웠다. 적어도 나는 그렇게 생각했다. 자신감이 넘쳤고, 약간의 우쭐함마저 느꼈다. 면접을 마쳤을 때 이 상은 내 것이라는 감이 딱 왔다. 나는 매일 고된 일과를 마친 후 밤늦도록 몇 시간씩 지원서를 썼다. 고된 밤샘 작업이 보답을 받을 터였다.

'이사회는 분명히 내 연구의 중요성을 알아보고 연구비를 지원할 거야. 안 그럴 이유가 있나?'

연구의 중요성과 독창성을 이사회도 틀림없이 이해했을 것이다. 프로비던스로 돌아오는 기차에서 어떻게 상을 지렛대 삼아 급여를 인상시킬지 작전을 짰다. 만일 나에게 시가가 있었다면 의기양양하게 불을 붙였을지도 모른다. 하지만 나는 원래 담배를 피우지 않는 데다 기차 안은 당연히 금연이었다.

그러나 전화 한 통이 모든 것을 바꿔 버렸다. 그날 아침 전화벨이 울린 순간, 등골이 서늘해졌다. 전화벨 소리가 석연치 않았다.

너무 이른 시간이어서 그랬을까. 왠지 모를 불길한 예감이 들었던 것일까. 나는 숨을 몰아쉬면서 수화기를 들고 인사를 했다. 전화를 건 여성은 이내 침울하게 말했고, 그녀의 말을 들으면서 내가 전화로 나쁜 소식을 전했을 때 환자 가족들이 어떤 기분이었을지 알 수 있었다.

"이사회 면접을 위해 뉴욕까지 와 주셔서 감사합니다. 선생님의 연구는 매우 감동적이었습니다."

그리고 침묵이 이어졌다.

"하지만 …… 연구비 지원자로 선정되지 않으셨다는 소식을 전하게 되어 매우 유감스럽습니다."

전화기 속의 여자는 '재능 있는 지원자들'이 많았다고 한참을 떠들어 댔지만 이미 내 귀에는 들리지 않았다. 오직 실패했다는 생각만 났다. 승진도, 급여 인상도 날아갔다. 또 한 번의 좌절만 남았다. 마치 모든 숫자들이 0으로 되돌아간 것 같았다.

통화가 끝난 지 몇 시간이 흘렀지만 여전히 그 일이 머리에서 떠나지 않았다. 난 내가 왜 수상자로 선정되지 못했는지 전혀 이해할 수 없었다.

'이 연구가 얼마나 중요한지 그들이 못 알아본 것일까?'

지금까지 요양원의 환경 개선에 관심을 둔 연구자는 없었고, 그렇기에 내 연구 의제는 돋보였다. 제안서 역시 이제껏 내가 제출한 것 중 최고였다. 어떻게 이보다 더 중요한 연구가 있을 수 있단 말인가?

'내 발제에 문제가 있었나?'

'내 말투가 이상했나?'

'복장이 거슬렸나?'

책상에 앉아 모니터의 깜박이는 커서를 멍하니 쳐다보았다. 진료실에 들어온 지 한 시간이 지났지만 아직 시스템에 접속조차 하지 않았다. 커서의 깜빡임이 마치 잦아드는 심전도 모니터 같았다.

'혹시 넥타이 때문인가?'

도대체 뭐가 문제였는지 재단에 알아보기로 작정하고 수화기를 들었다. 재심 요구를 해야겠다는 생각으로 정신없이 전화번호를 눌렀다. 그런데 갑자기 호출기가 울렸다. 순간 세상이 빙빙 도는 것을 멈추었고, 다시 생각할 짬이 생겼다. 호출기에 뜬 번호를 보니 스티어하우스였다. 호출을 무시하고 생각에 잠겼다.

재단에서 전화를 받으면 상황이 바뀔까? 어떤 설명이 더 필요하단 말인가? 어쩌면 그들은 내가 제기하는 문제에는 아무 관심이 없을지도 모른다.

호출기가 다시 울렸다. 같은 번호였다.

'요양원은 왜 이런 때 나를 찾는 거람?'

언짢은 상태로 수화기를 들어 전화를 걸었다.

"도사 선생님, 안녕하세요?"

"네. 메리, 무슨 일이죠?"

내 목소리는 상대방도 눈치챌 정도로 날카로웠다.

"아침부터 기분이 좋지 않은가 봐요. 무슨 일이 있나요?"

"그냥 일진이 좋지 않네요. 메리, 요양원에 무슨 일이 있어요?"

"무슨 일인지 나한테 말해 주지 않을래요?"

메리가 진지하게 물었다. 사과는 고사하고 설명할 기분도 아니었다.

"오늘은 아니에요. 어쨌든 관심 가져 줘서 고마워요."

"네, 알았어요. 엘렌 샌더스 부인이 세상을 떠났다는 소식을 알리려고 했어요."

"나보다 더 끔찍한 하루를 보낸 사람도 있군요."

긴 침묵이 흘렀다. 메리는 어떻게 대꾸해야 할지 고민하는 것 같았다. 나는 이마에 손을 짚으면서 말했다.

"정말 미안해요. 괜한 말을 했군요."

"아니에요."

메리가 하고 싶은 말을 참는 건지 아니면 너그럽게 봐주는 건지 알 수 없었지만 그녀 역시 내가 상상도 못 한 힘든 하루를 보냈을 터다.

"그건 그렇고, 오스카가 그 자리에 있었다는 것을 선생님에게 말해 주고 싶었어요."

"어디 말이에요?"

"침대 옆이오. 엘렌이 세상을 떠났을 때 오스카가 거기 있었어요. 최근 돌아가신 환자들 곁에 있었던 것처럼 말이에요."

"뭐라고요?"

"알잖아요, 요양원 고양이요. 오스카가 여전히 돌아가실 분들을 찾아다니고 있어요. 데이비스 부인이 돌아가신 뒤로도 대여섯 번 더 그랬어요."

다른 날이었다면, 여섯 달 전에 그랬던 것처럼 웃어넘겼을 것이다. 그렇지만 유난히 일진이 나쁜 날은 이전의 일도 달리 생각하게 만드는 구석이 있다. 그리고 그날이 딱 그런 날이었다.

메리가 내가 써야 할 서류들에 대해 속사포처럼 말하는 사이, 오스카가 엘렌과 캐시 모녀 옆을 지키는 모습을 상상해 보았다.

"지금 어디 있어요?"

내가 물었다.

"누구요? 오스카요? 아, 여전히 엘렌의 병실에 남아 어슬렁대고 있어요. 장의사가 아직 오지 않았거든요. 목사님이 오셨는데 오스카는 엘렌의 침대 위에서 버티고 있어요. 캐시에게 애도의 말씀을 꼭 전해 주세요. 캐시가 선생님을 무척 좋아하잖아요."

그러더니 메리가 소리 내 웃었다.

"다시 생각해 보니 선생님 기분상 스티어하우스에 오지 않는게 좋겠네요."

나도 웃었다. 누군가 사랑하는 이를 떠나보냈다는 말을 들으니 오늘 아침의 내 문제를 더 넓은 시야로 볼 수 있었다. 그렇지만 그 말을 메리에게 할 수는 없었다. 메리의 남편은 둘째 아이가 태어난 직후 스스로 목숨을 끊었다. 메리는 홀몸으로 아이들을 키워야 했고, 지금은 스티어하우스의 어른 아이들까지 돌보고 있다. 나의 경우, 부모님은 아직 건강하시고 아내와 아이들 또한 건강했다. 지병이 있는 내 몸 상태는 그럭저럭이지만 '카르페디엠(Carpe Diem)' 혹은 많은 노래에서 말하는 것처럼 지금 이 순간에 충실해야 한다.

엘렌 샌더스와 그 딸에 대해 이야기를 조금 더 나눈 뒤 전화를 끊었다. 그날 아침 처음으로 내가 아닌 다른 사람을 생각했다.

엘렌 샌더스의 죽음이 뜻밖의 일은 아니었지만 시기는 전혀 예상하지 못했다. 위독하다는 어떤 징후도 없었다. 엘렌에게는 심각한 감염이나 생명을 단축하게 할 만한 다른 병도 없었다. 치매 외에는 건강 상태가 양호했다.

그런데 나를 포함한 의료진 전원이 그녀의 죽음은 고사하고 아프다는 생각조차 하지 않은 마당에 그 고양이는 무언가를 감지했다. 내가 지닌 과학에 대한 믿음과 지적 허영심 때문에라도, 어슬렁대는 일개 고양이가 의료진보다 더 많은 것을 알지도 모른다는 생각은 무시하고 싶었다. 그런데 내가 완전히 틀렸을 수도 있다는 생각이 들자 이상하게도 기분이 좋았다.

오스카가 임종을 앞둔 환자들만 골라서 찾아간 것이 그저 우연

일까? '우연이란 신이 조용히 일하는 방식'이라던 아인슈타인의 말이 떠올랐다. 갑자기 나는 이 수수께끼에 매력을 느꼈다. 코트를 집어 들고 진료실을 나섰다. 우리의 신기한 고양이의 행동을 좀 더 자세히 알아볼 작정이었다.

하루하루를 견디게 하는
작은 승리

사랑하는 이의 건강이 악화되는 모습을 지켜보는 것은 힘든 일이다. 그러나 대부분의 가족은 시간이 흐르면 결국 현실을 받아들이고 여유를 찾는다. 한편 어떤 이들은 품위 있고 꿋꿋하게 가족의 질환에 대처한다. 메리는 치매를 앓는 어머니를 모시면서도 항상 명랑했던 어떤 아들의 이야기를 종종 하곤 했다. 어느 날 그녀가 그 아들에게 물었다.

"어떻게 그러실 수가 있나요?"

"아, 저는 어머니와는 오래전에 작별 인사를 했습니다. 지금은 이 자그마한 아가씨를 만나고 있지요!"

이것은 보통 사람들에게는 쉽지 않은 수준 높은 반응이었다. 부모나 배우자가 아프면, 특히 치매 진단을 받으면 의기소침해지는 사람이 많다. 평소 잘해 드리지 못한 데 대한 죄책감이나 죽음에 대한 두려움이 생길 뿐만 아니라 치매로 인해 서서히 퇴행하는 모습을 지켜봐야만 하는 비통함 때문일 것이다.

그러나 엘렌 샌더스의 딸인 캐시는 그렇지 않았다. 언제나 꿋꿋했고, 어머니의 증상이 나빠질 때도 낙천성을 잃지 않았다. 캐시는 소소한 좋은 일이 생기면 '작은 승리'라고 부르면서 위안을 삼곤 했다.

문득 요양원의 장미 정원에서 벤치에 앉은 캐시와 그녀의 어머니 엘렌을 만난 일이 떠올랐다. 유난히 바람이 강하게 불던 10월 오후였다. 나는 도대체 이런 날씨에 밖에서 뭘 하는지 궁금했다. 외투를 껴입은 두 사람 옆에는 빈 점심 쟁반이 놓여 있었다.

"춥지 않으세요?"

내가 캐시에게 묻자 그녀는 농담을 던졌다.

"시원하다고 생각하고 싶은데요. 앞으로 서너 달 동안 엄마는 요양원 안에만 계시잖아요. 좀 추운 게 대수인가요? 그리고 이맘때 붉게 물든 나뭇잎이 얼마나 아름다운데요."

캐시는 어머니를 쳐다보더니 그녀의 어깨에 팔을 둘렀다. 캐시가 물었다.

"엄마, 단풍잎이 아름답죠?"

캐시는 가까운 나무에 달린 불그레한 잎사귀들을 가리키며 물었다. 그녀의 어머니는 잠자코 있었지만 얼굴에는 옅은 미소가 번졌다.

"이런 게 작은 승리지요, 선생님."

추운 날씨에 걸음을 재촉하던 나에게 캐시가 마지막으로 남긴 말이 머릿속에서 떠나지 않았다. 그날은 엘렌 샌더스 부인이 바깥바람을 쐰 마지막 날이었을 것이다.

겨울바람에 얼어붙은 정원을 잽싸게 지나쳐 요양원 1층에 있는 식당으로 들어섰다. 점심시간이 다 되어서 도우미가 바쁘게 식탁을 차리고 있었다. 그녀는 조심스럽게 움직이면서 은 식기를 닦고 있었다. 마치 시내 최고급 식당에서 식탁을 차리는 듯한 몸놀림이었다. 이렇게 세세한 면까지 챙기기 때문에 스티어하우스가 좋은 요양원이 될 수 있었다고 생각한다. 이곳 사람들은 매사에 입주자들을 존중했고 아주 사소한 몸짓에서도 그런 면이 엿보였다.

식당 구석에 아이다 포이리어가 참을성 있게 휠체어에 앉아서 점심시간을 기다리고 있었다. 그녀는 도우미가 포크를 정성스레 닦아서 자리에 놓는 모습을 조용히 보고 있었다. 식당에 들어가자 아이다는 나를 보더니 빙그레 웃었다.

아이다는 스티어하우스에 온 지 꽤 오래됐고, 류머티스성 관절염 때문에 요양원에 갇혀 살다시피 했다. 오랜 세월 염증에 시달린 다리와 손은 곱아 버렸지만, 정신은 옛날과 다름없이 온전했다. 아이다는 평생 지병에 시달린 탓인지 냉소적인 유머 감각이 있었다. 만성질환을 달고 사는 사람들은 고통을 끌어안고 사는 동안 간간이 웃을지, 고통에 굴복할지를 선택하는 듯했다. 나는 몸을 굽혀서 그녀를 안아 드렸다.

"오늘 점심 메뉴는 뭔가요, 아이다?"

"똑같은 쓰레기겠지. 오늘이 무슨 요일인가, 월요일? 화요일?"

"목요일입니다."

"그러면 오늘은 고기파이겠구먼. 메뉴는 문제가 아냐. 만날 맛이 똑같은데 뭘."

나는 미소 지었다.

"다들 최선을 다하고 있어요. 안타깝게도 지금 예산으로는 매일 안심 스테이크를 대접할 수가 없거든요."

"그렇겠지. 하지만 적어도 한 번은 바닷가재를 내놔야 하는 거 아냐? 바닷가재가 지천에 널린 로드아일랜드에 살잖아."

"제가 주방장과 이야기해 보겠습니다."

"아, 그래 보든지!"

그녀는 퍽이나 잘 되겠냐는 듯이 고개를 젓더니 내 표정을 살폈다. 아이다와 농담을 주고받는 건 즐거운 일이었다.

"의사 선생, 그 죽었다는 환자를 보러 올라갈 건가?"

"아마도요. 왜요?"

"그 할머니가 세상을 떠날 때 그 고양이도 거기 있었다면서."

나는 잠시 가만히 있다가 대답했다.

"그 얘기를 어디서 들으셨습니까?"

"여기 있는 간호사 몇 명한테서 들었지. 나는 고양이를 아주 좋아해. 평생 고양이랑 살았어. 지금도 빌리나 먼치가 여기서 나랑 친구해 주지. 그렇지만 3층 고양이에 대해서는 잘 몰라."

빌리와 먼치는 1층에 사는 고양이였다.

"그 고양이가 죽음에 대해 뭔가 안다고 생각하세요?"

내가 물었다.

"그럼. 오래전 남편이 하늘나라로 갔을 때 적적함을 달래려고 고양이 한 마리를 데려왔어. 이름은 얼룩이로 지었지. 까만 털에 군데군데 흰 얼룩이 있었거든."

아이다는 추억을 떠올리며 미소 지었다.

"아무튼 얼룩이는 내가 아프거나 관절염이 도지려고 할 때를 귀신같이 알더라고. 그럴 때만 녀석은 침대로 올라와서 옆에 앉아 있곤 했지. 그러지 않을 때는 도무지 얼룩이를 찾을 수가 없었어. 늘 침대 밑, 옷장 속 같은 데 숨어 있었지."

"얼룩이는 어떻게 됐습니까?"

아이다의 표정이 어두워져 나는 물어본 것을 후회했다.

"고양이 암인지 뭔지에 걸려서 죽었어. 내가 직접 묻어 줬지."

"죄송해요."

"아니야. 공연한 말을 꺼냈다고 미안해할 것 없어. 가끔 이런 생각이 들어. 사람들이 사람보다 동물에게 더 친절하다는 생각."

아이다는 말없이 창밖을 내다보았다. 침묵이 어색했지만 난 가만히 있었다. 마침내 아이다가 입을 열었다.

"나는 매일 여기 앉아서 기다리지. 옷 입는 것을 거들어 줄 사람을 기다리고, 아침 식사를 기다리다가 또 점심 식사를 기다리고. 그 뒤에는 내 방으로 돌아가 낮잠을 자거나 텔레비전을 켜고 엉성한 드라마나 토크쇼를 보지. 그러고는 저녁 식사를 기다려. 젊을 때는 도무지 시간이 없었어. 항상 바빴고 1분도 혼자 보낼 새가 없었어. 그런데 이제 널린 게 시간이네."

아이다는 다시 먼 곳을 바라보며 생각에 잠겼다. 그녀가 다시 내 쪽으로 고개를 돌렸을 때는 기분이 나아진 것 같았다.

"난 위층 환자가 부러울 지경이야. 그 사람은 적어도 이 모든 것에서 자유로워졌으니."

그녀는 증거라도 되는 듯 자신의 양손을 위로 들어 보였다. 손가락이 안쪽으로 굽어 있어서 그녀는 손을 쓸 수 없었다.

"전에는 뜨개질하는 것을 좋아했지. 햇볕을 쬐며 몇 시간이고 앉아서 목도리나 담요를 떴어. 누구한테 주느냐는 그리 중요하지 않았어. 어떤 때는 고양이가 깔고 잘 담요였고, 길 건너 산부인과에 있는 신생아들에게 선물하기도 했지. 그런데 이제는 엄두도 못 낼 일이야."

아이다는 체념하듯 손을 무릎에 내려놓았다. 그녀에게 위로의 말을 건네려 했지만 결국 아무 말도 하지 못했다.

"얼룩이가 정말 보고 싶네."

그녀가 불쑥 말했다. 나는 아이다의 어깨에 한 손을 올렸고 우리는 편안한 침묵 속에서 나란히 앉아 있었다. 그녀는 내 손길에 미소 지었지만, 나보다는 고양이가 그 자리에 있기를 바랐을 것이다.

"의사 선생, 동물들은 육감이 발달했다잖아. 우리가 그 언어를 이해하면 서로 이야기할 수 있을 거야. 얼룩이만 봐도 내가 아프면 내 곁을 떠나려 하지 않았어."

"얼룩이 말고도 다른 고양이도 키웠다고 하셨죠. 그 고양이들은 어땠습니까? 얼룩이 같았습니까?"

아이다는 다시 미소 지었다.

"아니. 진저는 말할 수 없이 다정했지. 늘 내 발치나 무릎 위에 있었지만, 정작 내가 필요로 하는 때를 알아차리는 눈치는 없었어. 그리고 그로버라는 녀석은 방울뱀보다도 못된 놈이었어."

"그래서 위층 고양이에 대한 소문을 다 믿으시는 건가요?"

아이다는 질문의 의도를 안다는 듯 웃으며 날 올려다보았다.

"선생은 고양이를 좋아하는 부류는 아니지?"

"좋아한다고는 못하지만 노력은 하고 있습니다."

그러자 아이다는 대놓고 웃음을 터뜨렸다.

"내 진작 알았지! 선생은 왠지 개를 좋아할 것 같더라고. 너무 친절해."

그녀의 유머는 전염성이 강해서 나도 진심으로 웃을 수 있었다. 지금 바로 내게 필요한 것이었다.

"감사합니다. 칭찬으로 하신 말씀인지는 모르겠지만 오늘은 칭찬으로 받아들이겠습니다."

"천만의 말씀."

그녀는 다시 내 표정을 살핀 후 말했다.

"무슨 일이 있구만. 나한테 말하지 않은 일."

"그냥 일진이 안 좋은 날일 뿐입니다."

그녀가 웃으며 말했다.

"살면서 그런 날이 많을 거야. 잊어버려. 대부분은 생각처럼 그렇게 나쁘지도 않거든. 그냥 집에 가서 부인과 아이들에게 키스하고 맥주 한 잔 마시고 일찍 잠이나 자. 내일 아침에는 한결 기분이 나아질 테니!"

"의사 처방인가요?"

내가 아이다에게 물었다.

"그럼, 명의의 처방이야!"

🐾

엘리베이터를 타고 3층으로 올라가면서, 아이다의 명석한 머리와 쓰지 못하는 손을 생각하니 나 자신의 미래를 보는 듯해 마음이 복잡했다. 솔직히 말하자면 아이다가 마음에 걸리는 것은 우리 둘의 공통점 때문이었다. 십 년 전, 나는 아이다와 비슷한 염증성 관절염 진단을 받았다. 부어오른 오른쪽 손목을 보면서, 왼쪽 무릎과 발목의 부종을 떠올렸다. 정기적으로 처방약을 먹고 주사를 맞는 덕분에 관절의 통증은 예전처럼 심하지 않았다. 하지만 염증의 징후는 여전하고, 조만간 아이다처럼 관절이 말을 듣지 않게 될 터였다. 인생의 황혼기가 되면 내 두 다리는 몸을 지탱하지 못할 테고, 내 팔로 손주들을 안을 수 없을지도 모른다.

나도 아이다처럼 예전에 좋아했던 일들을 하지 못할 것이라 생각하니 갑자기 한기가 들었다. 자기 연민이 샘솟았지만 그 기분을 떨치려고 애썼다. 지병과 싸울 때는 매일의 작은 승리들이 중요하다는 캐시의 말이 기억났다.

캐시의 말이 옳다. 인생에는 경력과 연구 기금보다 더 중요한 것들이 있다. 매일의 승리는 지금, 여기서 누리는 선물이다. 오지 않은 노년과 태어나지도 않은 손주들을 걱정하는 대신, 갓 태어난 딸을 안아 주고 아들과 축구할 수 있는 지금을 기뻐하면 됐다. 여전히 나는 몸을 굽혀 스스로 구두끈을 맬 수 있으니 말이다. 내일의 고민은 내일 해도 늦지 않다.

3층에 도착하자 엘리베이터에서 내려 곧장 접수대로 갔다. 간호조무사 몇 명과 호스피스 간호사 한 명이 이야기를 나누고 있었다. 그들은 열띤 토론 중이었고, 토론의 화제가 오스카라는 것을 금방 알 수 있었다.

"오스카가 또 그랬나 보군요."

내가 끼어들자 호스피스 간호사 리사가 대답했다.

"네, 맞아요. 고양이가 아주 독특한 재능을 발휘하고 있네요."

접수대에 모여 있던 우리에게 목사 샐리가 다가왔다. 샐리는 샌더스 부인의 병실에 들렀다 오는 길이었다.

"캐시는 어때요?"

샐리에게 물었다.

"무척 상심했죠. 하지만 곧 괜찮아질 거예요. 오랫동안 오늘 같은 날을 대비하며 지내 온 사람이니까요."

나는 복도를 걸어 샌더스 부인의 방으로 갔다. 캐시는 어머니의 손을 잡고 조용히 흐느끼고 있었고, 오스카는 앞뒤 다리를 쭉 뻗은 채 샌더스 부인의 몸에 살포시 기대고 있었다. 기척을 느낀 캐시가 나를 보고 인사했다. 그녀는 부은 눈으로 어렵사리 미소를 짓더니 일어나 나를 껴안았다.

"삼가 고인의 명복을 빕니다."

내 말에 캐시가 다시 울기 시작했고, 그녀의 따뜻한 눈물이 내 셔츠를 적셨다. 캐시가 어느 정도 진정될 때까지 안고 있었다. 캐시의 눈이 충혈된 것을 보니 며칠간 잠을 못 잔 듯했다. 블라우스는 눈물에 젖어 축축하고 어머니 침대 옆을 지키느라 쭈글쭈글

했다. 나는 캐시의 마음을 달랠 말을 생각하려고 애썼지만 머릿속이 백지가 되었다. 고맙게도 캐시가 침묵을 깨트렸다.

"도사 선생님, 그동안 어머니에게 신경 써 주셔서 감사합니다."

캐시는 소매로 눈물을 닦고 몸을 돌려 침대 옆에 놓인 의자에 다시 앉았다. 그녀가 다시 어머니의 손을 들어 올려 고이 감쌌다. 그 움직임에 오스카가 뒤척였다. 고양이는 무척 피곤해 보였다. 오스카가 눈을 껌벅거리면서 캐시를 바라보았다.

"선생님은 이 고양이를 믿으세요?"

캐시가 말했다.

"어머님께서 돌아가실 때 오스카가 여기 있었다고 들었습니다."

내 대답에 그녀는 눈물을 흘리면서도 가볍게 웃었다.

"그랬죠. 이제 오스카랑 저는 단짝이에요."

캐시는 손을 뻗어서 오스카의 머리를 쓰다듬었다. 오스카는 캐시의 손에 코를 문질렀다.

"간호사와 목사님께 들었는데 오스카가 전에도 그랬다면서요."

그녀가 말했다.

"네. 들은 바로는 작년부터 그랬다는군요."

"어쩜, 정말 특별한 고양이네요."

"그러게요."

그렇게 말하면서 나도 마음 한구석으로 그 말을 믿기 시작했다는 것을 깨달았다.

샌더스 부인의 손을 잡고 정중하게 작별 인사를 했다. 캐시도 나도 아무 말도 하지 않았다. 침대에서는 오스카가 조용히 가르랑댔다. 몇 분 후, 나는 캐시에게 물었다. 메리와 통화할 때부터 계속 맴돌던 질문이었다.

"캐시, 어머니가 돌아가실 때 오스카가 여기 함께 있는 게 괜찮았습니까?"

그녀는 잠시 나를 쳐다보더니 대답했다.

"선생님, 저는 오스카를 제 수호천사라고 생각해요. 오스카는 어머니와 저를 위해 여기 있어 주었어요. 오스카가 곁에 있어서 외로움이 덜했어요. 설명하기는 어렵지만, 어떤 동물들은 무슨 일이 벌어지는지 다 안다는 인상을 주잖아요. 게다가 그 동물들은 무슨 일이 생기든 그냥 받아들여요. 잘 모르겠지만, 오스카는 저에게 이 모든 게 순리라고 전하는 듯해요. 그리고 그게 사실이고요. 그렇지 않은가요? 태어나는 게 기적이라면 죽음 또한 기적이 아닐까요? 어머니의 고통도 드디어 끝났으니까요. 마침내 자유로워지셨어요."

캐시는 대답을 바라는 듯 나를 응시했지만 나는 무슨 말을 해야 할지 몰랐다. 잠시 후 그녀가 말을 이었다.

"어머니는 치매에 걸린 후의 삶을 결코 상상하지 못하셨을 거예요. 자존심이 강하고 당당한 여성이었죠. 언제나 유행하는 옷을 입었고 재치 있는 농담을 잘하셨어요."

캐시를 바라보면서 그녀가 이내 괜찮아질 것이라 생각했다. 한동안 힘들겠지만, 그녀의 인생은 다음 장으로 넘어갈 터였다. 매일 스티어하우스로 출근하지 않아도 되는 생활로 말이다. 캐시에게 마지막 인사를 건네면서 서로 더 이상 만날 일이 없다는 것을 새삼 깨달았다.

"잘 지내세요."

병실을 나서며 작별 인사하는 내게 캐시는 고개를 끄덕이고는 다시 오스카를 바라보며 생각에 잠겼다.

루벤스타인 부부

며칠 후 스티어하우스에 가니, 메리가 책상에 앉아서 오스카를 빗질하고 있었다. 오스카가 의기양양하게 다리를 뻗은 모습이 꼭 큰 시합을 치른 권투 선수 같았다. 아니, 털이 엉망인 걸 보면 유명한 레슬러라도 되는 듯했다.

"지난 이틀간 오스카가 불침번을 서느라 몹시 지친 것 같아요."

메리가 말했다.

"아무렴요. 침대에 앉아서 잠만 자는 건 엄청나게 힘든 일이겠죠."

"데이비드, 당신은 웃어넘기겠지만 오스카는 병간호를 한 후에는 항상 피곤해해요. 누군가의 임종을 지키려고 근무를 하다가 일이 끝나면 기진맥진한 직원들처럼요."

나는 이해가 안 된다는 표정으로 눈을 굴렸다. 장난기 어린 내 얼굴을 본 메리는 짜증이 난 듯했지만, 고양이를 빗질하는 손길은 멈추지 않았다.

"예전부터 집에서 키우던 고양이들의 임무는 개들이랑 비슷했어요. 농가에서 밥값을 하는 거였죠. 이 일은 오스카에게 밥값 같은 걸 거예요."

"글쎄요. 나는 이제 일을 해야겠네요."

나는 차트를 펼쳤다. 족히 십 분은 걸려 찾아낸 차트였다. 간호사나 의사라면 다 알겠지만, 항상 필요한 차트는 찾으려고 하면 안 보인다. 그런데 내가 차트를 펼치자마자 오스카가 갑자기 메리에게서 빠져나오더니 내가 있는 접수대 위로 폴짝 뛰어오르는 게 아닌가. 그러더니 두어 번 빙빙 돌다가 내 차트 위에 몸을 동그랗게 말고는 주저앉았다.

"이것 좀 보세요."

내가 낙심해서 말했다.

"여기는 고양이들 세상이에요. 우린 그냥 적응해야 한다고요."

메리가 말했다.

차트를 빼내려 하자 오스카는 나를 노려보았다. 녀석의 시선을 무시하고 오스카 밑에 깔린 차트를 빼냈다.

"나더러 다른 차트를 쓰라는 거냐?"

메리가 웃었다.

"데이비드, 고양이랑 입씨름해 봤자 못 이겨요. 아직도 그걸 모르는 거예요?"

그녀가 자기 자리에서 일어나더니 내게 앉으라고 손짓했다.

"여기 앉으세요. 저는 가서 루스 루벤스타인을 봐 드려야 해요."

"루스에게 무슨 일이 생겼습니까?"

"잘 모르겠지만, 남편분께서 날 보자고 하네요."

"지원군이 필요해요?"

"아뇨, 괜찮을 것 같아요. 하지만 혹시 모르니 호출기는 꼭 가지고 계세요."

메리가 복도 끝으로 사라지자, 나는 루벤스타인 부부를 처음 만났던 때를 떠올렸다.

나는 내 직업을 정말 좋아한다. 누구나 그렇듯이 때로 만족스럽지 않을 때도 있지만 말이다. 어떨 땐 불편한 진실을 캐는 수사관이나 나쁜 소식을 전하는 역할을 떠맡기도 한다. 용의자들은 주로 2인조로 활동하며 서로를 감싸 주는데, 대개는 모녀지간이지만 루벤스타인 일가의 경우처럼 부부도 있다. 그들이 나를 인생에서 밀어내려고 하는 것은 내가 나쁜 소식을 전하기 때문이다. 나는 그들이 이미 짐작하고 있는 사실을 확인해 주는 못된 사람이다. 상대방에게 암이나 심장병, 폐기종 등의 무서운 질환에 걸렸다고 알리는 역할은 아무리 해도 익숙해지지 않는다. 그보다 더 어려운 일은, 이미 직감으로 자신이 치매에 걸렸다는 것을 아는 사람에게 그 사실을 확인해 주는 경우다.

삼 년 전, 루벤스타인 부부에게 바로 그 일을 해야 했다. 이제 막 진찰을 마친 여든 살 먹은 부인의 눈을 보면서 치매 선고를 해야만 했다. 남편은 그녀 옆에서 자동차 불빛에 놀란 노루 같은 표정을 짓고 있었다. 익히 잘 아는 표정이었다. 내가 그들의 판사, 배심원, 집행관이라도 되는 듯 쳐다보는 표정이었다.

나는 그날 아침 루벤스타인 부부를 처음 만나기 전, 얼 씨를 진찰했다. 그는 여든다섯 살로 특별한 질환이 없고 정신도 멀쩡했다. 검진 중 얼 씨는 자신이 읽고 있는 책에 대해 아주 상세하게 이야기해 주었다. 그러더니 최근에 지역 비영리단체에서 했던 자원봉사 활동과 겨울에 플로리다로 여행 갈 계획에 대해 계속 이야기했다. 진찰이 끝나고도 나는 그의 이야기를 듣고 있었다. 진찰 시간이 지났지만, 얼 씨가 몇 분이라도 더 이야기하도록 하고 싶었다. 그러다가 나는 문 쪽으로 가면서 우리가 함께할 수 있는 시간이 끝났음을 알렸다. 그는 본의 아니게 시간을 빼앗아서 미안하다고 점잖게 말했다. 나는 그의 사과에 손사래를 치며 말했다.

"저도 그 연배가 되었을 때 얼 씨만큼 건강하면 좋겠습니다."

삼십 대인데도 이미 얼 씨보다 더 심각한 질병을 앓고 있으니 내가 그럴 수 없으리란 걸 알았지만 아무튼 그렇게 말했다. 그는 미소 지으며 말했다.

"나는 운이 좋은 거지. 매일 여덟 시간은 꼭 자고, 밥은 세끼를 꼭 챙겨 먹고, 사랑하는 마음으로 사는 게 내 건강 비법이라오!"

얼 씨를 배웅하자마자 병원 사무장인 도나 리처즈가 내 앞을 막아섰다. 그녀는 손목시계를 보고 있었고, 약간 신경이 곤두선 듯했다.

"끝나셨어요?"

그녀의 물음에 나는 고개를 끄덕였다.

"3번 진료실에서 기다리는 새 환자가 안절부절못하네요. 환자의 남편분이 밖에 나와서, 의사는 언제 오느냐고 물었어요. 빨리 진료하러 가셔야겠어요."

"최선을 다하고 있어요."

도나의 어머니도 우리 병원의 환자였기 때문에, 그녀는 환자들을 적절히 돌보고 시간을 온전히 할애하는 것이 얼마나 중요한지 누구보다 잘 알았다.

나는 차트를 집어 들고 소견서를 살핀 후, 3번 진료실 문을 두드렸다. 안으로 들어가니 잘 차려입은 노부부가 우울한 표정으로 앉아 있는데 기분이 좋지 않아 보였다. 남편은 손목시계를 들어 올려 몇 번이나 손가락으로 톡톡 두드렸다.

"의사 선생, 우리 예약 시간은 오후 2시 15분이었소. 이십 분이나 늦었군요."

"기다리시게 해서 정말 죄송합니다."

의사를 찾아가는 일은 구두를 닦으러 가는 것과는 다르고, 안타깝게도 다른 환자들의 진료 시간이 예상외로 길어지기도 한다. 하지만 나는 수년간의 경험을 통해 변명은 상황을 악화시킬 뿐이라는 사실을 깨달았다. 사실을 인정하고 사과하는 편이 더 효과적이다. 그런데 이번 경우에는 그렇지 않았다.

프랭크 루벤스타인이 몹시 화가 났으나 아내를 생각해서 참고 있다는 것을 곧 알아차렸다. 그는 구시대의 신사였다. 그의 말투에서 내 부모님과 많이 다르지 않은 동유럽 억양을 감지했고 태도에서도 그런 기미를 느꼈다.

의사가 된 후 나는 염려가 다양한 형태로 나타난다는 것을 배웠다. 그리고 그것은 으르렁대는 포효보다는 작게 가르랑거릴 때 더 쉽게 알 수 있다. 프랭크는 포식자들에게서 암사자를 지키는 수사자 같았다. 나는 그의 아내에게 위협을 가하는 존재가 아니었지만, 안 좋은 때에 그들 앞에 나타난 것 같았다. 그의 맞은편에 앉은 루스 루벤스타인은 약간 민망한 듯했다.

"선생님, 남편이 무례하게 굴어서 죄송합니다. 다른 환자도 많이 보셔야 할 텐데요. 프랭크는 병원에 오는 것을 좋아하지 않아서 저러는 거예요."

그녀는 내게 상냥한 미소를 던지고는 재빨리 표정을 바꿔 남편을 노려보았다. 그는 금세 아내의 의중을 알아차렸다. 두 사람은 아주 오랜 세월을 함께한 사이였으니까. 루스가 남편을 노려보는 사이, 잠깐 그녀를 훑어보았다. 긴 치마와 흰색 블라우스의 단아한 차림새였다. 따스함이 배어나는 청록색 눈동자는 아찔할 정도로 매력적이었다. 귀 뒤로 넘긴 긴 은발은 비싸 보이는 진주 머리핀을 꽂아 정리했다. 여전히 젊은 활력이 감도는 피부를 간직한 그녀에 대한 첫인상은 품위를 잘 유지한 여성이라는 느낌이었다.

나는 악수하려고 루벤스타인 부인에게 손을 내밀었다. 루스는 내 손을 꼭 잡았다. 그리고 그제야 그녀의 짙은 향수 냄새를 알아챘다. 가슴이 철렁했다. 나는 조금 더 가까이 다가가서 의심했던 사실을 확인했다. 진한 향수 냄새와 함께 지린내가 났다. 요실금이 있다는 증거였다. 다시 한 번 내 소개를 하고, 어떻게 도와 드리면 되겠느냐고 물었다. 프랭크가 설명했다.

"선생님, 눈치채셨겠지만 우린 여기 있는 게 그리 달갑지는 않아요. 저는 아내가 걱정돼 여기 왔습니다."

그는 바닥을 내려다보며 생각을 정리하고 다시 말을 이었다.

"제가 걱정하는 것은 ……."

프랭크는 아내의 문제를 세심하게 표현할 말을 찾는 듯 말끝을 흐렸다.

"계속 말씀하세요."

내가 고개를 끄덕이자 그는 나를 쳐다보면서 말문을 열었다.

"아내가 이상해졌어요. 물건들을 자주 잃어버립니다. 일전에는 열쇠를 찾지 못하더군요. 그러고는 제 탓을 해요. 결국 제가 냉장고 안에서 열쇠를 찾았지요. 이 사람이 집에 사 들고 온 음식들이랑 같이 들어 있더라고요. 또 두어 차례 식품점에서 돌아오다가 길을 잃었어요. 한번은 다른 동네에 가서 제게 전화를 했고요."

그는 아내를 건너다보았지만 루벤스타인 부인은 무릎에 놓인 잡지 표지를 멍하니 쳐다보고 있었다. 프랭크가 설명을 이어 갔다. 그는 아내보다 더 나이 들어 보였지만 아내와 동갑이었다. 1970년대에 유행하던 양복을 입고 있었다. 머리가 벗겨졌고, 남은 머리칼은 빗질을 하지 않은 듯 헝클어져 있었다. 그는 루스에 대한 일화를 더 풀어 놓았다. 어느 날은 커피를 마시기로 한 약속을 잊었고, 어느 날 아침에는 우유를 찬장에 넣었다고 했다. 눈빛으로 사람을 해칠 수 있다면 치료받아야 할 사람은 프랭크 같았다.

그가 말을 마치자 나는 루스의 기억력을 평가하기 위해 가벼운 질문들을 던졌다. 그녀는 여러 질문들을 교묘하게 비껴 가면서 대답을 자주 남편에게 떠넘겼다. 긴 세월 결혼 생활을 한 부부들이 거의 공생 관계를 형성하듯이 루벤스타인 부부도 그랬다. 자주 가는 단골 식당에 대해 말해 달라고 하자, 루스는 재치 있게 남편이 대답하게 만들었다.

"여보, 일전에 우리가 갔던 식당 이름이 뭐였죠?"

"골든 팰리스였지."

"선생님, 거기서 식사해 보셨어요?"

그녀의 물음에 나는 고개를 저었다.

"꼭 가 보셔야 해요. 우리는 그 식당을 정말 좋아한답니다. 최고의 식사를 할 수 있는 곳이에요."

"거기서 어떤 음식을 좋아하시지요?"

나는 형사 콜롬보처럼 집요하게 물었다.

"저기 ……, 모든 메뉴를 다 좋아해요."

"지난번에 가셨을 때는 뭘 드셨습니까?"

루스는 멍하니 날 쳐다보았다. 그녀는 백지만 나오는 달력을 머릿속으로 넘기고 있는 것이 틀림없었다. 결국 루스는 남편을 쳐다보며 도움을 구했다.

"우린 오리 구이를 먹었지요."

"맞아요. 오리 구이였어요. 정말 맛있었어요. 한번 드셔 보세요."

루스는 스스로 기억해 낸 것처럼 흐뭇해했다. 나는 밝게 웃으며 그러겠노라고 대답했다. 하지만 대화가 계속될수록 그녀의 단기 기억에 문제가 있음이 점점 확연해졌다. 루스는 남편에게 떠넘기며 요령껏 그 사실을 숨기려 했지만, 프랭크의 개입을 막으면 대답하지 못하는 것이 분명해졌다. 더 확실히 알아보기 위해 루스에게 종이와 펜을 주고 단기 기억력 검사를 해 보았다.

"큰 원을 그린 다음 그 원을 시계라고 생각해 보세요. 그 시계에 숫자들을 적으십시오."

초등학생도 할 수 있는 과제였지만 루스는 목숨이라도 걸린 듯
이 문제와 씨름했다. 어렵사리 시계에 숫자들을 적고, 각 숫자의
위치가 적당한지 몇 번이나 살폈다. 일 분쯤 지난 후 루스는 잘
푼 시험지를 당당하게 부모에게 내미는 아이처럼 내게 종이를 내
밀었다. 1부터 12까지의 숫자가 정확하게 적혀 있었다. 내가 다
시 종이를 루스에게 주었다.

"이제 시곗바늘을 2시 45분에 맞춰 그려 주십시오."

루스는 걱정 어린 미소를 지은 채 문 위에 붙은 벽시계로 눈을
돌렸다. 그녀는 잠시 시계를 찬찬히 보다가 입을 열었다.

"선생님, 대체 이런 게 나랑 무슨 상관이 있는 건가요? 전 아무
렇지도 않아요. 남편이 뭘 갖고 이 난리인지 모르겠네요."

"루벤스타인 부인, 지금 하는 검사는 부인에게 어떤 일이 일어
나고 있는지 파악하는 데 도움이 됩니다. 바늘을 2시 45분에 맞
게 그려 주시겠습니까?"

루스가 내 눈치를 살폈지만 나는 양보하지 않았다. 그녀는 다시
그림을 쳐다보더니, 내 요구가 어처구니없다는 듯 고개를 저었다.
그녀는 종이에 적힌 숫자들을 골똘히 쳐다보았다.

"몇 시를 그리라고 했지요?"

"2시 45분입니다."

루스는 펜으로 종이를 톡톡 두드리며 긴장하는 기미를 역력히

드러냈다. 그녀는 신경질적으로 웃으며 침묵을 깼다.

"수학에는 영 젬병이었던 터라."

그녀의 말에 나는 이것이 수학보다 시각 공간에 관한 기술이나 실행 기능과 더 관계있는 검사라고 말해 주려다가 그만두었다. 시계에 시간을 제대로 표시한다면 치매가 아닐 가능성이 농후하다. 나는 루스가 과제를 끝낼 때까지 참을성 있게 기다렸다. 마침내 몇 분 후 그녀는 시침을 2에 맞추어 그렸다. 그러더니 루스는 분침을 9가 아닌 4와 5 사이에 그려 넣었다. 기억 착오를 보이는 환자들 대부분이 그렇게 한다.

이번에도 시험을 잘 봤다고 확신한 루스는 만족스러운 표정으로 날 올려다보았다. 프랭크를 힐끗 보니 그는 울기 직전이었다. 눈물이 흐르기 전에 그는 얼른 눈가를 닦았다.

나는 아무 말도 하지 않고 즉시 다른 기억력 검사를 실시했다. 루스는 호응이 없자 한순간 실망하는 눈치였지만, 환자가 듣고 싶은 말을 할 수 있는 상황은 아니었다.

"좋습니다. 제가 세 단어를 말하면 기억했다가 그대로 말해 주십시오."

나는 '사과, 책, 코트'를 말했고 그녀에게 그대로 말해 보라고 했다. 루스는 세 단어 중 두 단어를 기억했다. 하지만 오 분 후에는 거의 기억하지 못할 터였다. 나는 알파벳 다섯 자로 된 'world'를 적어 보라고 했다. 루스는 재빨리 정확하게 단어를 썼다. 그녀의 얼굴에 '내가 아무 문제도 없다고 말했잖아'라는 듯 미소가 떠올랐다.

"이제 이 단어를 거꾸로 쓰실 수 있겠습니까?"

내 물음에 루스는 아까 남편에게 보인 무서운 눈빛으로 날 노려보았다.

"선생님, 이런 게 무슨 필요가 있는지 이해가 안 되네요. 전 완전히 정상이라고요."

내가 대꾸하지 않고 다시 요구 사항을 말하자 그녀는 계속 쩔쩔매더니, 마침내 다섯 철자 중 두 개만 제자리에 쓸 수 있었다.

다른 기억력 검사로 넘어가서 그녀에게 일 분 동안 발이 네 개인 동물을 적게 했다. 우리 요양원의 환자들이라 해도 이 검사를 실시하면 동물 이름을 열 개쯤 나열할 수 있다. 다섯 살인 내 아들은 스무 개쯤 말할 수 있었지만, 그날 루스는 겨우 여섯 개를 기억해 냈고 그중에 고양이를 두 번 적었다.

몇 가지 검사를 더 한 후 나는 프랭크에게 같이 대기실로 나가자고 청했다. 프랭크는 머뭇거렸지만 아내가 안심시키자 마지못해 일어났다.

"괜찮아요. 검진의 일환인걸요."

복도로 나가서 나는 프랭크에게 더 심각한 질문을 던졌다. 치매로 의심되는 사람 앞에서 가족들이 속내를 다 털어놓지 않는다는 사실을 난 경험으로 알고 있었다.

"부인께서 위험한 일을 하신 적이 있습니까?"

"무슨 뜻인가요?"

"부인께서 욕조의 물을 잠그지 않았거나 가스레인지의 불을 끄지 않은 적이 있었나요?"

"두어 번 고기를 태운 적은 있지만, 집사람이 요리를 잘하는 편은 아니어서요."

프랭크는 애써 웃음 지으며 말했다.

"부인께서 차를 박거나 가벼운 사고를 낸 적은요?"

잘 알려지지는 않았지만 치매 환자들의 교통사고율은 극도로 높다. 프랭크는 고개를 저었다.

"남편분이 보시기에 부인의 행동이 이상하게 변한 것 같은 적이 있나요?"

"예전보다 의심이 더 많아졌지요. 일전에 친구들과 식당에서 밥을 먹고 들어갔는데 루스가 제 지갑을 뒤지더군요. 뭐 하는 짓이냐고 물었더니, 제가 다른 여자랑 있었다고 비난하더군요. 선생님, 저는 절대 그런 짓을 하는 인간이 아닙니다!"

나는 다시 고개를 끄덕였고, 프랭크에게 대기실에 앉아 있으라고 말했다. 루벤스타인 부인의 검진을 마무리하기 위해 다시 진찰실로 돌아갔다. 그녀는 1회용 가운으로 갈아입고 진찰대에 앉아서 나를 기다리고 있었다.

"선생님, 전 정말로 괜찮은데요."

그녀가 내 표정을 살폈다. 나는 표정을 곧잘 숨겼다. 만약 내가 포커 게임을 하면 한몫 챙길 수 있을 것이다. 루스가 내게 물었다.

"두 분이 밖에 있을 때 남편이 무슨 말을 하던가요? 그이가 왜 그렇게 저를 걱정하는지 모르겠어요."

나는 미소 지으며 말했다.

"남편분께서 부인을 사랑해서죠. 그런데 결혼하신 지 얼마나 됐습니까?"

루스가 나를 보더니 환하게 웃었다.

"아주 오래됐지요. 우린 전쟁 중에 유럽에서 만났어요."

"아, 그러셨어요? 그럼 삼십 년 전인가요? 사십 년 전? 오십 년 전?"

나는 정확한 숫자를 말하라고 채근했다. 루스는 어깨를 으쓱하면서 말했다.

"아주 오래됐다니까요, 선생님. 아주아주 오래!"

나는 미소를 지으면서 생각했다.

'나도 결혼한 지 몇 년이나 됐는지 기억하지 못하는 때가 올까.'

"루벤스타인 부인, 남편분이 걱정하시는 것처럼 저도 부인의 기억력이 염려되네요."

그녀는 머리를 가로저으면서 달래듯 손을 뻗어 내 손을 잡았다.

"아뇨, 선생님. 지쳐서 그런 것뿐이에요. 머릿속에 생각이 너무 많아요."

"그럴지도 모릅니다. 하지만 그 이상일까 봐 조금 염려스럽습니다. 몇 가지 검사를 더 해도 괜찮겠습니까?"

"하지만 선생님, 무엇 때문에 더 검사를 해야 하죠?"

더 이상은 핵심을 피할 수가 없었다.

"부인, 몇 가지 검사를 더 하게 해 주십시오."

그녀는 어깨를 으쓱하더니 마지못해 허락했다.

"선생님께서 정말 필요하다고 생각하신다면요."

"남편께서 부인의 기억력에 대해 걱정하신 지 얼마나 됐습니까?"

그녀는 방어적으로 변했다.

"모르겠어요, 선생님. 그이는 계속 내 기억력이 예전 같지 않다고 말해요. 당연히 기억력이 예전 같지는 않겠죠."

루스는 미소 지으면서 자신을 가리키며 덧붙였다.

"날 좀 봐요. 이제 할머니라고요!"

그녀의 솔직함에 나는 웃음을 터뜨렸다. 루스는 여전히 유머 감각이 있었다. 하지만 노화와 기억력에는 큰 상관관계가 없다. 사실 나이는 기억력과 아무 관련이 없고, 기억력에 문제가 생기는 것은 정상적인 노화 과정이 아니다. 나이 들면서 기억력에 문제가 생기는 경우가 많으므로 사람들은 그 둘이 관계가 있다고 추측하지만, 기억력 장애는 정상 상태가 아니며 하루라도 빨리 조치를 취해야 한다. 내가 말했다.

"부인은 늙지 않으셨어요. 스무 살은 젊게 보이는걸요!"

"어머, 고마워요, 선생님."

그녀는 내 말에 얼굴을 붉혔다. 프랭크를 다시 진찰실로 부르기 전까지 더는 말하지 않기로 했다. 검진을 마무리하고, 그녀가 옷을 갈아입도록 자리를 비켜 주었다. 프랭크와 다시 진찰실로 돌아가니, 잠깐 사이에 루스의 기분이 확 바뀌어 있었다. 그녀의 얼굴에서 간절함을 읽을 수 있었다.

"선생님, 아까 한 기억력 검사들 말이에요. 다 우스꽝스러운 짓이에요. 난 괜찮아요. 그렇죠? 요즘 머릿속에 생각이 너무 많아서 그런 거라고 말해 주세요"라고 하는 듯했다.

하지만 그녀의 눈은 다르게 말하고 있었다. 사람들은 대개 다 알고 있다. 나는 눈을 맞추는 대신 바닥을 내려다보았다. 이제 부부에게 현실을 전해야 한다. 내가 나쁜 소식을 전하면 환자와 가족은 대부분 눈물짓는다. 그러나 이번에는 침묵만 흘렀다. 눈물을 흘리는 게 나로서는 더 나을 때도 있다. 적어도 뭔가 할 수 있으니까. 화장지를 건네줄 수도 있고, 환자의 어깨에 손을 올려놓고 위로할 수도 있다. 가장 나쁜 반응이 바로 침묵이다.

의과대학에서는 나쁜 소식을 전할 때 거리를 유지하면서도 깊이 공감하는 모습을 보이라고 학생들에게 가르친다.

"잘 들어 주고 지지하되 관여하지는 마라."

나도 사람이기에 말처럼 쉽게 되지는 않는다.

나는 내 환자들에 대해 알아야 한다. 가족들을 만나고, 자녀들과 손주들에 대해 듣고, 그들의 성공을 축하하고, 어려운 시기에는 그들 곁을 지켜 줘야 한다. 의사와 환자 사이에 생긴 믿음으로 환자들과 모든 것을 나누면서 편안함을 느끼는 것, 이것이 의사로 일하면서 가장 보람을 느낄 때다. 환자들이 진찰실을 안전한 곳이라 생각하게끔 해야 한다. 환자들은 진찰실에서 내면의 악마와 천사를 모두 내보일 수 있어야 하고, 가장 깊은 곳에 숨은 두려움과 가장 사적인 비밀을 꺼낼 수 있어야 한다. 그 대가로 나는 정직해야 한다. 그것이 내 직업의 가장 곤란한 부분이기도 하다.

"유감스럽게도 기억력 검사 결과 부인의 기억력 중 일부분이 정상적으로 작동하지 않는다는 것을 알게 되었습니다. 몇 가지 검사를 더 실시하면 확실하게 알 수 있을 겁니다."

부부의 멍한 표정으로 봐서 그들이 내 말을 이해하지 못했다는 것을 알 수 있었다.

"루벤스타인 부인은 치매인 것 같습니다. 치매는 기억력에 문제가 있을 때 쓰는 의학 용어입니다."

침묵이 흘렀고 눈물은 없었다. 너무 조용해서 문 위에 걸린 벽시계의 초침이 째깍대는 소리가 뚜렷이 들렸다. 루스가 검사를 받으면서 올려다본 바로 그 시계였다. 마침내 적막을 깬 것은 프랭크였다.

"그게 알츠하이머인가요, 선생님?"

그가 물었다. 갑자기 그는 망망대해에서 키가 없는 배를 모는 선장이 되었다. 그는 장비 없이, 지도도 없이 나아가고 있었다.

"확실히 알려면 몇 가지 검사를 더 해야 합니다. 알츠하이머는 가장 널리 알려진 종류의 치매입니다. 지금까지 실시한 기억력 검사들은 그 질환과 관련 있습니다."

프랭크는 침울하게 고개를 끄덕였다. 그가 더는 묻지 않자, 나는 알츠하이머에 대해서와 그것이 어떻게 뇌세포에 영향을 미치는지에 대해 설명하기 시작했다. 이 병이 진행되면 기억력 상실이 심해지고 어쩌면 행동 변화도 생길 거라고 말했다. 나는 증상의 진행과 악화를 지연할 수 있는 몇 가지 약물이 있다는 말로 그들을 위로했다. 최근 기억력을 개선하는 데 운동이 좋은 효과를 발휘하는 것으로 밝혀졌으니 규칙적으로 운동해야 한다고도 알려 주었다. 루스가 언젠가 죽는다면 치매 때문이 아니라 치매를 앓는 동안 생기는 질환 때문일 거라는 말로 결론을 내렸다.

내 말이 그들에게 조금이나마 위로가 되기를 바랐다. 그러나 부부 모두 눈에 띄게 동요하고 있었다. 잠시 후 나는 침묵을 깨고 더 궁금한 게 있느냐고 물었다. 부부는 고개를 저었다. 나는 진찰실에서 나와 내 방을 향해 걸었다.

"선생님!"

프랭크가 복도로 따라 나오더니 질문을 했다. 누구나 알고 싶어 하는 질문이었다.

"아내에게 시간이 얼마나 남았습니까?"

"솔직히 말씀드리면 저도 모릅니다."

"하지만 선생님, 루스가 얼마나 더 살 수 있을지 어느 정도는 짐작하실 텐데요."

"추측일 뿐이지만 부인은 현재 치매 초기 상태입니다. 오늘 검사 결과로 봐서는 대략 삼 년에서 오 년 사이에 스스로를 돌볼 능력을 잃으실 겁니다."

내 대답에 그는 아연실색하더니 곧 분노하는 얼굴로 변했다. 마치 내가 진단을 내린 사람이 아니라 병을 안겨 준 사람이라도 되는 것처럼 말이다. 그에게 총이 있었다면 아마 나를 쏘았을지도 몰랐다. 앞서 말했듯이 이따금 나는 내 직업이 참 싫다.

스티어하우스와
고양이의 인연

　현관의 피아노 위에는 스티어하우스의 후원자였던 헨리 스티어를 그린 대형 초상화가 걸려 있다. 오후가 되면 이곳 현관은 햇살이 쏟아져 들어와 아늑한 분위기가 된다. 하지만 맨 처음 피아노 연주를 들었을 때는 당황스럽기만 했다.

　스티어하우스에 처음 오던 날, 현관에 들어서자 쇼팽 전주곡이 들려왔다. 그러나 현관에는 아무도 없었다. 나는 피아노 건반을 두드리고 있는 입주자나 가족을 보게 되리라 기대하고 두리번거렸지만, 피아노 의자 위에는 고양이 두 마리만 앉아서 나를 빤히 쳐다볼 뿐이었다.

　피아노를 연주하는 사람은 없는데 음악이 공간을 가득 채우는 이상한 광경에 나는 당황했다. 그러다 그것이 자동 피아노에서 나오는 음악이라는 것을 곧 알아차렸다.

그날 나는 회진 전에 몇 분 짬을 내 현관의 편안한 안락의자에 앉아서 음악을 즐겼다. 대부분의 환자들에게 마지막 집인 요양원의 분위기를 한층 부드럽게 만들 방법을 생각하고 있었다. 스티어 하우스는 고양이를 비롯한 동물 친구들, 햇빛이 잘 드는 실내, 보이지 않는 최고의 피아니스트가 연주하는 음악 소리가 어우러져 다른 요양원보다 따스한 분위기라는 정평을 얻고 있지만 말이다.

이때라는 듯 고양이들 중 한 마리가 다가와 내 다리에 몸을 비비기 시작했다. 먼치였다. 먼치는 예사롭지 않게 생긴 녀석이었다. 회색이 도는 검은 털에 잘못 그린 인상과 그림처럼 밤색과 적갈색 반점이 섞여 있었다. 먼치가 관심을 끌려는 듯 요란하게 야옹 소리를 냈다. 나는 조심스럽게 팔을 뻗어서 귀 뒤쪽을 쓰다듬었다. 그러자 고양이는 가르랑대면서 범퍼카처럼 계속 내 다리에 몸을 부딪쳤다.

"넌 꽤 사교성이 있는 녀석이구나. 위층에 있는 고양이처럼 나를 할퀴려 들지는 않으니."

먼치가 내 발치에 몸을 웅크리고 앉는 바람에 내 발은 먼치의 털에 완전히 가려져서 보이지 않았다. 먼치가 한숨 자려는지 자리를 잡자, 이번엔 흑백 무늬를 가진 고양이 빌리가 나타나서 내 무릎 위로 폴짝 뛰어 올라왔다. 빌리는 두어 번 뒤척이더니 몸을 동그랗게 말았다. 그러더니 '나도 쓰다듬어 주지 않고 그냥 가려고 한 건 아니겠지?'라고 말하는 듯 쳐다보았다. 이때 호출기가 울렸고, 나도 모르게 얼굴을 찌푸렸다.

'어떻게 고양이들은 내가 다른 데 가야 할 때만 귀신처럼 알고 달려들까?'

나는 자리에서 일어나면서 말했다.

"얘들아 미안하다. 루벤스타인 부인에게 가 봐야겠구나."

먼치는 아무 일 없었다는 듯 일어나 가 버렸고, 빌리는 내 무릎에서 뛰어내려 고양이만이 지을 수 있는 거만한 표정으로 날 바라보았다. 녀석을 쓰다듬어 주지 못한 게 미안해 몸을 굽혀서 가만히 쓰다듬었다. 하지만 빌리는 순식간에 나에게 흥미를 잃었는지 친구를 찾으러 가 버렸다. 고양이가 변덕스럽다는 것은 눈이 하얗다는 것처럼 당연한 말이다.

엘리베이터 쪽으로 가면서 고양이들을 돌아보았다. 녀석들은 술래잡기를 하는 아이들처럼 서로 쫓아다니느라 바빴다. 내 움직임에는 전혀 관심이 없었다. 내 삶은 호출과 마감, 진료 예약, 책임이 따르는 일들로 꽉 짜여 있는 데 비해 그들의 삶은 여유로워 보였다. 그 순간 고양이라는 존재가 무척 부러웠다.

엘리베이터를 탄 나는 순간적으로 뒤쪽 구석을 살폈다. 스티어 하우스의 첫 번째 고양이였던 헨리가 살아 있을 때 엘리베이터

구석에 웅크리고 있곤 했기 때문이다. 스티어하우스가 여느 요양원들과 현격하게 다른 점 중 하나가 바로 헨리와 그 후임 동물들이다. 이곳은 고양이, 토끼, 새들로 가득하다.

처음부터 그랬던 것은 아니다. 1980년대 이전에는 반려동물을 활용한 치료 개념이 없었기 때문에 의료 기관에 동물을 들일 여지가 없었다. 깨끗이 소독한 위생적인 환경에 왜 '더러운' 동물을 끌어들이겠는가? 그러다가 일부 과학자들이 인간과 동물 사이의 유대 이론을 지지하기 시작했다. 동물이 인간의 신체와 정신 건강에 좋은 효과를 발휘한다는 믿음을 바탕으로 한 이론이었다. 많은 조사 결과가 이 이론을 뒷받침했다. 특히 요양원 환자들이 동물들과 지내면 기억력 손실 유무와 관계없이 우울함과 외로움을 덜 느끼는 것으로 나타났다. 나는 이 이론이 옳다고 본다. 사람들은 대부분 동물을 사랑한다. 그러니 마지막 안식처인 요양원에서 동물들과 같이 지내는 것은 당연히 더 좋지 않을까?

이 연구 결과 때문에 스티어하우스가 동물과 함께하게 된 것이라고 말하고 싶지만, 사실은 헨리라는 고양이 덕분이었다. 헨리는 말 그대로 스티어하우스의 첫 번째 입주자였다.

설립한 지 100년이 넘은 스티어하우스는 세월의 흐름에 따라 지역 사회의 요구에 부응하기 위해 수차례 증·개축했다. 현재의 건물을 지을 당시, 인부들은 고양이 한 마리가 아직 다 지어지지 않은 건물 안에서 사는 것을 알게 되었다. 심지어 그 고양이는 인

부들의 점심 도시락을 훔쳐 먹기도 했다. 건물이 다 지어질 즈음, 고양이는 어디론가 사라졌고 모두 그 고양이의 일은 까맣게 잊었다. 하지만 새로운 스티어하우스의 준공식이 끝나자마자 그 고양이가 되돌아왔다. 고양이는 검사라도 하는 듯 건물 안을 돌아다니더니 분위기가 마음에 들었는지 안락의자에 올라가 앉았다. 직원들이 내쫓으려 애썼지만 소용없었다. 고양이는 주눅 들지 않고 매일같이 현관 유리문이 열릴 때를 틈타 들어왔다. 대단한 사람이라도 되는 양 꼬리를 추켜세우고 살랑거리면서 '여기 제일 먼저 온 건 나였다니까'라고 말하는 듯했다.

처음에 내가 오스카와 부딪혔듯이 당시 관리인도 고양이와 실랑이했지만 어쩌지 못했다. 마침내 그 직원은 고양이를 건물에서 내쫓는 것을 포기했다. 스티어하우스의 경영진은 회의를 통해 이 불청객을 받아들이기로 결정했다. 그리고 그 고양이가 자주 앉아 있던 의자 위 초상화의 주인공이자 건물의 후원자인 헨리 스티어의 이름을 따 고양이의 이름을 지었다.

그렇게 해서 헨리는 스티어하우스에 남았고 이후 십 년간 직원들과 환자들 모두의 귀염둥이가 되었다. 말년까지 헨리는 따스한 햇볕 아래 다리를 쭉 뻗고 누울 아늑한 자리를 찾기 위해 엘리베이터를 타고 건물을 오르내렸다. 하지만 스티어하우스의 다른 입주자들처럼 결국 헨리도 세월에 붙잡혔다. 나이 든 헨리는 시력을 잃었고, 그 가여운 동물은 벽이나 문에 부딪히기 일쑤였다. 시간이 흐르면서 헨리가 실수를 하는 일이 잦아졌다. 밖에 나갔다가 돌아오지 못해 수색대가 찾으러 다니기도 했다. 아이러니하게도 한때 내쫓겼던 고양이는 이제는 사람들의 손에 이끌려 요양원으로 돌아왔다. 헨리는 때때로 엘리베이터 구석에 웅크린 채 하루 종일 수백 번 오르내리기도 했다.

"저기 엘리베이터 구석에 고양이가 앉아 있는 것 혹시 알고 계세요?"

놀란 방문객들이 묻곤 했다. 직원들은 웃으며 안심시키는 말투로 '헨리는 원래 그렇답니다'라고 대답했지만, 헨리가 같이 사는 인간 환자들처럼 치매에 걸린 것이 아닌지 걱정하기 시작한 직원이 여럿 있었다. 헨리의 행동은 이런 추측에 점점 확신을 주었다.

생을 마감할 무렵 헨리는 밥을 잘 먹지 못했고 아무 데나 배변을 하고 몸무게가 줄기 시작했다. 요양원에서는 안락사를 해야할지 고민했다. 몇몇 직원과 의료진은 헨리의 안락사를 막기 위해 두 배로 정성을 기울여 돌봤다. 헨리는 그들이 매일 돌보는 환자들과 다르지 않은 상태였으니, 아픈 고양이를 계속 보살피겠다고 나선 것은 어쩌면 적절한 처사였을 것이다.

다행히 직원들은 안락사라는 힘든 결정을 내릴 필요가 없었다. 그동안 돌봐준 것에 대해 선심이라도 베풀듯이 헨리는 어느 날 밤 잠이 들어 다시 깨어나지 않았다. 며칠 후 열린 헨리의 장례식에는 거의 모든 직원과 환자들이 참석했다. 마치 국가 원수의 영

결식이라도 되는 양 엄숙하게 애도사를 읽었고, 손수 나무를 깎아 관을 만들어 온 직원도 있었다. 사람들이 눈물을 닦는 가운데 헨리는 요양원 뒤쪽의 양지바른 땅에 묻혔다.

헨리는 스티어하우스의 문화를 바꾸었다. 이 고양이 덕분에 요양원은 점점 동물 친화적으로 변했고, 더 포근한 분위기가 되었다. 직원들과 몇몇 환자들은 경영진에게 헨리를 대신할 동물을 들이라고 강력하게 청원했다. 경영진은 처음에는 반대했지만 결국 직원들의 요청을 받아들였다. 요양원에 적합한 동물들을 알아보기 시작한 뒤 신문 광고를 통해 오스카와 마야가 각각 입양되어 3층에서 살게 되었다. 빌리와 먼치는 주인이 세상을 떠나면서 같이 지내게 된 고양이들이었다. 한 호스피스 간호사가 그들을 이곳으로 데려왔다. 그리고 마지막으로 치코와 몰리가 1층 경증 치매 병동에 입양되었다. 모두 여섯 마리의 고양이들이 헨리의 자리를 대신하였고, 다른 동물 몇 마리도 함께 들어왔다. 환영받지 못했으면서도 요양원을 떠나려 하지 않았던 고양이 한 마리 덕분에 생긴 일이었다.

처음에는 요양원을 집에 있는 것처럼 편안한 공간으로 만들기 위해 고양이들을 데려오기 시작했을 것이다. 하지만 나는 집을 집답게 만드는 것은 '가족'이라는 사실을 그 고양이들이 우리에게 가르쳐 준다고 생각한다.

치매 환자 치료의 딜레마

환자가 말기에 접어들면 의사들은 제한적 치료에 대해 이야기한다. 심장이 멎거나 자발적으로 호흡을 못 할 경우에 심폐소생술 실시 여부를 논의하는 것이 대부분이지만, 검사와 치료를 잠정 중단해야 하는지, 또는 환자를 편하게 해 드리기 위한 완화 치료 위주로 치료를 제한해야 하는지와 관련한 까다로운 문제들을 다루게 된다.

말기 암 환자들의 경우 구체적인 완화 치료 논의를 미리 해 두어야 한다. 이런 환자는 통증이나 구토 증세를 자주 겪고 몸무게가 급격히 감소하며 식욕이 현저히 떨어진다. 때로 황달 때문에 얼굴이 누렇게 될 수도 있고 장기들이 망가지기도 한다. 견디기 힘든 상황이지만, 이런 증세와 징후들 때문에 의사로서는 환자

가족들과 의논하기가 수월하다. 대부분 수명이 줄어들 위험이 있더라도 통증을 완화하는 치료를 원한다. 더 이상 치료할 방법이 없을 때 의료진은 대개 이런 조치를 취한다.

그러나 치매의 경우는 좀 다르다. 알츠하이머를 비롯한 치매 또한 불치병이기는 하지만 증세가 훨씬 더디게 나타난다. 침식작용이 오랜 세월에 걸쳐 해안의 풍경을 바꾸듯, 치매는 며칠이 아니라 몇 달과 몇 년에 걸쳐 영향을 미친다. 치매 환자는 통증에 시달리는 것이 아니라서 논의가 더 복잡하고 윤리적 판단도 어렵다. 의료진과 가족들은 폐렴에 걸렸을 때에도 항생제를 투약할지 보류할지 결정해야 한다. 또 빈혈이나 체중 감소 같은 일상적인 상태를 체크하기 위한 검사를 더 실시하는 것이 적절한지 여부도 결정해야 한다. 한편 의사들은 일상적으로 생기는 문제들을 진단하기 위해 정밀검사를 실시할지 판단해야 한다. 생각해 보라. 치매 환자에게 암이나 다른 심각한 질환이 생겼을 때 치료를 하는 것이 과연 도움이 될까?

치매 환자는 롤러코스터를 탄 것처럼 부분적인 회복 증세를 보이기도 해서 가족들이 헛된 희망을 품기도 한다. 환자가 폐렴에 걸리면 가족들은 '아버지가 이 고비만 넘기면 분명히 차도를 보일 거예요'라고 말한다. 치매 환자의 가족들은 환자가 병원에 가서 폐렴이나 엉덩이 골절을 치료받아 몸이 회복되면 치매도 호전될 것이라고 생각한다. 그러나 급성질환이 낫더라도 만성질환은

꾸준히 진행되면서 환자를 몹시 허약하게 만들고, 다음 난관을 이겨 내기 어렵게 한다.

치매 환자들을 돌볼 때는 폐렴 환자를 치료하는 것처럼 적당한 선을 찾기 어려워 환자의 가족과 의료진 모두 윤리적인 난관에 봉착할 수 있다. 루벤스타인 부부의 경우가 바로 그랬다.

"선생님, 지금 당장 제 아내를 봐 주십시오."

프랭크의 다급한 목소리에 책상 위에서 느긋하게 쉬던 오스카가 황급히 자리를 피했다. 고양이는 책상 밑으로 내려가서 메리의 다리 사이에 자리를 잡았다. 조금만 더 빨랐다면 나도 오스카와 같이 숨을 데를 찾았으련만.

"루벤스타인 씨, 무엇 때문에 그러세요?"

"루스가 어제보다 더 혼란스러워해요. 그리고 밥을 먹지도 않아요. 걱정입니다."

"하던 일만 처리하고 금방 가 보겠습니다."

내 대답에 그가 나를 노려보았다. 내가 일을 마칠 때까지 프랭크가 책상 옆에서 버티고 서 있을 것 같았는데, 결국 뭐라고 투덜대면서 병실로 돌아갔다. 아내를 염려하는 마음이 노인 특유의 심술궂은 태도로 드러나고 있었다. 프랭크가 사라지자 메리에게 루스에 대해 물었다.

"메리, 루스는 어떤가요?"

"요즘 상태가 안 좋으세요. 식사를 못 하셔서 몸무게도 줄었고요. 프랭크는 우리가 이 점을 심각하게 생각하지 않는다고 걱정하는 것 같아요."

"체중이 얼마나 줄었어요?"

"4~5킬로그램 정도요."

나는 얼굴을 찌푸렸다. 당뇨병이나 고혈압, 콜레스테롤 수치가 높은 환자들이라면 몸무게가 줄어드는 것이 건강에 도움이 되지만 루벤스타인 부인은 그게 아니었다. 키 155센티미터인 그녀가 땀으로 흠뻑 젖은 채 요양원에 실려 왔을 때만 해도 50킬로그램 정도였다. 정상 체중 범위의 환자에게 4~5킬로그램의 감소는 큰 일이었다.

"다른 질환이 생겼을까요?"

메리는 어깨를 으쓱했다.

"여러 가능성이 있지만, 솔직히 말하면 치매가 악화되는 것 같아요. 그런데 프랭크는 루스가 대장암에 걸렸을지도 모른다며, 소화기내과 전문의에게 진료를 의뢰해 달라고 했어요."

건강한 환자라면 체중 감소의 원인을 찾기 위해 소화기내과에서 대장 내시경 검사를 받는 것이 좋겠지만, 루스처럼 급격히 정신력이 감퇴하고 있는 환자는 여러 가지 검사를 받는 것이 오히려 부담이 된다.

"루스의 치료 제한에 대해 프랭크와 의논했나요?"

"그건 따로 위험수당을 받아야 하는 일이라고요."

나는 한숨을 쉬면서 책상 아래 구석에서 웅크리고 있는 오스카를 쳐다보았다.

"거기 내가 들어갈 자리가 있겠니?"

"데이비드, 그건 참아요. 그리고 지난번에 내가 프랭크와 루스의 치료 범위를 정하는 것에 대해 미리 이야기했어요. 이제 선생님 차례예요."

루벤스타인 부부와의 첫 만남이 아주 좋지 않았기 때문에, 그들이 다시 찾아왔을 때 나는 좀 놀랐다. 프랭크는 화가 나 있었고 루스는 두려워하고 있었다. 현실을 부인하는 전형적인 모습이었다. 그들은 다른 답을 들을 수 있으리라는 희망을 품고 다른 의사들을 찾아다녔을 것이다. 나라도 그렇게 했을 것이다. 어쩌면 그들은 단지 이 문제를 신경 쓰지 않기로 했을지도 모른다. 하지만 상황을 외면하는 것은 일시적 방책일 뿐이다. 첫 진단을 받은 지 일 년쯤 지났을 때 루벤스타인 부부가 내 진료실을 다시 찾았고, 그때부터는 정기적으로 진료를 받으러 왔다.

한동안 그들은 병을 받아들이는 듯했고 상황을 감당하기 위해 최선을 다했다. 그러다가 루스는 기억력 장애를 숨겨 주던 사회

적 태도마저 잊기 시작했다. 기억력이 점점 나빠지자 그녀는 친구들과 거리를 두었고, 그 결과 우울해졌다. 우울증 약이 약간 도움이 되었지만 계속되는 인지기능 감퇴를 막지는 못했다. 루스는 사소한 집안일을 하는 데도 안간힘을 써야 했다. 번번이 음식을 태웠고 간단한 조리법도 잊어버렸다. 외식을 하거나 만들어진 음식을 사 먹는 것으로 해결해야 했다.

그런 상황에서도 그들은 누구나 부러워할 만한 사랑이 넘치는 부부였다. 루스에 대한 프랭크의 인내심은 오랜 세월에 걸쳐 꾸준히 자라난 깊은 사랑의 증거였다. 루스가 무언가 기억하기 힘들어할 때는 프랭크가 상냥하게 일깨워 주었다. 그는 어찌나 아내를 애지중지하는지, 그녀가 의자에서 일어나려 하면 손을 내밀었고 복도를 걸을 때는 팔로 부축했다.

부부가 진료실을 찾아온 지 일 년쯤 지난 어느 날, 프랭크는 진료실을 나서면서 나를 한쪽으로 데려갔다. 그는 난생처음 콘돔을 사는 십 대 소년처럼 부끄러워하면서, 내게 발기부전에 도움이 될 만한 약이 있는지 물었다. 프랭크는 부부 생활이 어느 때보다 뜨거워 그가 부응하기 어려울 정도라고 설명했다. 부부 중 한쪽이 치매에 걸렸을 때 흔히 있는 일이었다. 나는 빙그레 웃으면서 진료실을 나섰다. 사람들은 자신의 부모와 조부모는 전혀 섹스를 하지 않는다고, 그것은 젊고 활기찬 사람들의 전유물이라고 믿는다. 우리가 모르는 것이, 혹은 알고 싶어 하지 않는 것이 얼마나 많은지 생각하면 우스울 따름이다.

시간이 지날수록 루스의 상태는 점점 나빠졌고, 프랭크는 아내를 돌보느라 늘어나는 책임들을 점점 감당하기 힘들어졌다. 진료실에 올 때마다 그 역시 지쳐 가는 기색이 역력했다. 온종일 아내를 돌보는 일에 전념하고 있음이 분명했다. 중압감이 그에게 큰 타격을 주고 있었다. 프랭크까지 상태가 나빠지자, 나는 그에게 간병인을 쓰거나 부인을 요양원에 보내는 것을 조심스럽게 권했다. 그러나 프랭크는 예상보다 훨씬 더 화를 내며 말했다.

"저더러 어떻게 아내를 요양원에 보내라고 말할 수 있습니까? 제가 아내를 돌보지도 못할 사람으로 보입니까?"

나는 하고 싶은 말을 꾹 참고, 그가 가끔 외출이라도 할 수 있게 도우미를 구하면 어떻겠냐고 물었다. 그러나 이 조언도 썩 좋은 반응을 끌어내지 못했다.

"정부에서는 대체 뭘 하느라 노인들에게 이런 비용을 대 주지 않는 거죠? 노인들이 그런 데 쓸 돈이 어디 있다고!"

나는 정부의 의료보험제도가 루스의 간호 비용을 대 주지는 않지만, 도우미를 쓰면 루스가 요양원에 가는 것보다 부담이 덜 될 거라고 말했다. 그러자 프랭크는 이성을 잃었다.

"그렇게 오랫동안 보험금을 냈는데 그놈의 건강보험은 이럴 때 아무 도움도 안 된다니!"

프랭크는 열변을 토했지만 그런다고 바뀌는 것은 아무것도 없었다.

몇 주 후 재정적인 압박이 큰 와중에도 프랭크는 도우미를 고용했다. 루벤스타인 부부가 처음 내 진료실을 찾은 날로부터 거의 삼 년이 지난 시점이었다. 아쉽게도 이 조치는 오래가지 못했다. 얼마 후 나는 응급실에서 한 통의 전화를 받았다. 루스가 폐렴에 걸려서 입원한다는 소식이었다. 처음에는 항생제 처방으로 차도가 있었다. 그러나 입원 둘째 날 저녁 루스는 극도의 혼란 상태에 빠져 침대에서 일어나다가 팔에 꽂은 링거 줄에 몸이 감겼다. 그런 상태로 병실을 걷다가 쓰러졌고, 간호조무사가 루스를 발견했다. 이 일로 루스는 엉덩이뼈가 골절되어 수술을 해야 했다.

상황은 최악의 상태로 급진전했다. 수술 후 회복기에 루스는 폐색전이 생겼고 혈압이 떨어지면서 호흡도 가빠졌다. 루스가 점점 숨쉬기 힘들어하자, 나는 프랭크에게 이런 상황이 계속된다면 호흡을 돕기 위해 관을 꽂아야 할 수도 있다고 말했다. 그러나 진료받을 때 루스는 그런 연명 치료를 원치 않는다고 말한 적이 있었다. 나는 프랭크에게 부인을 이제 그만 편안하게 해 드리는 것도 고려해야 할 시기라고 조언했다.

내 간절한 조언도 그에게는 쇠귀에 경 읽기였다. 호흡을 쉽게 하도록 목에 관을 삽입했고, 루스는 중환자실로 옮겼다. 몇 주 후 프랭크의 든든한 지원이 옳았음을 입증이라도 하듯 루스는 호전되었다. 그러나 루스는 혼자 걷는 것은 고사하고 침대에서 나오지도 못할 정도로 허약해졌다. 프랭크와 의논한 끝에 루스는 병원에서 스티어하우스로 왔다.

내가 병실에 갔을 때 루스는 나직하게 코를 골며 침대에서 자고 있었다. 프랭크는 침대 옆 안락의자에 앉아 눈을 감고 있었다. 접수대에서 한바탕 열을 낸 다음이라 지친 모양이었다. 나는 침대와 안락의자 사이에 의자를 끌어다 앉았다. 다른 상황이었다면 부부가 각자 꿈나라에 있도록 두었겠지만, 프랭크가 다급해하는 기색을 보더라도 지금 당장 의논해야 할 몇 가지 중요한 사안이 있었다. 내가 가만히 흔들어 깨우자 프랭크가 움찔하더니 눈을 떴다. 그는 뭐라고 툴툴대면서 일어나 앉았다.

"자, 무슨 일입니까, 루벤스타인 씨?"

내가 물었다.

"이 사람을 봐요. 뼈와 가죽만 남았어요. 매일 점심시간마다 집사람이 밥을 먹는지 살피러 여기 오는데, 근래에는 도통 아무것도 먹지를 않네요."

그는 병실 구석에 놓인 쟁반을 가리켰다. 쟁반에는 거의 손대지 않은 구운 치즈 샌드위치가 있었다.

"너무 걱정하지 마세요. 치매 때문에 부인의 체중이 줄었을 겁니다."

"선생님, 루스에게 호스피스 치료를 받게 하자고 또다시 조언할 거라면 저는 듣고 싶지 않아요. 그 얘긴 이미 끝났습니다."

"이것은 부인께서 호스피스 치료를 받느냐 아니냐 하는 문제와는 아무런 상관이 없습니다."

그는 단호한 표정으로 묵묵히 날 바라보았다. 프랭크는 루스가 사는 성문을 지키는 파수꾼이었고 나는 침략군 대장이었다. 협의나 타협은 일절 없을 터였다. 당분간은 그래도 괜찮을 것이다. 루스 역시 호스피스 치료를 받을 준비가 되어 있지 않았다. 무엇보다 호스피스 치료보다 더 시급한 논의 사항이 있었다. 루스의 몸무게가 줄어드는 원인을 밝히기 위해 수많은 검사들을 받는 것이 과연 필요할까?

나는 다른 방법으로 유도하려고 했다.

"프랭크, 부인의 상태가 어때 보이세요?"

그는 내 물음에 놀라는 눈치였다. 그는 성문 파수꾼으로서 또 다른 공격을 받을 거라 생각했던 모양이다.

"선생님, 아내가 위중한 병을 앓는 줄은 알지만 아직 이 사람을 포기할 준비가 되지 않았어요. 루스는 여전히 저를 사랑하고, 제게는 그녀와 같이 있는 시간이 소중합니다."

나는 다음에 어떤 말을 할지 신중하게 선택했다.

"부인을 깊이 사랑하시는 줄은 잘 알지만 제 생각을 말씀드려야겠군요. 아까 메리에게 들으니 루스의 체중 감소 문제로 소화기내과 전문의의 진찰을 받았으면 좋겠다고 하셨다면서요. 그런데 루스를 전문의에게 보내도 딱히 달라지는 건 없을 겁니다. 복잡한 검사들만 받게 될 뿐이죠. 그중에는 굉장히 힘든 검사도 있습니다. 게다가 검사 결과 암이 맞다고 해도 우리는 적극적인 조치를 취할 수가 없습니다. 부인께서는 현재의 체력으로는 그런 치료를 감당하지 못하실 겁니다."

프랭크의 얼굴에 다시 분노가 얼룩졌다. 경계를 넘은 내 발언에 대한 반응이었다.

"제가 원하는 건, 선생님이 부인이나 자식에게 받게 할 최선의 치료를 아내에게도 해 달라는 겁니다! 루스의 심장이 멈추면 다시 뛰게 하고, 폐렴에 걸리면 종합병원으로 보내 주시고, 전문의가 필요하면 전문의에게 보내 줘요. 제 말 알겠습니까?"

"잘 알겠습니다."

나는 의자에서 일어나서 문간으로 향했다. 문지방을 넘다가 프랭크와 잠든 루스를 돌아보았다. 그러지 않는 게 좋다는 걸 알면서도 나는 프랭크에게 마지막으로 한마디를 건넸다.

"프랭크 씨, 부인을 많이 사랑하신다는 걸 저도 잘 압니다."

나를 올려다보는 그의 얼굴에 분노는 사라지고 없었다. 나는 잠시 말을 멈추었다. 내가 어디까지 밀어붙일 수 있을지 감이 잡히지 않았다.

"때로는 놓아주는 것이 가장 깊은 사랑의 표현이라고 합니다.

이 일은 저나 다른 의료진과 씨름할 문제가 아닙니다. 무엇이 진정으로 루스를 위한 것인지 생각하세요."

접수대로 돌아가자 메리가 나를 기다리고 있었다. 오스카는 다시 책상 위에 올라와 자고 있었다.

"어떻게 됐어요?"

메리가 물었다.

"현상 유지예요."

내 대답에 메리는 고개를 저었다.

"내일 소화기내과에 연락해서 진료 예약을 할게요."

메리는 프랭크가 무엇을 바라는지 알고 있었지만 내가 그를 만류할 수 있기를 바랐던 것이다. 그녀는 처리할 일을 메모하기 위해 사무실로 들어갔다. 메리가 사무실 안에서 내가 들을 수 있게 큰 소리로 말했다.

"이래 봤자 달라질 게 없을 텐데. 그렇지 않나요?"

"그래요, 메리. 달라질 게 없지만 프랭크는 그 말을 들을 준비가 되어 있지 않네요."

"프랭크에게 시간을 줘요."

그녀가 말했다.

"시간이야 많죠."

오스카와 함께한
첫 회진

　평범한 수요일이었다. 아니, 3층 접수대에 앉아 있는 새로운 얼굴을 보기 전까지는 평범한 수요일이라고 생각했다. 그 '새로운 얼굴'은 팔십 대 초반으로 보이는 할머니였다. 고상한 하늘색 캐시미어 스웨터 차림이었고 공들여 화장을 한 데다 매니큐어까지 깔끔하게 바른 모습이었다. 흰머리가 섞인 금발은 귀 뒤로 넘겨 예스럽고 값비싸 보이는 머리핀을 꽂고 있었다. 내가 뭐라 말을 꺼내기도 전에 메리가 선수를 쳤다.

　"선생님, 루이즈 체임버스랑 인사 나누세요. 우리 병동의 새로운 접수 담당자예요."

　"우리의 뭐라고요?"

　예산 문제로 3층에는 접수 담당자가 없었다. 내가 어리둥절해하자 메리가 웃음을 터뜨렸다.

"우리 환자 중 한 분이에요."

루이즈는 전화가 울리지도 않았는데 수화기를 들고 말하고 있었다. 메리에게 들은 다른 환자 이야기가 떠올랐다. 보험설계사였던 그는 병실에서 뚜뚜 소리 나는 전화기를 들고 보험을 팔았다.

"새로 온 환자분인가요?"

내가 물었다.

"아니요. 루이즈는 여기 온 지 석 달쯤 되었어요. 최근 들어 여기까지 나오셔서 우리랑 같이 앉아 있기 시작했어요. 가끔 우리가 접수대에 없으면 대신 전화를 받아 주세요."

나는 수화기를 들었다가 다시 내려놓기를 반복하는 루이즈를 바라보면서, 그녀가 이곳을 지키는 사이 얼마나 많은 환자 가족들이 통화를 하지 못해 애가 탔을지 궁금해졌다.

"예산이 빠듯한데 도움도 받고 좋네요."

내 말에 메리가 웃었다.

"아이고, 놀리지 마세요, 데이비드. 환자 가족들은 루이즈를 좋아해요. 루이즈는 예전에 큰 회사에서 임원 비서로 일했대요. 전화받는 습관이 뼛속 깊이 박혀 있는 거죠."

메리는 우리를 곁눈질하고 있는 루이즈를 힐끗 쳐다보더니 덧붙여 말했다.

"그리고 그거 알아요? 루이즈는 키 큰 남자를 좋아한답니다."

그때 루이즈가 뭐라고 중얼댔고, 그 말을 알아들은 메리가 아이처럼 깔깔댔다.

"뭐라고 하신 거예요?"

내가 접수대 쪽으로 다가가면서 물었다.

"내가 뭐랬어요. 루이즈가 선생님을 좋아할 거라고 했잖아요."

메리가 대답했다.

"루이즈가 대체 무슨 말을 했는데요?"

"선생님이 귀엽다는데요."

나는 믿을 수 없어 고개를 저었다.

"그걸 어떻게 알아들었지요?"

"여기서 오래 일하다 보니 아는 거죠."

예전부터 메리는 아무도 못 알아듣는 환자의 말을 이해했다. 그녀가 가진 수많은 재능 중 하나였다.

메리가 책상에서 일어나더니 뒤쪽 책장에서 차트 하나를 집어들었다.

"선생님, 사울 스트라한의 검사 결과 좀 보세요."

메리가 말했다. 사울의 다리 상태 때문에 처방한 항생제가 별 도움이 되지 못한 모양이었다. 낫기는커녕 그새 다른 합병증이 생겼다. 백혈구 수치로 볼 때 감염은 악화되고 있었고, 탈수 증세도 있는 듯했다.

"내가 가서 살펴보죠."

내 말에 메리는 고개를 끄덕였지만 별다른 기대는 하지 않는 것 같았다.

"사울의 상태가 어떤지 우리는 다 아는데 ……. 따님이 생각을 다시 해 주셔야 할 텐데요."

내 경험상 마음의 준비가 안 된 환자 가족을 설득하기란 보통 힘든 일이 아니었다. 사울의 딸은 마음의 준비가 전혀 안 되어 있었다.

"가서 사울을 좀 살펴볼게요."

나는 사울의 병실로 향했다. 내가 접수대 앞을 지날 때 루이즈가 의자에서 벌떡 일어나 내 앞으로 오더니 포옹이라도 하려는 듯 양팔을 벌렸다. 메리가 말했다.

"봐요. 루이즈는 선생님을 진짜 좋아한다니까요."

내가 포옹하자 루이즈의 얼굴에 환한 미소가 번졌다.

문득 난 알아차렸다.

"날 다른 사람으로 생각하시는 거잖아요!"

난 살짝 부아를 내며 메리의 웃음소리를 뒤로하고 사울의 병실로 향했다.

"루이즈가 누구로 착각했든 선생님은 괜찮은 사람이에요."

❖

사울은 또 안락의자에 몸을 기대고 앉아 있었다. 텔레비전을

켜 놓았지만 보고 있는 것 같지는 않았다. 그는 여전히 레드삭스 야구 모자를 쓰고 있었다. 뉴잉글랜드 지역 사람들이 흔히 그렇듯 사울 역시 열렬한 야구광이었다. 그의 방에는 야구 용품과 기념품이 즐비했다. 침대 옆 협탁에는 보스턴 레드삭스의 홈구장인 펜웨이파크 앞에서 손자로 보이는 아이의 목에 팔을 두른 채 당당하게 서 있는 사울의 사진이 있었다.

"곧 스프링캠프가 시작되겠네요!"

사울 옆에 의자를 끌어다 앉으며 말했다. 그가 응원하는 팀이 2004년에 드디어 월드시리즈에서 최종 우승했다는 사실을 알고 있는지 궁금했다. 치매에 걸리지 않은 보스턴 레드삭스 팬들조차도 '밤비노의 저주'가 팔십육 년 만에 풀렸다는 사실을 믿지 못하고 있었다.

나는 사울의 심장과 폐를 청진한 다음 다리를 살피는 것으로 진찰을 마무리했다. 메리가 옳았다. 항생제 치료를 했는데도 염증이 재발했다. 하지만 이번에는 염증이 다리에서 무릎 쪽으로 퍼지는 듯했다. 치료를 했을 때 염증이 어떤 식으로 사라지거나 퍼지는지 알기 위해 염증으로 붉게 된 부위를 볼펜으로 표시했다. 그런 다음 사울 옆에 앉아서 다른 검사 결과들을 살폈다. 내성이 강한 박테리아에 감염되었다는 것을 즉시 알 수 있었다. 이 고약한 포도상구균은 최근 모든 의사들의 골칫거리였다.

나는 몇 가지 남지 않은 치료법 중 무엇이 좋을지 고심하다가 누군가의 기척을 느꼈다. 아래를 내려다보니 오스카가 바닥에 앉아서 나를 빤히 쳐다보고 있었다.

"아, 너구나. 이제 나랑 같이 회진을 하는 거니?"

몸을 굽혀서 손을 내밀었다. 오스카는 손에 코를 대고 킁킁거리더니 일어나서 내 쪽으로 다가왔다. 나는 고양이의 귀 뒤쪽을 가만히 긁어 주었다. 그러자 오스카는 내 무릎으로 폴짝 뛰어올라 앉고는 나를 쳐다보면서 가르랑댔다.

"자, 넌 어떻게 생각하니?"

나는 환자를 턱으로 가리키면서 고양이에게 물었다. 잠깐 동안 오스카는 실제로 진찰이라도 하는 듯이 사울을 유심히 살폈다. 그러더니 내 무릎에서 뛰어 내려가 안락의자로 다가갔다. 고양이는 안락의자 팔걸이에 휙 올라 고개를 쳐들고 공기 냄새를 맡았다. 그리고 다시 아래로 내려와 잽싸게 병실을 빠져나갔다. 방금 오스카가 자신의 소견을 내게 전했다는 생각이 머리를 스치고 지나갔다.

사울에게 인사를 한 뒤 접수대로 돌아갔다. 메리는 차트에 뭔가를 적느라 분주했다.

"지금 막 오스카랑 같이 회진을 했어요."

내가 웃으며 큰 소리로 말했다.

메리가 고개를 휙 들었다.

"이제 오스카를 믿는 거예요?"

"그 정도는 아니지만 궁금하긴 하네요. '죽음이 다가올 때 감지하는 능력을 가졌다' 정도로 정리하자고요. 오스카는 우리가 감지하지 못하는 호르몬 냄새를 맡는 게 아닐까요?"

"모르겠어요. 난 그 이상의 무언가가 있는 것 같다고 생각하지만요. 일전에 죽음이 가까웠을 때 특별한 냄새를 맡는다는 의료 기관 종사자의 이야기를 읽은 적이 있거든요."

메리의 말을 들으면서 나는 과학적으로 가능한 설명이 적어도 하나쯤은 있다는 것을 깨달았다.

"세포 활동이 중단되면 우리 몸은 기아 상태가 되는데, 그때 케톤이 만들어지죠."

나는 당뇨병 환자에게서 나는 달짝지근한 화학적 부산물의 냄새에 대해 설명했다. 메리가 어깨를 으쓱했다.

"개인적으로는 단순한 냄새 이상의 뭔가가 있다고 믿고 싶어요. 오스카는 직원들의 행동을 따라 하는 것일지도 몰라요. 병실에서 선생님이 사울에게 관심을 보이는 것을 봤으니까요. 밥값을 해야 한다는 생각을 했을 수도 있고요."

나는 생각에 잠긴 채 복도를 바라보았다.

"그럴듯한 생각이예요. 하지만 환자가 죽어 갈 때 오스카가 제일 먼저 그 방에 들어가는 이유는 설명하지 못하네요."

내가 인상을 쓰고 있었는지 메리가 장난스럽게 내 팔을 때리며 말했다.

"조심하세요! 진실을 파헤치다 다칠지도 몰라요."

내가 대꾸했다.

"참 웃기죠. 의과대학에서 공부했고 의사로서 경험도 쌓았는데 여전히 병실에 들어갔을 때 어떤 일이 벌어질지 잘 모르겠어요. 환자 가족들이 사랑하는 이의 생명이 얼마나 남았느냐고 묻는 경우에도 별다른 대답을 못 하지요."

"환자의 가족들이 늘 궁금해하는 문제죠."

"메리는 그때 뭐라고 대답하나요?"

"그건 하느님만 아시는데 나는 그분 전화번호는 모른다고요."

"고양이처럼."

내가 무의식적으로 말했다.

"뭐라고요?"

이제 메리가 어리둥절한 표정을 지었다.

"그런 말이 있잖아요. '개는 주인이 부르면 오지만, 고양이는 메시지만 받고 자기가 오고 싶을 때 온다'는 말이요."

나는 고양이 사료 그릇이 놓여 있는 책상 아래를 힐끗 봤다. 오스카는 없었다.

"실은 조금 전에 오스카가 사울의 병실에 와서 냄새를 맡더니만 걱정할 게 없다는 듯 나가더라고요."

"오스카는 선생님이 사울을 고쳐 주리란 걸 알았을 거예요."

"그럴지도 모르죠. 하지만 병원 조직도에서 내 이름이 고양이 아래 칸에 있다고 생각하니 체면이 말이 아니네요."

내 대꾸에 메리는 키득키득 웃었다. 나는 그녀를 보다가 문득 오스카에 대해 어떻게 생각하는지 궁금했다.

"메리, 오스카가 하는 일을 처음엔 어떻게 생각했습니까?"

그녀는 펜을 내려놓고 의자에 등을 기댔다.

"처음에는 별다르게 생각하지 않았어요. 환자가 죽을 때마다 늘 오스카가 그 자리에 있다고 간호조무사 몇 명이 수군대기 시작했죠. 내 기억으로는 오스카의 첫 번째 환자는 매리언 매컬로였어요. 매리언이 고양이를 정말 좋아했기 때문에 아들 잭이 종종 오스카를 병실에 데려오곤 했죠. 그래도 오스카는 매리언 옆에 오래 있지 않고 병실을 뛰쳐나오곤 했어요. 매리언의 병세가 깊어질수록 더 오래 있었다더군요. 매리언이 죽던 날 오스카는 스스로 침대 위로 올라가서 내내 그녀 옆에 있었어요. 며칠 후 잭이 나한테 전화해서, 오스카가 침대 위에 올라와 주어서 고마웠다고 말하더군요."

"왜요?"

"잭은 그것을 어머니가 곧 돌아가신다는 신호로 여겼나 봐요."

메리가 나를 보았다.

"당시에는 훈훈한 얘기라고 생각했지만 심각하게 여기지 않았어요. 더 알고 싶으시면 잭과 얘기해 보세요."

"메리는 그때 처음 눈치를 챈 거군요. 그러면 어쩌다가 이 일을 믿게 됐죠?"

내가 물었다.

"그로부터 몇 달이 지난 후에 있었던 일 때문이에요. 그 무렵 이미 간호사 몇 명을 비롯해 많은 이들이 오스카에 대해 이야기 하고 있었죠. 당시 선생님의 환자였던 랠프 레이놀즈가 위독했고, 우리는 랠프를 조금이라도 편안하게 해 주려고 총력을 기울이고 있었어요. 병원에서 의사 한 분이 와서 랠프를 살폈고, 병실에서 나와서는 임종이 가까우니 마지막을 준비하라고 했어요. 그 선생 님의 말을 들은 간호조무사 한 명이 오스카를 찾으러 갔죠."

메리는 잠시 말을 멈추고 이야기를 음미했다.

"몇 분 뒤 그 간호조무사는 내려 달라고 몸부림치는 오스카를 안고 돌아왔어요. 그녀는 오스카를 침대에 내려놓더니 환자의 임 종이 가깝다면 오스카가 여기 있을 거라고 우리에게 장담했죠. 그러나 오스카는 우리를 미쳤다는 듯이 바라보다가 간호조무사 의 말이 끝나기도 전에 쏜살같이 병실에서 뛰어나갔어요. 몇 시 간 후 우리는 접수대 아래 숨어 있는 오스카를 발견했지요."

"그래서 어떻게 됐습니까?"

"랠프는 서른여섯 시간을 더 버텼어요. 하지만 그가 눈을 감기 네 시간 전, 우리는 문 닫힌 병실 앞에서 서성이는 오스카를 보 았지요. 오스카는 몹시 서글퍼 보였어요. 문을 열어 주자 오스카 는 곧장 침대로 가서 랠프 곁으로 올라갔어요. 그러더니 거기 웅크리고 앉아서 꼼짝도 하지 않더군요. 몇 시간 뒤 랠프는 세상을 떠났지요. 오스카는 장의사가 도착할 때까지 고인의 곁을 떠나지 않았고, 우리가 간식으로 유인한 끝에야 겨우 랠프한테서 떼어 낼 수 있었죠."

나는 머리를 가로저었지만 놀라서였는지 아니면 못 믿어서였는지는 잘 모르겠다. 메리는 내 반응을 살피더니 살짝 미소를 지었다.

"선생님, 이제야 우리 고양이에 대해 심각하게 받아들이시네요."

나는 양손을 들었다.

"글쎄요, 메리. 난 여전히 뼛속까지 과학자예요."

메리가 과학자 운운하는 것을 질색하는 줄 알면서도 나는 계속 말을 이었다.

"나는 모든 것을 감정을 배제하고 바라보라고 배웠죠. 진실에 더 가까운 이론을 만들 때까지 계속해서 사실을 분석하고 이론을 만들고 들쑤셔 봐야 한다고요. 그건 메리도 알 거예요. 과학적 관점에서 이 일을 살펴보자면, 고양이가 죽음을 예견할 수 있다는 주장은 무시하고 넘어가면 그만이에요. 차라리 고양이가 죽어 가는 환자들 옆에 앉아 있는 것이 가족들이 모이고 손을 잡고 작별 인사를 하는, 그런 분위기와 움직임 때문이라고 보는 편이 훨씬 설득력 있죠. 그게 아니면 고양이는 자기를 성가시게 하지 않으니까 죽어 가는 사람들 옆을 어슬렁거리는 것뿐일 수도 있고요. 또 고양이들은 하루의 3분의 2를 잠으로 보내니까 따뜻한 침대 위에 앉아 있는 고양이를 발견할 가능성은 높을 수밖에 없어요. 그렇죠?"

메리가 활짝 웃었다. 내가 일종의 임계점에 이르렀고 오스카의 재능을 믿을 준비가 되었다는 것을 눈치챈 모양이었다. 메리는 더 이상 밀어붙이지는 않았지만 한마디 보태지 않고 넘어가지도 못했다.

"하지만 우리 고양이한테 뭔가 특별한 점이 있다는 것은 인정하실 거죠?"

"모든 정황 증거를 고려하면 확실히 그런 것 같네요."

"그럼 조사를 더 해 보세요. 선생님은 연구자잖아요. 오스카가 지켜보는 가운데 눈을 감은 환자들의 가족 몇 사람과 이야기를 해 보세요. 그들이 무슨 말을 하는지 들어 보는 게 좋을 거예요."

"손해될 건 없겠네요."

나는 의사라는 직업은 종종 수사관 노릇을 하게 만든다고 생각했다. 어떤 분야보다도 과학은 탐지하는 기술이 필요하다. 나는 이 수수께끼의 핵심에 더 가까이 다가가야 한다고 느꼈다.

"어디서부터 시작하면 될까요?"

내가 물었다.

"나 같으면 믿을 만한 사람부터 시작하겠어요."

메리가 조언했다.

"도나 리처즈?"

내가 물었다.

"그보다 더 적당한 사람은 없겠네요!"

메리가 필요 이상으로 만족스러워하면서 맞장구쳤다. 난 그녀
가 옳은 말을 하면 괜히 심통이 난다.

도나 모녀의
마음을 이어 준 오스카

내가 도나 리처즈를 신뢰한다는 말은 전혀 과장이 아니다. 셜록 홈즈가 왓슨 박사를 믿는 것만큼, 혹은 『스타 트렉Star Trek』의 커크 함장이 스코티의 기관실 운영 능력을 믿는 것만큼이나 신뢰했다.

어떤 의사든 일 잘하는 사무장을 소중히 여긴다. 능력 있는 사무장은 수많은 직원들을 관리하고, 정부 규정을 한발 앞서 준수하고, 중요한 전화는 제때 회답한다. 의료비 청구와 납부가 잘 되고 있는지 확인하고, 의료 기구부터 복사용지 같은 용품의 재고를 늘 확인한다. 사무장이라는 자리는 일이 어긋날 때만 눈에 띌 뿐, 평소에는 참 생색 안 나는 일이다. 그래서 적임자를 찾기가 그렇게 어려운지도 모른다. 도나 리처즈가 우리 요양원에 발을 들여놓자마자 내가 낚아채버린 것도 그 때문이다.

어느 날 아침 도나는 어머니를 모시고 진료실을 찾았고, 우연히 내 동료에게 혹시 요양원에 사무장이 필요하냐고 물었다. 그녀는 부모를 보살피기 위해 십오 년간의 캘리포니아 생활을 접고 로드 아일랜드로 돌아온 지 얼마 되지 않았다. 일자리가 필요했던 그녀와 우리의 타이밍이 딱 맞아떨어진 것이다.

함께 일한 삼 년 동안, 도나와 나는 다른 직원들이 퇴근한 후에도 서류 작업을 함께하면서 수다를 떨곤 했다. 그녀는 갓 태어난 아들을 둔 내게 경험에서 우러난 귀한 양육 지침을 알려 주었다. 그리고 나는 일하는 싱글맘이면서 치매를 앓는 어머니를 보살피는 도나가 어떻게 삶의 균형을 잡으며 살아가는지 물었다. 저녁마다 얘기를 나누면서 나는 친구의 눈을 통해 처음으로 치매 간호의 어려움을 알 수 있었다. 도나는 어머니를 돌보기 위해 고향으로 돌아오느라 타협해야 했던 것들에 대해 털어놓았다. 또 어머니가 양질의 치료를 받을 수 있도록 해당되는 의료제도를 파악하고, 적절한 의료 기관을 끊임없이 알아보는 것의 어려움에 대해 말했다. 도나는 의료제도를 잘 아는 보건직 간부 경력이 있었는데도 말이다.

'샌드위치 세대'라는 말을 가르쳐 준 사람도 도나였다. 자녀 양육과 부모 부양의 틈바구니에 끼어 있는 수백만 미국인의 처지를 제대로 이해하기 시작한 것도 그녀를 통해서였다.

이제 나는 다시 한 번 도나가 도움이 되기를 바랐다. 그녀라면 오스카를 제대로 볼 수 있게 도와줄 것이다.

하지만 먼저 그간의 안부를 챙겨야 했다. 도나가 다른 직장으로 옮기면서 우리 요양원을 떠난 게 이 년 전이고, 오스카가 곁을 지키는 가운데 그녀의 어머니가 세상을 떠난 지도 일 년이 넘었다. 그간 쌓인 이야기가 많았다.

🐾

나는 프로비던스 외곽에 있는 도나의 집을 찾아 그녀와 마주 앉았다.

"어머니가 돌아가신 뒤 몇 주 동안 식은땀을 흘리면서 잠에서 깼어요. 꿈에 어머니가 저를 찾아오셨거든요. 제가 어린 시절에 기억하던 젊은 모습이었는데 저를 계속 비난하셨어요. '나는 병원에 가고 싶었는데 넌 그렇게 해 주지 않았지 ……'라면서요."

도나는 눈물을 참으려고 천장을 물끄러미 올려다보았다. 그녀는 담배를 쭉 빨더니 공중에 연기를 내뿜었다.

"담배 피우는 것을 선생님이 싫어하는 걸 알지만 어쩔 수 없네요 ……."

도나가 미소 지으면서 말했다. 나는 잠자코 있었다. 남의 집에 와서 담배를 피우라 마라 하는 것은 도리에 맞지 않는다. 도나는 담배를 재떨이에 눌러 껐다.

"그런 꿈을 꾸고 나면 저는 몇 시간이고 침대에 앉아서 어머니가 한 말을 마음에서 지우려고 애썼어요. 어머니가 요양원을 탐탁해하지 않으셨다는 건 저도 알았어요. 어머니를 요양원으로 모시는 것은 제 평생 가장 힘든 결정이었지만 사실 선택의 여지가 전혀 없었어요. 저는 아들에게 최선을 다해야 하는 싱글맘이기도 했으니까요. 저 혼자서는 도저히 어머니를 집에서 모실 수가 없었죠. 어머니는 아주 급격히 퇴행이 진행되는 루이체 치매(Lewy body disease)였으니까요."

루이체 치매는 신경과, 노인의학, 정신과 의사를 제외하고는 일반인에게 거의 알려져 있지 않지만 알츠하이머에 이어 두 번째로 많이 발생하는 치매다. 루이체 치매는 파킨슨병처럼 행동 장애가 생겨 환자들은 몸이 뻣뻣해지고 잘 걷지 못한다. 환각, 수면 장애 같은 정신질환 증세를 보이기도 하고 확연한 행동 변화가 생긴다. 환각 증상 때문에 잘못 처방되기 일쑤인 항정신질환 약물에 극도로 예민해지고 견디지 못한다. 이런 행동적인 요소 때문에 루이체 치매 환자를 간호하기란 여간 어려운 게 아니다.

"어머니는 잠깐 괜찮은 것 같다가 다음 달에는 정신을 놓으셨죠. 평소 모습을 전혀 찾을 수 없었지요. 어머니를 최고의 의사, 전문가에게 데려갔는데 약만 잔뜩 처방해 주더군요. 어머니는 그 약들을 한꺼번에 복용하기도 했어요. 의사들은 어머니가 우울증인 것 같다며 항우울제를, 잠을 못 잔다고 하니까 수면제를, 기억력이 떨어진다고 하니까 기억력 약을 주었죠. 하지만 약을 많이 복용할수록 상태가 나빠졌어요. 결국 손을 쓸 수 없는 상황이 되자 의사가 약을 끊게 하려고 어머니를 정신병원에 입원시켰어요. 결과적으론 상황이 더욱 나빠졌지만요."

도나는 고개를 내저으며 말했다.

"약을 끊게 하려고 정신병원에 입원시키다니 이상하기 짝이 없어요."

이런 일은 그리 드물지 않다. 요즘 입원 환자의 4분의 1 이상이 약물 과잉 때문에 병원에 온다. 영양제나 의사 처방 없이 구입하는 약을 포함한 모든 약은 환자에 따라서 잠재적으로 위험하다. 그리고 노인 환자들은 점점 더 많은 약물에 노출되고 있다. 도나가 말을 이었다.

"퇴원했을 때 어머니는 도저히 집에 올 수 없는 상태셨어요. 그때부터 요양원을 전전했지요. 첫 번째 요양원에 계실 때 요양원 간호사가 전화를 해서는 어머니를 병원 응급실로 후송할 거라더군요. 이유를 물었더니 여든네 살인 어머니가 옷을 갈아입히려는 간호조무사를 때렸다는 거였어요. 어머니는 원래 거침없는 성격이긴 하셨지만 치매가 아니었다면 그런 행동은 하지 않았을 거예요. 저는 응급실로 달려갔고, 의료진이 정밀검사를 했지요. 그런 행동을 한 원인으로 짚일 만한 게 아무것도 나오지 않았고, 응급실에서 어머니를 요양원으로 돌려보내려 하자 요양원에서 거부했어요. 결국 우리가 다른 요양원을 찾는 사이 어머니는 사흘간 응급실에 계셔야 했지요."

도나는 의자에서 일어나더니 안절부절못하며 부엌 안을 서성 댔다.

"진짜 화가 난 이유는 바로 이거예요. 병원에서는 어머니가 어디서 삶을 마감할지 아무도 신경 쓰지 않았어요. 그저 최대한 빨리 응급실에서 내보내고 싶어 했죠. 저는 필사적으로 싸워야 했고, 마침내 어머니는 스티어하우스에서 지낼 수 있었어요. 사실 스티어하우스에서 어머니를 받아 준 것은, 제가 거기서 일하는 의사들 모두와 아는 사이였기 때문이죠. 제가 인맥이 없었거나 요양원에 대한 정보가 없었다면 어땠을까요? 미국의 의료제도는 정말 엉망진창이에요."

도나는 조용해졌고, 힘들었던 기억을 떠올린 그녀의 눈에 눈물이 고였다.

"가끔 그 시절을 떠올리면 제가 어떻게 견뎠는지 모르겠어요. 매일 분 단위로 시간을 쪼개서 계획을 세웠죠. 직장 일, 어머니 간호, 엄마 노릇을 다 하려면 전략이 있어야 했어요."

"정말 많이 힘들었겠네요."

도나가 내가 너무 당연한 말을 한다는 듯 나를 빤히 쳐다보았다.

"직접 겪어 보지 않으면 그게 어떤 건지 몰라요. 제 자신에게 쓸 시간은 전혀 없었어요."

다른 사람이 이런 말을 했다면 푸념으로 여겼을 것이다. 하지만 도나의 말은 과장 없는 사실이었다.

"제 인생이라는 게 전혀 없었지만 그렇게 나쁘지는 않았어요. 감당할 수 있었지요. 제가 짊어져야 하는 십자가였으니까요. 하지만 가장 힘들었던 부분은 누군가의 곁에 있어 주지 못한다는 죄책감이었어요. 어머니에게 일이 생겨서 아들의 수영 대회에 가지 못할 때마다 절망스러웠어요. 또 수영 대회를 보러 가면 어머니를 찾아가지 못해 죄스러웠고요. 스티어하우스에 갔다가 돌아올 때면 어머니를 요양원에 두었다는 죄책감 때문에 집으로 가는 길에 내내 울기도 했어요."

도나는 애써 미소를 지으면서 어깨를 으쓱했다.

"결국 선택의 여지는 없었어요. 제가 할 수 있는 최선을 다했을 뿐이죠."

나를 바라보는 도나의 얼굴을 보니 그녀는 하고 싶었던 말을 다 한 것 같았다.

"그래도 죄책감이 계속 드나 봐요?"

내가 물었다.

"예, 죄책감이 사라지지 않아요. 그리고 그런 꿈들도 ……."

우리는 두 시간 동안 대화를 더 이어 갔다. 그녀의 직장 얘기부

터 싱글맘의 사교 생활까지 이야기하다가 나는 최근에 딸이 태어
났다고 말했다. 힐끗 손목시계를 보고 시간이 많이 흘렀음을 깨
달은 나는 의자에서 일어나 물건을 챙기기 시작했다.

"잠깐만요."

도나가 말했다. 그녀는 미소를 띤 채 날 바라보면서 말을 이었다.

"오스카에 대해서 알아보러 여기 왔다면서요. 그런데 그 얘기
는 묻지도 않고 가려고요?"

"대화가 다른 방향으로 빠지다 보니 깜빡했네요. 아니면 오스
카의 능력에 대해 생각보다 마음을 열지 못하고 있든지."

도나가 웃음을 터뜨리고는 내게 다시 앉아 보라는 몸짓을 했다.
나는 목소리를 가다듬고 취재 기자 같은 투로 물었다.

"도나 리처즈 씨, 네발 달린 우리의 친구 오스카에 대해 어떻게
생각하시나요?"

도나는 웃으면서 '못 말려!'라는 표정을 지어 보였다.

"우선 말씀드릴 것은, 어머니는 고양이를 정말 싫어했어요! 예
전 같았으면 오스카가 침대로 올라왔다는 이유로 어머니가 고양
이를 독살했다고 해도 반쯤은 믿었을 거예요. 고양이만 싫어한
게 아니에요. 어머니는 동물을 그다지 좋아하지 않았죠. 동물이
왜 필요한지 모르겠다고 하셨으니까요. 하지만 치매가 점점 심해
지면서 어머니는 병동에 사는 동물들에게 위안을 받았던 것 같아
요. 어머니에게 어떤 변화가 있었는지 몰라도 분명히 뭔가 달라

졌어요. 이상하게 들릴 수도 있지만, 무의식 깊은 곳에서 받아들이는 것 같았죠."

"솔직히 나도 요즘 인간과 동물의 관계에 대해 많이 궁금해하고 있어요. 특히 아주 어린 아이와 노인의 경우에서요. 내 아들은 말도 시작하기 전에 동물에게 끌리더군요. 일부 환자들도 똑같이 강렬한 호기심을 보였고요. 언어를 뛰어넘는 관계가 있는 것 같아요. 동물들이 얼마나 영리한지 배우는 중입니다."

"그렇죠, 오스카는 영리했죠. 그 점은 분명해요. 오스카는 평소 전혀 성가시게 굴지 않았거든요. 곁에 오래 있지도 않았고 옆으로 파고들지도 않았죠. 하지만 어머니가 말을 걸면 어슬렁거리던 오스카도 멈춰 서서 눈을 맞추곤 했어요. 오스카는 고양이라기보다는 시찰 나온 고위 관리 같았어요. 하지만 어머니의 말을 알아듣기라도 하는 듯 항상 멈추곤 했어요."

시찰 나온 고위 관리, 맞는 말이었다.

"스티어하우스에 사는 동물들에 대해 어떻게 생각해요?"

"음, 이상하리만큼 위로가 됐어요. 생각을 딴 데로 돌리게 해 준다고나 할까요. 어머니가 요양원에 있다는 사실은 바꾸지는 못하지만 동물들이 있어서 견딜 만한 환경이 된 것 같아요. 완전히 내 집에 있는 것 같지는 않더라도 집 같은 분위기랄까요. 동물들의 존재가 아들에게도 도움이 됐다고 생각해요."

"무슨 뜻이죠?"

"요양원이 아이들에게 편안한 곳은 아니잖아요. 가끔 아들이 요양원에 오면 고양이를 찾으러 가곤 했어요. 불편한 의자에 앉아서 하릴없이 다리를 흔드는 것보다는 빌리나 먼치와 노는 게 아들에게도 더 재미있었겠죠. 덕분에 아들을 신경 쓰지 않고도 어머니와 시간을 보낼 수 있었고요."

"어머니께서 돌아가실 때도 오스카가 있었습니까?"

"그럼요. 어머니의 마지막이 가까워지자 오스카가 병실에 있는 시간이 점점 길어졌어요. 오스카는 제게 도움이 필요하다는 걸 아는 것 같았죠. 정말 특이한 일이었어요. 저를 따뜻하게 대해 주었고, 심지어 이해하는 것 같았어요."

도나는 내 표정을 살피고는 말을 이었다.

"저는 어머니의 마지막 일흔두 시간 동안 침대 곁을 지켰어요. 가끔씩 침대 옆 의자에서 잠깐 눈을 붙였죠. 신기하게도 제가 쉬려고 하면 오스카가 방에 들어와 내 옆으로 파고들었어요. 그러다가 의자에서 침대로 훌쩍 올라가서 어머니 곁에 앉아 있곤 했어요. 어머니가 죽음을 앞두고 있을 때 내내 그러고 있었죠.

오스카는 항상 자신을 필요로 하는 때를 아는 것 같았어요. 그러면서도 아무 보답도 원치 않는 것 같았고요. 오스카는 제가 턱을 만지고 작은 귀를 쓰다듬게 허락했어요. 그런 행동이 저에게도 위로가 된다는 걸 아는 듯했죠."

"어머니가 돌아가실 때 오스카가 그 자리에 있었나요?"

"네. 어머니가 돌아가시기 몇 시간 전에 간호사가 저에게 잠시 집에 가서 쉬라고 권했어요. 그래도 괜찮을지 걱정했지만 간호사가 다녀오라고 설득했죠. 아니나 다를까, 제가 떠난 직후에 어머니가 돌아가셨어요. 하지만 오스카는 거기 있었죠. 어머니가 마지막 숨을 거둘 때까지요."

"어머니의 임종을 지켜보지 못해 괴로웠나요?"

"아뇨. 솔직히 말하면 어머니는 제가 떠나기를 기다렸을 거예요. 어머니는 늘 그런 식이었어요."

도나는 미소 지으며 말했다.

"게다가 어머니는 혼자가 아니었잖아요. 곁에 오스카가 있었으니까요."

사라진 슬리퍼와
죄책감

마치 드라마의 한 장면을 보는 듯했다. 환자와 직원들이 우르르 몰려와 병동 접수대를 에워싸고 있어서 무슨 일 때문인지 보이지 않았다. 축제 행렬을 더 보려고 애쓰는 어린애처럼 빽빽하게 붙은 보행기들과 환자들 틈을 뚫고 나갔다. 모든 시선이 오스카와 마야에게 쏠려 있었다. 고양이들은 황홀경에 빠진 듯했다. 둘 다 접수대 주위를 정신없이 뛰어다니다가 이따금 멈추고는 바닥을 데굴데굴 굴렀다. 마약에 취한 2인무를 보는 것 같았다. 내가 앞쪽으로 밀고 나가니 거기 메리가 있었다.

"누가 쟤들 사료에 흥분제라도 탄 거예요?"

"개박하를 줬거든요."

메리가 대답했다. 고양이들이 빙빙 도는 광경을 지켜보자니 내

안의 수의사 기질이 솟아났다. 내가 물었다.

"어디 아픈 건가요?"

메리는 웃음을 터뜨리고는 설명을 시작했다. 고양이 소리와 구경꾼들의 웃음소리 때문에 그녀는 고함치다시피 말해야 했다.

"고양이들은 개박하를 좋아해요. 개박하의 어떤 성분이 고양이들에게 성적 흥분감을 준대요."

나는 오스카를 바라보았다. 잠시나마 이 지혜로운 스핑크스 같은 존재가 모든 답을 안다고 생각했건만, 오스카는 지금 제 꼬리를 잡으려 하고 있었다.

"뭐요? 고양이들이 개박하를 피운다고요?"

"고양이에 대해 아무것도 모르시네요."

내 말을 들은 간호조무사 한 명이 웃으며 말했다. 솔직히 개박하가 뭔지 몰랐다.

"난 고양이를 키워 본 적이 없거든요."

내 말에 간호조무사가 깔깔댔다.

"아무도 고양이를 키우지 않아요, 선생님. 고양이가 사람을 키우는 거죠!"

메리가 도움의 손길을 내밀었다.

"개박하를 바닥에 뿌려 주면 향을 맡으며 뒹굴어요. 결과는 보시는 대로고요."

"하지만 약에 취한 악동들처럼 행동하죠!"

간호조무사가 덧붙였다.

개박하의 약효가 사라지자 고양이들은 차츰 어릿광대 짓을 멈추었다. 구경하던 사람들도 뿔뿔이 흩어졌다. 나는 메시지를 확인하러 사무실로 들어갔다. 그녀가 따라 들어왔다.

"도나와 만난 일은 어떻게 됐어요?"

메리의 물음에 내가 대답했다.

"흥미로웠어요. 도나는 어머니가 오스카를 만나기 전까지는 고양이는 물론이고 모든 동물을 싫어했다고 하더군요."

"그게 대단하지 않나요? 원래 싫어했다는 사실도 잊어버릴 수 있다는 점 말이에요."

메리가 말했다.

"예전에 아일랜드 출신 노인 환자가 내게 '아이리시 알츠하이머'의 정의를 아느냐고 물은 적이 있어요."

내 말에 메리는 우스갯소리를 기다리는 듯 한쪽 눈썹을 치켜세웠다.

"그래서요?"

"그는 '다른 건 다 잊어도 원한은 잊지 않는 것'이라고 말했죠."

메리가 웃음을 터뜨렸다.

"아일랜드 사람들만이 미움에 자물쇠를 걸어 잠근 것도 아닐 텐데."

그녀는 사무실 창문 너머로 사람들이 흩어지는 것을 바라보았다. 이제 오스카와 마야는 약 기운이 다한 마약중독자들처럼 바닥에 널부러져 있었다. 내가 말했다.

"도나는 마지막에 오스카가 어머니와 함께 있어 주어서 정말 기뻤다고 했어요. 마치 오스카가 그녀에게 집에 가도 좋다고 허락한 것 같았다면서요. 도나 말로는, 어머니는 딸이 곁을 지키고 있는데 돌아가실 분이 아니었대요. 그러니까 어떤 면에서 오스카가 모녀 모두에게 좋은 일을 한 거죠."

"모녀 사이에 다리 역할을 했네요."

메리가 말했다.

"그래요. 다리가 된 셈이지요."

나는 메리와 함께 유리창 너머로 카펫 위에 늘어져 있는 고양이를 바라보았다. 메리가 물었다.

"다른 환자 가족들과도 더 이야기해 볼 건가요? 여기서 어머니, 아버지를 모두 떠나보낸 자매, 기억하죠? 그 자매의 어머니가 세상을 떠날 때 오스카가 곁에 있었어요."

"리타와 아넷이죠? 나도 그들을 떠올렸어요. 하지만 내가 뭘 알고 싶은 건지 확신이 서지 않네요."

나는 다시 메리를 쳐다보았다.

"잭 매컬로는 언제든 만나 줄 거예요. 아니면 페레티 부인은 어때요? 선생님은 페레티 부인과 사이가 좋았죠?"

메리는 내가 수수께끼를 푸는 수사관 역할을 계속하도록 격려

했다.

"혹시 영화『시민 케인Citizen Kane』봤어요?"

내가 물었다.

"어머, 아주 오래전에 봤죠."

"마치 그 영화에 나오는 기자가 된 것 같네요. '로즈버드'의 의미를 알아내려고 돌아다니는 인물 말예요."

"맞아요! 그리고 로즈버드는 그 사람의 썰매 이름으로 밝혀졌죠."

메리가 말했다.

"그래요. 썰매가 불타는 마지막 장면에서 관객들은 그 사실을 알게 되었죠. 하지만 그 기자는 아무것도 알아내지 못했잖아요."

내가 대답했다.

"해 보기 전까지는 모르는 거예요."

나는 빙그레 웃으며 화제를 돌렸다.

"자, 오늘은 어느 분을 봐 드려야 하나요?"

뉴잉글랜드 지방에서는 날씨에 대해 이런 말을 한다.

"지금 날씨가 마음에 안 들면 몇 분만 기다려 봐요."

그날 스티어하우스의 분위기도 뉴잉글랜드 날씨만큼이나 변덕스러웠다. 고양이들 때문에 시끌벅적했던 게 불과 한 시간 전이었는데 웃는 사람이 아무도 없었다. 심지어 험악한 분위기였다.

한 시간 전만 해도 다들 서커스를 구경하듯 웃었는데 지금은 잘 차려입은 중년 여성과 메리가 벌이는 전쟁터 한복판에 있었다. 그 중년 여성은 사울 스트라한의 딸 바버라였다. 간호조무사 두 사람이 맹렬히 설전을 벌이는 두 사람을 접수대 뒤에서 지켜보고 있었다. 메리는 바버라 스트라한을 달래는 중이었다.

"속상하시겠지만 상황을 제대로 된 관점에서 본다면 ……."

"나한테 관점 운운하지 말아요! 난 그런 거 필요 없으니까."

나는 슬그머니 빠져나가려 했으나 바버라는 내가 아버지의 주치의인 것을 알아보고 말을 걸었다.

"선생님, 여기 직원들 단속 좀 제대로 못 하나요? 지난 이 년 동안 잃어버린 슬리퍼가 벌써 세 켤레라고요."

영문도 모른 채 갈등의 한가운데로 끌려들어 온 나는 아무 말도 할 수 없었다. 바버라는 어깨를 으쓱하더니 메리와 간호조무사들에게 다시 화를 냈다.

"우리 아버지 물건을 잘 간수해 달라는 게 그렇게 무리한 요구인가요?"

메리가 조심스럽게 설명했다.

"아버님 슬리퍼는 금방 찾을 수 있을 거예요. 아마 다른 환자가 스트라한 씨의 옷장에서 꺼내 갔을 거예요. 조만간 슬리퍼를 찾게 될 거예요."

"왜 다른 환자들이 아버지 병실을 기웃거리는 거죠?"

"저희도 애쓰고 있어요. 하지만 저희가 보고 있지 않을 때 환자들의 행동을 일일이 통제하기가 너무 어렵네요."

"그럼 좀 더 애써 보든가요!"

바버라는 자신의 말을 강조하려는 듯이 우리 모두의 눈을 차례로 쳐다본 다음, 마지막으로 리디아를 노려보았다. 리디아는 스페인어를 쓰는 간호조무사였다.

"더 나은 도우미를 구해야 하지 않겠어요? 최소한 영어는 할 수 있어야지, 원!"

그렇게 쏘아붙이고 바버라는 쿵쿵대며 복도를 지나 아버지 병실로 향했다.

나는 리디아를 바라보았다. 그녀는 눈물을 얼른 손등으로 닦아냈다. 메리가 리디아의 어깨에 손을 올렸다.

"진심으로 한 말은 아닐 거야. 화나서 그러는 것뿐이지."

메리의 말에 리디아는 고개를 끄덕이면서 미소를 지으려 했다. 그렇지만 그 독설을 잊으려면 시간이 걸릴 터였다. 그녀가 몸을 돌려 어디론가 사라졌다. 우리는 어색한 침묵에 휩싸였다. 메리가 고개를 젓더니 다른 간호조무사에게 조용히 말했다.

"그 슬리퍼를 찾아보도록 해요."

간호조무사가 자리를 뜨자 내가 말했다.

"흠, 늘 그렇듯 나는 타이밍 한번 잘 맞추네요. 대체 무슨 일이에요?"

"사울 스트라한 씨의 따님이에요. 선생님도 만난 적이 있죠?"

"딱 한 번이오. 스트라한 씨가 입원했을 때였죠. 바버라와는 주로 전화 통화를 하는데, 최근에 통화하는 일이 늘긴 했네요."

나는 접수대 의자에 앉아서 메리를 똑바로 쳐다보았다. 업무에 관한 한 완벽주의자인 그녀의 속이 부글부글 끓고 있을 터였다. 그녀가 병동을 철저히 관리하지 못했다는 비난에 자존심이 상했겠지만, 간호조무사들이 딱해서 더 마음이 안 좋은 눈치였다.

"나가서 담배 한 대 피워야겠네요."

메리는 간호사실로 들어가서 몇 분 동안 담배를 찾았다. 잠시 후 빈손으로 나온 메리는 이미 마음이 가라앉은 듯했다.

"메리, 정말 괜찮아요?"

그녀가 한숨을 쉬었다.

"전 여기서 십 년 가까이 일했어요. 여기 오기 이전에 다른 요양원 여러 곳을 거쳤지요. 경력이 이쯤 되면 환자 가족들을 네 가지 유형으로 구분할 수 있죠. 화내는 부류, 죄책감을 느끼는 부류, 겁내는 부류, 세 가지가 복합된 부류. 우리는 이 모든 사람들을 이해하려 애쓰죠."

그녀는 두 손을 펼쳐 병동과 환자들을 아우르는 시늉을 하며 말을 이었다.

"대부분의 사람은 시간이 지나면 상황을 받아들여요. 그런데 가끔 현실을 얼른 인정하지 못하는 사람들이 있어요."

"그럼 바버라는 어떤 유형인가요?"

내가 물었다.

"그녀는 죄책감을 느끼는 유형일 거예요."

메리는 무슨 말을 할지 잠깐 생각하는 듯했다.

"어쨌거나 사울은 지난 반년 동안 그 슬리퍼가 어디 갔냐고 찾은 적이 없어요. 그런데 내가 당장 슬리퍼를 찾아내지 못하면 바버라는 내 상관을 찾아가겠죠."

"바버라와 이야기는 해 봤어요?"

"한 귀로 듣고 한 귀로 흘리더군요."

"간호사들이 어떻게 이런 일을 견디는지 모르겠네요. 의사인 우리는 왔다 갔다 할 뿐이지만요."

"사실 바버라처럼 죄책감을 느끼는 보호자들은 다른 유형보다 상대하기가 더 수월해요. 그 순간만 넘기면 되거든요. 그런 사람은 말도 안 되는 일들로 우리한테 소리를 질러 대지만 진정한 후에는 와서 사과해요. 다른 유형의 보호자들이 더 나쁠 수도 있어요."

"더 나쁘다고요?"

"아까 말한 대로 치매를 두려워하는 가족들이 있어요. 상황을 도무지 받아들이지 못하죠. 그들은 여기 와서 별별 질문을 다 해요. 환자 식단이 바뀌면 왜 바뀌었냐고 백만 번은 물어봐요. 이런 가족들은 부모가 치매로 인해 어떤 일을 겪고 있는지 제대로 이해한 순간, 작대기로 두들겨 맞은 표정을 짓더군요."

메리가 다시 한숨을 쉬었다.

"안타깝게도 금연 구역이네요."

내 말에 메리가 웃으며 대답했다.

"괜찮아요. 모든 것을 우리 탓으로 돌리면서 화풀이하는 거라고 생각하면 편해요. 지난주에 어떤 환자의 딸이 왜 어머니가 보행기를 쓰느냐고 묻더군요. 환자가 두어 번 넘어지셔서 그런 거라고 대답하자, 그 딸은 내가 어머니에게 신경 쓰지 않는다고 쏘아붙이더군요. '당신들은 어머니가 여기서 없어지기를 바라겠죠. 그러면 그 침대에 다른 환자를 받을 수 있으니까'라고 덧붙이기까지 했죠."

"설마요!"

"설마였으면 좋겠네요."

사랑하는 가족의 퇴행을 지켜보는 것이 얼마나 힘들지는 나도 잘 이해한다. 솔직히 말하자면 나 또한 부모나 배우자가 치매에 걸리면 어떻게 감당할지 모르겠다. 아마 나도 화살을 다른 사람들에게 돌리고 그들을 탓할 것이다. 하지만 또 다른 한편으로 생각해 보면 환자 가족들이 도우려는 직원들을 비난하는 것은 당황스러운 일이기도 하다.

루이즈가 보행기를 밀며 우리 쪽으로 다가오는 것을 보고 우리는 대화를 멈추었다. 메리가 먼저 그녀를 알아봤다.

"선생님의 팬이 납셨네요."

메리의 말에 난 자리에서 일어나서 루이즈 쪽으로 걸어가 맞이했다. 루이즈는 환한 미소를 짓더니 뭔가 말했다.

"루이즈가 '키가 참 크시네'라고 하네요."

내 뒤에서 메리가 통역해 주었다. 내가 루이즈를 가볍게 안아 주자 할머니는 키득대며 웃었다. 그러고는 왔던 길로 되돌아갔다. 루이즈가 떠나자 내가 말했다.

"아주 잘 다니시네요."

메리가 대답했다.

"운동 능력에 문제가 있는 게 아니거든요. 항상 다른 환자들을 찾아다녀요. 상대가 알거나 모르거나 상관하지 않고요."

메리가 갑자기 벌떡 일어나 복도로 뛰어갔다. 그녀는 루이즈를 붙잡더니 보행기 앞에 달린 바구니를 뒤졌다. 잠시 후 메리는 물건 꾸러미를 안고 돌아왔다. 그녀가 내게 베이지색 스웨터, 청진기, 남자 슬리퍼를 보여 주었다.

"루이즈가 범인이었군요."

메리는 청진기와 스웨터를 책상 위에 올려놓으며 말했다.

"지난주에 여기 와서 일한 의대생의 청진기예요. 그 학생은 사방팔방 청진기를 찾아다녔어요."

메리는 청진기를 사무실로 가져가서 보관해 두고, 슬리퍼를 들고 사울의 방으로 향했다.

"잠시만요. 내가 갖다 줘도 될까요? 바버라가 어떤 생각을 하는지 이야기를 나누고 싶어서 그래요."

메리는 어깨를 으쓱하더니 내게 슬리퍼를 건네주었다.

"좋도록 해요."

사실 나는 바버라에게 한 소리 하고 싶었다. 사랑하는 가족에게 이 모든 일이 벌어지는 것을 지켜보는 게 얼마나 힘겨운지 모르는 바는 아니지만, 그래도 적당한 선이라는 게 있는 법인데, 바버라는 그 선을 한참 넘었다.

병실에 들어가니 바버라는 아버지의 무릎을 베고 누워 있었다. 우리 아들도 가끔 텔레비전을 볼 때 내 무릎을 베곤 한다.

"슬리퍼를 가져왔습니다."

내 말에 바버라가 고개를 들어 나를 바라보았다. 눈이 빨갛고 마스카라가 번져 있었다. 그녀는 일어나 앉으면서 블라우스 소매로 얼굴을 닦았다. 내가 다가가서 슬리퍼를 침대 옆 탁자에 내려놓았다.

"아까는 직원들에게 너무 심하셨어요."

내 말에 바버라가 마음을 비워 내듯 펑펑 울었다. 내가 울린 것 같아 잠시 후회했다. 바버라의 눈물이 잦아들자 나는 화장지를 건네주었다. 그녀가 눈가를 닦아내며 말했다.

"선생님, 제 행동이 정말 후회스러워요. 리디아에게 미안하다고 전해 주시겠어요? 무슨 생각으로 그랬는지 모르겠어요. 바보 멍청이가 된 기분이에요."

"부인이 리디아에게 직접 말하는 게 좋겠습니다. 리디아는 일주일에 닷새를 야간학교에 다니며 영어 공부를 하고 있어요. 곧 영어 실력이 나아질 거예요."

바버라가 고개를 끄덕였다.

"여기만 오면 뭘 해야 할지 도무지 모르겠어요. 제 말은, 저희 아버지 좀 보세요."

그녀는 아버지를 가리키며 말을 이었다.

"아버지는 제가 여기 있는지조차 모르는 것 같아요."

"옆에 있는 것만으로도 아버지를 위해 최선을 다하고 있는 겁니다."

바버라가 고개를 끄덕였다.

"머리로는 그걸 아는데 마음은 그렇지가 않아요."

그 말은 환자의 가족들에게서 수백 번도 넘게 들었다. 바버라는 머리로는 아버지에게 일어나는 일을 이해했지만, 마음으로는 받아들이지 못하고 있었다.

"아버지가 바보처럼 멍한 표정을 짓고 앉아 있기만 하다니."

바버라는 절망감에 빠져 계속 말했다.

"아버지는 제가 누군지 몰라봐요. 이 잘생긴 분은 어린 시절 나에게는 전부였어요. 어렸을 때 아버지는 매일 저를 학교에 데려다주셨고, 제가 커서는 직장 문제는 물론이고 남자친구 문제까지 얘기할 수 있는 친구였어요. 지금 아버지에게 저는 어떤 존재일까요?"

"지금 겪는 일들에 대해 속을 터놓을 수 있는 사람이 있나요? 부인이 겪는 이런 상실감을 우습게 여기면 안 돼요. 누구도 이런 상황을 혼자서 헤치고 나가기 힘들 거예요. 심리치료사나 신부님에게라도 도움을 청하세요."

"이따금 아들에게 이야기하면 도움이 되는 것 같아요."

어머니다운 미소가 입가에 살짝 떠올랐다.

"아들은 할아버지에게 참 잘해요. 여기 앉아서 우스운 이야기를 하거나 스포츠 기사를 읽어 드리기도 하죠. 예전에는 같이 레드삭스 경기를 보러 다니기도 했죠."

그녀가 탁자에 놓인 사진을 가리키며 말을 이었다. 사울과 어린 소년이 펜웨이파크에서 찍은 사진은 전에도 본 적이 있다.

"아들은 할아버지의 상황에 아랑곳하지 않아요. 가끔 아버지를 웃게 만들기도 하죠."

바버라가 다시 수심에 찬 표정을 지으며 말했다.

"그런데 전 그럴 수가 없네요!"

나는 고개를 끄덕이고 한참 동안 조용히 앉아 있었다. 아무 말도 하지 않는 게 내가 할 일인 경우가 종종 있다. 마침내 바버라가 입을 열었다.

"선생님, 저는 항상 심한 죄책감이 들어요. 매번 여기 다녀갈 때마다 집까지 울면서 가죠."

그녀는 눈물 고인 눈으로 말을 이었다.

"마스카라 얼룩 때문에 버린 블라우스가 몇 벌이나 되는지 모르실 거예요. 이쯤 되면 그러지 말아야 할 텐데 말이죠."

그녀의 블라우스를 보니 조만간 또 한 벌이 쓰레기통으로 갈 것이 분명했다.

"선생님께서는 아버지가 큰 병원에 가서 더 치료받아야 한다는 제 의견이 옳지 않다고 생각하시죠?"

내가 대꾸하려 하자 바버라가 손을 들어 막으며 계속 말했다.

"하지만 이해해 주셔야 해요. 아버지는 가능한 한 모든 치료를 다 해 달라고 하셨거든요."

바버라가 다시 울기 시작했다. 사울의 건강 상태와 연명 치료 등에 대해 더 긴 대화가 필요했다. 전에도 바버라와 전화로 이야기를 나누었지만 의논할 것들이 또 있었다. 하지만 지금은 때가 아니었다. 딸과 손자를 야구장에 데려갔던 자상한 아버지는 다시는 돌아오지 않으리란 말을 할 때가 아니었다. 내가 말했다.

"오늘 바로 결정해야 할 문제는 아닙니다. 이런 말씀을 드린다고 기분이 나아지지 않겠지만, 예전 같지 않은 아버지의 모습을 바라보는 것이 얼마나 힘든지 이해합니다. 암과 교통사고로 가족을 잃은 분들도 치매로 천천히 죽어 가는 가족을 보는 것이 훨씬 더 힘들 거라고 말하더군요."

바버라가 고개를 끄덕이는 것을 보니 내 말을 이해한 것 같았
다. 잠시 침묵이 흐르는 동안 그녀는 울음을 멈추었고 기분도 조
금 나아진 듯했다.

"선생님, 고맙습니다."

"슬리퍼 때문에요?"

내가 빙그레 웃으면서 대꾸했다.

"그래요. 슬리퍼 때문이에요."

그녀도 미소 지었다.

요양원에서
부모님을 떠나보낸 자매

다시 고양이에 관한 수수께끼를 푸는 수사관이 되어야 할 시점이었지만 어느 쪽으로 방향을 돌려야 할지 고민이었다. 늘 그렇듯 올바른 방향을 알려 준 사람은 메리였다.

환자들을 진료하던 어느 날 오후, 그녀가 말했다.

"데이비드, 아직 리타와 아넷을 만나 보지 않았지요? 내가 만난 보호자들 가운데 그 자매가 스티어하우스에 가장 오래 머물렀을 거예요."

사실이 그랬다. 두 자매는 처음에는 아버지, 나중에는 어머니를 간호하러 꼬박 십 년간 요양원을 들락거렸다. 네발 가진 동물의 수수께끼를 푸는 데 필요한 통찰력을 주기에 딱 좋은 인물들이었다. 나는 그들이 다시는 요양원에 발을 들여놓고 싶지 않을 거라고 생각하며 리타에게 전화를 걸었다. 예상과 달리 리타는 며칠 후 요양원에서 만나자고 제안했다.

"오스카 이야기라면 언제나 환영이에요. 옛 친구들을 만나는 것도 즐거울 테고요."

❧

병원에서 외래 환자를 진료한 뒤 스티어하우스로 가면서, 내 인생의 지난 십 년과 함께 변해 버린 모든 것을 떠올렸다. 나는 의대를 졸업한 뒤 삼 년간 수련의, 이 년간 전임의를 거쳐 전문의가 되었다. 아내를 만나 결혼했고 어느덧 두 아이의 아버지가 되었다. 이기적이고 자족하는 독신남에서 가족이 주는 즐거움과 책임감을 동시에 지닌 가장이 되었다. 신체적으로도 변화가 왔다. 속상하게도 몸무게는 10킬로그램 가까이 늘었고, 드문드문 생긴 흰머리가 살짝 넓어진 이마를 덮고 있다. 그리고 지병과 신체적인 불편에 적응하며 사는 법을 배웠다. 리타와 아넷이 차례로 부모를 간호하는 사이에 나에게는 그런 일이 있었다.

요양원에 도착하니 자매는 휴게실에 앉아서 직원들과 즐겁게 이야기를 주고받고 있었다. 어머니가 돌아가신 뒤로 몇 달 만의 방문이어서 가깝게 지냈던 사람들의 안부를 묻고 있는 듯했다. 나는 한동안 물러서서 간호조무사들과 간호사들이 대화하러 오는 광경을 지켜보았다. 자매가 직원들을 얼마나 편안하게 대하는지가 눈에 들어왔다. 눈물을 흘리거나 슬픈 표정을 짓는 것이 아니라 웃음과 따뜻한 미소만 오갔다. 오랜만에 만난 가족들 같아서 방해하고 싶지 않았다. 그때 리타가 뒤쪽에서 머뭇거리는 나를 발견하고 손을 흔들어 인사했다. 그제야 나는 그쪽으로 다가갔다.

"안녕하세요, 리타. 좋아 보이네요. 아넷도요."

우리는 도서관으로 걸어가면서 가벼운 안부를 주고받았다.

"이곳에 다시 오니 기분이 묘하겠어요."

내 말에 리타와 아넷은 고개를 끄덕였지만 긴 복도를 걷는 동안 아무 말도 하지 않았다. 우리가 걸으며 지나치는 문 하나하나가 특별한 추억으로 들어가는 입구라도 되는 듯 자매는 생각에 푹 잠겨 있었다.

"사람들은 대부분 놓아주려 하지 않죠."

리타가 뜬금없이 말했다. 어느새 우리는 도서관으로 들어섰고, 리타는 약간 심란한 듯 실내를 둘러보았다.

"왜 그렇게 생각하시죠?"

내가 물었다. 환자 가족들이 가장 힘들어하는 일이 환자를 놓아주는 것임을 나는 경험으로 알았지만 리타의 생각을 듣고 싶었다.

"가장 나쁜 방법으로 환자를 되돌리려고 하니까요. 자녀들은 부모의 예전 모습을 보고 싶어 하죠. 성적표에 사인해 주던 아버지로, 추수감사절 만찬을 준비하던 어머니로. 하지만 그럴 수 없잖아요."

그것을 아는 것, 또 그 사실을 받아들이는 것이 가장 어려운 일이다. 사람과 사람 사이의 관계는 대개 추억, 함께 나눈 경험, 희망, 두려움 같은 보이지 않는 것들로 이루어진다. 한 사람이 없어지면 상대방은 끈 떨어진 연처럼 혼자 남는다. 추억이 버티게 해줄 수 있지만, 관계에서 보이지 않는 요소들이 없어지면 해결되지 않은 문제들만 남는다. 끝내지 못한 말다툼, 살갑게 건네지 못한 따뜻한 말, 다하지 못한 이야기들이 손톱 밑의 가시처럼 찔러 치유할 수 없는 고통이 된다. 그런 것들이 해결될 때까지는 상실감을 극복하기란 매우 어렵다.

"그래서 그 상실감을 어떻게 극복했습니까?"

이번엔 아넷이 대답했다.

"시간이 좀 걸리죠. 처음에는 일부러 관심을 딴 데로 돌리거나 딴청을 피워야 해요."

이런 대답은 처음이라 다시 물었다.

"무슨 뜻인가요?"

아넷이 대답했다.

"이런 식일 거예요. 아버지가 치매 진단을 받은 지 몇 년이 지난 어느 밤, 저한테 전화를 하셨더군요. 제가 한밤중이니 다시 가서 주무시라고 말씀드렸죠. 그런데 몹시 불안해하셨어요. '내가 낯선 여자와 함께 있구나. 어찌 된 일인지 모르겠다. 네가 여기로 와서 나를 집으로 데려가 다오'라고 하시더라고요."

아넷은 그 일을 떠올리며 고개를 저었다. 그녀가 말을 이었다.

"저는 한 시간 가까이 전화기를 붙들고 침대에 누운 여자가 제 어머니이자 아버지의 아내라고 설득하려고 애썼죠. 결국 아버지를 달래기는 했어요."

"그런데 그때부터 상황은 더 안 좋아졌죠."

리타가 거들었고, 아넷이 계속 말했다.

"그때부터 점점 전화를 자주 하셨어요. 인정하기는 싫지만, 저도 처음에는 좀 화가 났죠."

아넷은 잠시 말을 멈추었다가 미소를 지었고, 다시 말을 이어 갔다.

"아니, 솔직히 엄청 화가 났어요! 그 '모르는 여자'가 사실은 어머니라는 말을 몇 번이나 더 했는지 몰라요. 억장이 무너지면서도 짜증스러웠지요. 하지만 결국엔 그런 반복적인 일에는 일일이 설명하기보단 관심을 딴 데로 돌리는 것이 최선임을 알게 되었죠. 저는 그 모르는 여자가 아버지의 아내라고 설득하는 것을 멈추고, 그냥 화제를 바꾸었어요. 그랬더니 매사가 잘 풀렸죠."

리타가 말했다.

"어머니의 경우도 마찬가지였어요. 어머니가 스티어하우스 3층에 처음 오셨을 땐 어머니는 이 요양원이 아버지가 세상을 뜨기 전에 만나러 왔던 곳이라는 사실을 알고 있었어요. 그게 어머니가 처음부터 스티어하우스를 좋아한 이유이기도 했죠. 어머니 마음속에는 이미 내부 구조, 병실들, 고양이들까지 인지되어 있었거든요."

"어머니는 마야를 특히 귀여워하셨죠. 오스카는 별로였고요."

아넷이 맞장구치며 웃었다.

"그리고 직원들도 여럿 기억하고 계셨죠. 그 직원들이 낯익어서 어머니는 불안해하지 않았어요. 때로 우리가 병실에 앉아 있으면 어머니는 아버지의 안부를 묻곤 했죠."

리타는 쓸쓸하게 미소 지으면서 덧붙였다.

"우린 아버지가 지금 전화를 받으러 잠깐 나가셨는데 곧 돌아오실 거라고 어머니한테 말하곤 했어요."

"딴청 피우기에 익숙해지죠. 최소한 저는 그랬어요."

아넷이 말했다.

"소소한 거짓말을 하는 거예요."

리타가 소리 내어 웃으면서 말했다. 내게는 그런 일들이 소소해 보이지 않았다.

"그러면 혹시 죄책감이 들지는 않았나요?"

"거짓말하면서요?"

리타가 끼어들었다. 아넷은 단호하게 고개를 저었다.

"우린 그것을 연극 놀이라고 생각했어요. 기억력 장애가 있는 사람의 관심을 딴 데 돌리게 만드는 역할을 맡은 거죠. 우린 어머니를 우리의 현실로 되돌아오게 할 수 없었어요. 우리가 어머니의 현실로 들어가야 했죠."

이번에는 리타가 말했다.

"그건 어떤 면에서는 우리에게도 도움이 됐죠. 연극을 한다는 설정은 현재에만 집중하는 데 도움이 되거든요. 그렇게라도 하지 않으면 생각이 사방팔방으로 뻗쳐서 마음 둘 곳이 없어져 무기력해질 수도 있어요."

자매의 이야기를 들으며 나는 그들이 십 년 넘게 간병하는 동안 치매 전문가가 다 되었다고 생각했다.

"두 분은 치매에 적응하는 법을 제대로 배우신 것 같네요."

내 말에 아넷이 말했다.

"선생님, 그게 쉽지만은 않았어요. 아버지에게 통했던 방법이 어머니한테는 통하지 않아서 언제나 새로운 전략을 찾아야 했어요. 퇴근하면서 눈물을 흘린 날도 많았고요. 신경쇠약에 걸리기도 했어요."

리타가 고개를 끄덕여 맞장구쳤다.

"막바지에 이르러서는 어머니가 저를 알아보지 못했죠."

"그럴 때는 어떻게 대처하셨어요?"

내가 물었다.

"사소한 작은 일에서 위안을 삼았죠."

이 말은 어딘가 익숙했다. 아넷이 끼어들었다.

"어머니는 블루스와 포크 음악을 좋아했어요. 심지어 임종 전에도 좋아하는 노래가 들리면 박자에 맞춰 발을 까딱거리곤 했죠. 어머니가 식사를 전혀 하지 않으려 할 때는 아이스크림을 드렸어요. 뭐든 환자를 행복하게 하는 일을 하는 거죠."

"그래도 요양원에 적응하는 건 쉽지 않았어요. 환자 당사자뿐만 아니라 가족들도 마찬가지죠."

리타가 말했다. 나는 그녀의 마지막 말을 징검다리 삼아서 오스카 이야기를 꺼냈다.

"병동에 있는 고양이들이 스티어하우스를 좀 더 편안하게 생각하게끔 만들었을까요?"

아넷이 대답했다.

"물론이죠. 우리 자매 모두 오스카와 마야에게 큰 위안을 받았어요. 고양이들은 요양원을 훨씬 더 지낼 만한 곳으로 만들어 주었죠. 걔들을 보며 머리를 식힐 수 있거든요. 환자들뿐만 아니라 방문객들에게도 그래요. 고양이를 지켜보고 있노라면 푹 빠져들거든요. 고양이가 햇빛 아래 몸을 쭉 펴고 있으면 ……."

"고양이 요가죠!"

또 리타가 말했다.

"보고 있으면 위로가 되죠. 거리 축제를 구경하는 것처럼 창밖을 내다보는 모습이나, 세상에 아무 근심 없다는 듯 제 몸을 핥는 것은 또 어떻고요!"

나는 속으로 그 말에 동의했다.

"고양이들 덕분에 한눈을 팔면서 한숨 돌리곤 했죠."

리타가 말했다.

"어머님이 돌아가실 때 오스카가 있었습니까?"

리타는 생긋 웃고 나서 대답했다.

"선생님, 제가 그 자리에 없었다면 저도 아마 믿지 않았을 거예요."

"믿지 않았을 거라니, 뭘요?"

"어머니가 세상을 떠나기 전 여러 번 위독하셨는데, 그때마다 오스카가 병실에 들어와 어머니를 살피고 나가곤 했어요. 오래 머물진 않았죠. 그냥 들어와서 어머니 발에 코를 대고 킁킁거리다가 다시 나가 버렸어요."

'발 냄새를 맡았다고?'

그건 새로운 정보였다.

"놀랐나요?"

"아뇨, 다른 환자 가족들에게 오스카가 그런 행동을 한다는 말을 들었거든요."

리타는 심호흡을 크게 하고 나서, 어머니가 돌아가시던 날의 이야기를 들려주기 시작했다.

"처음에는 슥, 슥, 슥 하고 긁는 소리가 들렸어요. 어디서 나는 소리인지 궁금해서 동생을 쳐다봤던 기억이 나요. 문밖을 내다봤지만 고양이는 보이지 않았어요. 그러다가 또 슥, 슥, 슥 소리가 나는 거예요. 누군가 방문을 두드리기 전까지 거의 한 시간 동안 계속 그 소리가 났어요."

아넷이 끼어들어 설명을 이어 갔다.

"간호조무사가 병실로 들어와서 우리더러 문을 열어 놔도 괜찮겠느냐고 물었죠. 우리 둘 다 어안이 벙벙해서 이유를 물었지요. 그녀는 오스카가 문밖에서 안으로 들어오려고 안간힘을 쓰고 있다고 했죠."

"그런데 긁는 소리는 어디서 난 겁니까?"

내 물음에 리타가 말했다.

"오스카가 문간에 앉아 있다가 옆 병실에 들어갔던 것 같아요. 오스카는 거기서 방에 들어오고 싶다는 것을 우리에게 알리려고 계속 벽을 긁은 거지요. 간호조무사는 오스카가 몇 시간 동안 병실 문밖에서 왔다 갔다 했다더군요. 그래서 우리한테 문을 열어 놔도 괜찮겠느냐고 물은 거지요. 우리는 좋다고 했고요. 그런데 문이 열리기 무섭게 오스카가 쏜살같이 들어오더니 침대 위 어머니 곁으로 뛰어 올라갔어요. 오스카는 어머니 옆에 자리를 잡더니 만족스러운 표정으로 우리를 빤히 쳐다보더군요. 그러더니 어머니 옆에 앉아서 몸을 동그랗게 말고는 잠들었어요."

아넷이 말했다.

"우리는 너무 놀라서 서로 쳐다보기만 했죠."

"그럼, 어머님이 돌아가실 때 오스카가 있었군요?"

리타는 손을 들어 내 말을 막았다. 나는 그녀가 전에도 누군가에게 이 이야기를 한 적이 있음을 짐작했다.

"더 재미난 점이 있어요. 잠시 후 간호조무사가 침대 시트를 갈러 왔어요. 그녀는 오스카를 침대에서 내려보내려 했죠. 그런데 오스카는 간호조무사를 빤히 쳐다보면서 꿈쩍도 하지 않았어요. 오스카를 들어서 옮기려 하자 위협하는 소리를 내면서 앞발로 그녀를 때렸지 뭐예요."

나는 오스카와 처음 만났던 일이 떠올라서 손을 무의식적으로 문질렀다.

"그래서 누가 이겼습니까?"

나는 어떻게 됐을지 알면서도 물었다. 리타가 대답했다.

"어휴, 오스카가 이겼죠. 간호조무사는 포기했고요. 오스카는 어머니가 눈을 감을 때까지 단 한순간도 곁을 떠나지 않았어요. 장의사가 도착할 때까지 자리를 지켰죠."

아넷이 기억을 되살리며 말했다.

"가장 이상했던 일은, 장의사가 와서 어머니를 바퀴 침대에 모시고 나갈 때 오스카가 차렷 자세를 하듯 서 있었던 거예요."

"호위병처럼."

리타가 말했다.

"그래요, 호위병처럼."

아넷이 맞장구쳤다.

🐾

우습지만 나는 리타와 아넷이 이야기를 마치면 사고 현장에서 줄행랑치듯이 곧바로 요양원에서 뛰쳐나갈 거라 생각했다. 그런데 자매는 오히려 가기 싫은 눈치였다. 리타의 말마따나 스티어하우스는 그들에게 '제2의 집' 같은 곳이었다. 오랫동안 머물면서 사귄 친구들 덕분이었을 것이다. 두 자매가 나에게 호의를 베푼 것은 오스카와 고양이 친구들 덕분임이 분명했다.

도나를 만나고 온 나에게 메리는 오스카를 '모녀 사이를 이어주는 다리 같은 존재'라고 표현했고, 나는 오스카를 그런 관점에서 보기 시작했다. 무시무시한 곳에 있는 사람들을 좀 더 나은 곳으로 인도하는 상냥한 안내인 같은 녀석이라고 말이다. 그것이 오랜 세월 스티어하우스에서 고양이를 키우는 이유이기도 할 것이다. 무엇보다도 환자들은 고양이를 좋아한다. 고양이들은 비판하지 않는다. 그 사람의 직업이 뭐든, 부자든 가난하든, 사람들이 자기 이름을 기억하든 아니든, 최근 뉴스를 알든 아니든 고양이는 상관하지 않는다.

우리는 오스카가 병상을 지키기 전부터 고양이들이 환자에게는 물론이고 가족들에게도 의미 있는 존재라는 것을 알았다. 고양이들은 두려움을 가지고 요양원을 찾는 환자 가족들을 안심시키는 역할을 하는 것 같다. 요양원을 찾는 보호자와 문병객들에게 환자의 변한 모습은 큰 충격이 될 수도 있다. 그렇기에 익숙한 것에서 위로를 얻으려 한다. 고양이라는 이름의 따뜻하고 포근한 위안을 말이다.

음악이 전부였던
리노 페레티

페레티의 집은 건축 잡지에 나올 법한 으리으리한 저택이었다. 노스프로비던스의 언덕에 자리 잡은 저택의 커다란 창문들 밖으로 웅장한 도시 전경이 보였다. 방에서 다음 방으로 자연스럽게 이어지는 탁 트인 구조였다. 현대적인 가구로 꾸민 실내는 얼룩 하나 없이 구석구석 깨끗하고 채광이 좋았다. 벽마다 서가와 미술품이 빼곡했다.

"남편과 저는 은퇴한 후 이 집에서 살려고 했죠. 그이가 이곳을 좋아했거든요."

그 겨울 오후 진 페레티는 집 구경을 시켜 주면서 내게 말했다. 그녀는 나를 부엌 식탁으로 안내했고 우리는 자리를 잡고 앉았다. 진은 내 앞에 바인더 파일을 내밀면서 말했다.

"선생님께서 이걸 봐 주시면 좋겠어요. 남편은 굉장히 개방적인 사람이었어요. 우리는 비밀이 별로 없었지만, 그이는 서랍에 이 작업 일지를 따로 보관했죠. 그 서랍은 그만의 비밀 장소였고 저는 그걸 존중했어요. 남편이 세상을 떠나고 여섯 달이 지난 뒤에야 용기를 내서 서랍을 뒤져 보았죠."

나는 바인더의 표지를 펼치고 맨 앞장을 살폈다.

사랑하는 ……

…… 하느님

감사 ……

합니다 ……

이것을 어떻게 이해해야 좋을지 난감했다.

"모든 것을 잃어 가는 사람이 쓴 문장이라는 게 좀 이상해 보이지요. 페이지를 넘겨 보세요."

진이 말했다. 내가 식탁에 앉아서 보는 동안 그녀는 창가에 서 있었다. 다음 장에는 비슷한 배열의 단어 세 개가 적혀 있었다.

진

아가씨

귀염둥이

"그이가 제게 지어 준 별명들이에요."

진이 말했다. 애칭들이었다. 다음 페이지를 넘기니 월요일부터 일요일까지 요일이 인쇄체로 줄줄이 적혀 있었다. 어린이용 글씨 연습장과 비슷해 보였지만 리노의 삶을 구성하는 요소들, 그리고 그가 병마와 싸운 흔적을 읽을 수 있었다. 한 페이지에는 알파벳이 인쇄체와 필기체로 두 번 적혀 있었다. 다른 페이지에는 결혼 기념일, 아들 생일, 독립기념일, 추수감사절, 크리스마스를 비롯해 그에게 중요한 날짜들이 적혀 있었다.

나는 다음 페이지를 가만히 살폈다. 초등학생이 시험 준비를 하면서 만들 법한 커닝 페이퍼였다. 종이에는 병원에서 치매 진단을 위해 실시하는 기억력 검사에 공통적으로 나오는 질문들이 빼곡하게 적혀 있었다. 날짜, 계절, 요일, 미국 대통령과 로드아일랜드 주지사의 이름 등이었다. 리노의 커닝 페이퍼를 보고 있으려니 남의 비밀을 엿보는 것 같아서 묘한 기분이 들었다. 고개를 들어 진을 보니 그녀는 창밖을 바라보고 있었다. 내 시선을 느꼈는지 잠시 후 진이 말했다.

"그이는 온몸으로 퇴행에 맞서서 싸웠지요. 그이가 세상을 떠난 후에야 그이가 얼마나 힘겹게 버텼는지 알았어요. 남편은 제가 끼어들지 못하게 했거든요."

그녀는 바인더를 물끄러미 내려다보면서 검진을 받으러 가기 위해 만든 커닝 페이퍼를 가리켰다.

"이걸 만들 때는 제가 거들었죠. 의사에게 가니까 이 질문들을 공부해야 한다고 수없이 강조했어요. 진료를 받으러 가기 전에 몇 시간 동안 둘이서 연습했죠. 리노가 진작에 쪽지를 버린 줄 알았는데 ……."

진은 고개를 저으면서 쓸쓸한 미소를 지었다.

"하지만 아무 도움도 되지 않았죠. 남편은 대부분의 질문에 답하지 못했어요. 남편이 그렇게 열심히 공부했던 질문들을 모두 기억하지 못하는 것을 보면서 저는 정말 울음을 간신히 참았어요."

그런 검사를 자주 하는 나는 깜짝 놀랐다. 사람들이 미리 준비해서 검사 결과를 좋게 만들려고 할 줄은 몰랐다. 진은 내게서 바인더를 받아 뭔가를 찾는 듯 페이지를 넘겼다.

"이걸 보세요."

그녀가 내 앞에 바인더를 다시 놔 주면서 말했다. 음악 사전에서 베낀 내용이었다. 다양한 악기들에 대해 상세한 설명이 쓰여 있었다. 트럼펫, 피아노, 색소폰, 트롬본을 비롯한 악기들이 망라되어 있었다. 다음 페이지에는 모든 장조와 단조 화음들을 그려 넣었다. 하단에 리노의 흔들리는 필체로 날짜가 적혀 있었다. 2003년 1월, 그가 눈감기 삼 년 전이었고, 치매가 시작된 후 적어도 사 년이 지나서였다.

"남편의 세계는 음악이 전부였어요."

진이 말했다.

🐾

어떤 사람을 제대로 알려면 그의 전부를 알아야 한다. 에르콜리노 페레티, 친구들은 그를 '리노'라 불렀다. 리노는 20세기 초반, 1세대 이탈리아계 미국인 집안에서 태어났다. 당시 보스턴 북부 공업지대로 이민 온 이탈리아인 가족은 수천 가구에 달했다. 그의 부친은 철로를 건설하는 노동자였고 모친은 공장에서 재봉사로 일했다. 많은 이민자 가정들이 겪는 빈궁한 삶이었다.

리노는 어릴 때부터 여러 가지 악기들을 쉽게 배웠다. 한때 군복무를 하면서 좋아하는 음악에서 멀어졌지만, 제2차 세계대전 후 집으로 돌아오자 사랑하는 음악의 세계로 되돌아갔다. 그는 유서 깊은 뉴잉글랜드 음악원에 다녔고, 스승들은 리노가 그 세대의 가장 재능 있는 작곡가들 중 한 명이라고 칭찬했다.

리노는 현대음악의 영역을 넓히면서 복잡한 작곡의 세계를 탐험했다. 하지만 그가 만든 곡을 연주하려면 200명 이상의 합주단이 필요했고 연주자를 모으는 데 문제가 있었다. 그의 음악을 담을 새로운 틀이, 그의 특이한 곡들을 위한 배출구가 필요했다. 리노는 컴퓨터에서 그 열쇠를 발견했다.

리노 페레티는 개척자였다. 스승들의 권유처럼 더 관습적인 작곡을 추구하거나 오케스트라 지휘자가 됐더라면, 그는 더 유명해

졌을 것이다. 하지만 리노는 컴퓨터가 대중화되기 전에 이미 컴퓨터를 활용하기 시작했다. MIT에서 학생들을 가르치고 전 세계를 돌며 강연하면서 뜻을 같이하는 혁신가들과 토론했다.

컴퓨터가 음악의 장이 될 거라는 리노의 예견은 옳았다. 오늘날 컴퓨터를 사용하거나 아이팟을 듣는 사람이라면 음악이 얼마나 디지털화되었는지 알 것이다. 이 모든 것에 리노의 연구가 견인차 역할을 했다. 하지만 이러한 사실을 아는 사람은 거의 없다. 리노는 호기심 많고 예민한 성격 덕분에 급격히 변화하는 컴퓨터 세계를 따라잡을 수 있었다. 그는 대학에서 은퇴한 후에도 그 분야에서 활발하게 활동했다.

그러던 어느 날 그가 쩔쩔맸다. 2001년 어느 아침, 그의 질문에 아내는 당황했다.

"컴퓨터를 어떻게 켜지?"

놀랍도록 복잡한 작업들을 해낸 사람이 갑자기 단순한 일에 쩔쩔매기 시작했다. 리노는 많은 것들을 잊어버렸고 약속을 종종 지키지 못했다. 개인 수표를 쓰지 못할 때도 있었다. 그럴 때마다 진은 둘러대며 변명했다.

"리노, 그냥 피곤해서 그래요. 생각할 게 많아서."

하지만 그날 아침 남편이 컴퓨터를 켜지 못한 일은 진에게는 세상의 종말이나 다름없는 충격이었다. 그녀는 잔뜩 겁을 먹었고 곧바로 리노를 치료할 방도를 강구했다. 그가 진단을 받고 몇 년이 지나 처음으로 내 진료실을 찾아왔을 때, 리노는 아직 이야기를 나눌 수 있었고 집에서 독립적으로 생활할 수 있었다. 그리고 이 년이 지나자 스물네 시간 내내 누군가 그를 보살펴야 했다. 말년은 스티어하우스에서 지냈고, 진이 늘 남편 곁을 지켰다.

"추모사에 저는 음악이야말로 그의 사랑이자 인생 그 자체, 열정이었다고 썼어요."

진은 창가에 있다가 내 옆으로 와서 말했다. 그녀는 평범한 악기들에 대한 설명이 적힌 페이지를 가리키며 말을 이었다.

"이게 그 병이 리노에게 한 짓이에요. 지성으로 반짝이던 사람의 퇴보를 보는 것은 정말 견디기 힘들었어요."

진이 말을 이었다.

"선생님, 이 곡을 들어 주세요."

그녀는 거실로 가서 스테레오 오디오를 켰다. 재즈 사중주가 울려 퍼졌다. 흐느끼는 색소폰 연주 속에서 그녀가 말했다.

"남편은 재즈를 사랑했어요. 이 음반은 리노가 가장 아낀 것이죠. 병이 깊어 가는 와중에도 남편은 음악에 대한 애정을 잃지 않았어요."

말없이 연주를 들으면서 나는 그간 돌보았던 치매 환자들을 떠올렸다. 그런 다음 생후 6개월이 채 안 된 딸을 생각했다. 갓난아기의 부모는 본능적으로 우는 아이를 달래는 데 음악이 효과적이라는 것을 안다. 최근 한밤중에 딸을 달래느라 바흐의 음악을 틀었던 기억이 났다. 내가 아기를 흔들어서 재울 때 음악이 얼마나 큰 도움이 되었던가. 치매 환자들도 비슷한 효과를 얻을 수 있다. 음악은 사람과 이어지는 길, 즉 소통의 수단이다.

진이 말했다.

"리노가 요양원에 들어가기 전 둘이 여기서 같이 살 때, 우리는 매일 바흐의 칸타타나 모차르트의 피아노 협주곡으로 하루를 열었지요. 그이는 모든 음악을 사랑했어요. 요양원에 들어갈 무렵 그 사람은 스스로 시디플레이어를 켜지 못했지만, 음악을 틀어 주면 흔들의자에 앉아서 눈을 감고 음악에 푹 빠지곤 했지요. 남편의 병과 관련해서 가장 흥미로운 점은, 생애 마지막을 향해 가면서도 그가 음악에 반응했다는 점이에요. 스스로 아무 일도 하지 못하는데도 음악을 들으면 이따금 동요하곤 했어요. 특히 재즈를 틀어 주면 몇 시간이고 의자에 앉아 있었죠."

진이 나를 쳐다보았다.

"왜 그렇게 치매는 사람을 이상하게 만들까요?"

내가 대답했다.

"치매에 걸려도 어떤 각인된 기억이나 본능적인 반응은 완전히 잊어버리지 않는 듯합니다. 예를 들어 리노가 부인의 이름을 잊었지만 여전히 부인이 자신에게 중요한 사람임을 알았던 것처럼 말이지요."

진이 고개를 끄덕였다. 내 설명이 그녀에게 위로가 되었거나 이미 아는 것을 확인해 준 듯했다.

"선생님 말이 맞아요. 그래도 왜 그런지 궁금하네요."

"치매에 걸려도 여전히 남아 있는 기억들이 있어서 그럴 거예요. 마치 갑자기 기능을 멈추었지만 아직 파일들은 남아 있는 컴퓨터 하드드라이브와 같다고나 할까요. 다만 우리가 그것들을 꺼낼 수 없을 뿐이지요. 하지만 어떤 것들은 거기 닿지요. 요양원 환자들이 대부분 아기들과 오스카 같은 동물들한테 반응하는 것도 그 때문일 거예요."

오스카를 언급하자 진은 미소 지었다.

"남편은 동물을 좋아했어요, 특히 고양이를 좋아했죠. 우린 아들이 태어나기 전에 샴고양이 두 마리를 키웠어요. 녀석들이 우리한테는 아기였죠. 안타깝게도 우리 아들이 알레르기가 심해서, 그 고양이들이 죽은 후로 고양이를 키울 수 없었지요."

"리노가 오스카에게 반응을 보였나요?"

"그럼요. 가끔 고양이를 뒤쫓으며 병동을 돌아다녔어요."

무한한 호기심과 경이로 가득한 리노가 슬쩍슬쩍 피하는 오스카를 쫓아다니는 광경을 상상했다. 오스카는 평소 환자들 곁을 파고드는 고양이가 아니었다. 그러니 오스카는 리노에게 틀림없이 짜증을 냈을 것이다. 자신의 능력과 기억을 잃어 가는 리노에게 오스카는 손에 닿지 않는 마지막 화음이었을지도 모른다.

"오스카가 임종 직전에도 리노 곁에 있었나요?"

"네, 간호사보다 오스카가 먼저 느꼈죠. 아시다시피 남편이 앓던 폐렴이 급격히 악화됐고 우리는 공격적인 치료를 원치 않았어요. 남편이 눈을 감던 날 오후, 병실에 들렀더니 간신히 견디고 있더군요. 간호사 한 명이 아직 시간이 있을 것 같다면서 저더러 집에 다녀오라고 말했어요. 그 말을 듣고 집에 가서 씻고 저녁밥을 먹어야겠다 싶어 나왔는데, 곧바로 요양원에서 전화가 왔어요. 돌아와 보니 상황이 급변했더군요. 병실에 들어가니 의료진이 조명을 어두컴컴하게 해 놓았고, 오스카가 혼자 침대 위에 앉아서 불침번을 서고 있었죠. 전 그때 오스카가 이런 역할을 하는구나 하고 실감했죠. 그 층의 다른 사람들이 오스카 이야기를 해 주었거든요. 전 아들에게 전화해서 요양원으로 오라고 했지요. 아들이 병실에 왔을 때 고양이 알레르기 때문에 오스카를 내보낼까 물었는데 ……."

그녀는 희미하게 미소 지었다.

"아들은 아버지가 고양이를 좋아했으니까 오스카와 같이 있는 게 행복할 거라며 괜찮다고 말했어요."

우리는 한동안 말없이 앉아서 다시 음악에 귀를 기울였다. 진은 창밖으로 새 모이통에 내려앉은 새를 지켜보았지만, 새는 오래 머물지 않았다. 새가 날아가자 진은 다시 내게 시선을 돌렸다. 그녀의 얼굴이 달라졌다. 아들에 대한 아련한 기억 대신 진중한 표정이었다.

"평생을 동반자로 함께했던 사랑하는 이와 작별하는 것은 정말 힘든 일이에요."

진은 손에 들고 있던 화장지로 눈가를 닦았다.

"우리가 함께한 세월이 고마워요. 저는 이전의 좋았던 시간들을 무엇과도 바꾸지 않을 거예요. 하지만 아프기 전처럼 그이를 사랑스럽게 기억할 수 있을지는 모르겠어요."

더 보탤 수 있는 말이 없었다. 배우고 듣기 위해 거기 있을 뿐이었다. 잠시 후 진이 말했다.

"기쁠 때나 슬플 때나 함께한다는 혼인 서약의 내용처럼 말이죠."

그녀는 식탁에 놓인 디지털 액자를 바라보았다. 손주들의 사진이 나타났다가 사라지며 슬라이드 쇼를 했다.

"아들이 크리스마스에 선물해 줬어요."

진의 말에 고개를 돌려 그녀의 손자 사진을 보았다. 공중에 매달려서 희희낙락한 표정을 짓고 있었다. 부모와 조부모들이 소중히 간직하는 그런 사진이었다. 어른의 복잡함이라곤 없는 순수함이 묻어났다. 그녀가 사진을 가리키며 나를 돌아보았다.

"지금 이 순간을 소중히 여겨요. 좋은 시절은 눈 깜빡할 새에 지나가버리니까."

그날의 마지막 교훈이었다. 진은 의자에서 일어나서 조리대에서 쿠키 몇 개를 더 가지고 왔다.

"자, 저랑 남편 이야기는 이만하면 충분하네요. 선생님 아기들 이야기를 들려줘요."

❧

그날 밤 집 현관에 들어서니 아들의 쩌렁쩌렁한 환호성이 나를 맞아 주었다. 아이는 부엌에서 뛰어나와 양팔을 크게 벌리고 인사했다. 얼굴에 기쁨이 가득했다. 그 아이를 기쁘게 하려면 그저 집에 오기만 하면 됐다. 아들을 번쩍 들어 꼭 안았다.

"우리 아드님은 어떻게 지냈을까요?"

아들은 내 뺨에 뽀뽀한 후, 그날 있었던 일을 숨차게 읊어댔다.

"아빠, 오늘 내가 학교에서 뭘 봤게요?"

"뭔데?"

"말할 수 없어요. 비밀이거든요."

우리가 곧잘 하는 알아맞히기 게임이었다.

"우주선이었어?"

아들은 커다란 갈색 눈을 휘둥그레 뜨고 날 바라보았다.

"아-아-뇨."

"뭐였을까? 공룡?"

"아-아-뇨."

"그럼 ……."

더 참지 못하고 아들은 답을 말했다.

"소방차였어요! 차가 엄청나게 크고 빨갛고, 소리가 엄청나게 커요."

이야기를 나누면서 아들을 안고 거실로 들어갔다. 아내가 갓난 아기인 딸과 소파에 누워 있었다. 아내가 나를 맞으며 활짝 웃었 다. 오래전 내가 반했던 바로 그 미소였다. 딸의 웃는 얼굴은 아내 를 닮아 더 귀여웠다. 이것이 내가 누리는 풍요였고, 은퇴한 후에 야 그 소중함을 아는 잘못은 범하지 않을 작정이었다.

'좋은 시절과 나쁜 시절, 모두 소중히 누려야지.'

과학적으로
설명할 수 없는 일들

페레티 부인과 만난 이야기를 빨리 메리에게 하고 싶었지만 기다려야 했다. 4시 30분이 지나서 주간 근무자들이 벌써 퇴근했기 때문이다. 그날 아침, 직원이 새 환자를 봐야 한다며 전화했기에 스티어하우스에 들렀다. 엘리베이터를 타러 가는 길에 익숙한 목소리가 나를 불렀다.

"선생, 어디를 그리 급히 가우?"

아이다가 휠체어에 앉아서 말했다.

"원래 제 다리가 좀 길지 않습니까? 그리고 갈 데도 많고요."

내가 농담을 던졌다.

"그래. 나도 그런 시절이 있었지. 약속은 너무 많은데 시간은 부족했지. 그때는 다 중요한 일 같았거든."

"천천히 다니라는 말씀을 이런 식으로 하시는 겁니까?"

"선생, 매 순간순간을 즐기면서 살아."

잠시, 아이다가 내 이메일이라도 읽으셨나 싶었다.

"재미있네요. 예전 환자의 부인도 똑같은 말을 했거든요."

"예전 환자라면, 죽었단 소리지?"

아이다는 에둘러 말하는 사람이 아니었다. 나는 긍정의 의미로 고개를 끄덕였다.

"3층 환자들 가운데 한 명이었지요. 그 부인은 남편이 떠난 후에야 좋았던 시절이 얼마나 소중한지 깨달았다고 해요. 그 당시에는 모든 게 그저 평범하게 보였는데 말이죠."

아이다는 '그 심정 나도 알지'라는 듯 얼굴을 약간 찡그렸다. 그러나 금세 그녀는 다시 내게 초점을 돌렸다.

"선생은 어때요? 선생은 아이들과 시간을 많이 보내고 있수?"

"그러려고 최선을 다하지요."

"사진 갖고 있어? 여기 잠깐 앉았다 가."

나는 의자에 앉은 뒤 자랑스럽게 피디에이를 꺼냈다.

"그게 뭐야? 요즘 다들 갖고 다니던데, 유행하는 기기인가?"

"그렇지요."

대답하면서 최근에 찍은 아들의 생일 파티 사진과 딸이 처음으로 웃던 날의 사진 몇 장을 보여 주었다.

"살면서 가장 중요한 일이 이런 아이들을 키우는 일이야. 연구비 지원 신청이나 그 어떤 환자들보다도 훨씬 중요하지."

"아이다, 당신을 위해서라면 언제나 시간을 낼 수 있어요."

"그러면 우리 귀염둥이 오스카에 대해 뭘 조사하고 있는지 말해 봐."

나는 깜짝 놀라 그녀를 바라보았다.

'정말 내 이메일을 읽고 있는 거 아니야?'

아이다는 소리 내어 웃었다.

"메리한테 들었어. 그래서 알아낸 게 좀 있어?"

나는 잠시 생각을 한 뒤 입을 열었다.

"사람들에게 이야기를 들을수록 오스카가 왜 그런 일을 하는지 더 모르겠어요."

"그걸 누가 알겠어? 과학적으로 설명하는 게 그리 중요할까? 누군가 죽기 직전에 오스카가 함께한다는 게 중요하지."

"그렇긴 하지만 저는 과학자 집안 출신이거든요. 우리 가족은 램프 안에 요정이 정말 있다고 해도 어떻게 들어갔는지 과학적으로 규명할 수 있다면 신경 안 쓰는 사람들이라서요."

내 말에 아이다가 웃으면서 대꾸했다.

"요정을 보면 어떤 소원을 빌까 생각하는 게 정상인데 말야. 선생은 종교가 있나?"

"음, 소원을 들어주는 요정이 있다고는 믿지 않죠. 그런 뜻으로 물으시는 거라면요."

내게 신앙과 종교는 이야기하기 적합한 화제가 아니다.

"어릴 때 교회나 유대회당에 나갔냐고 물으시는 거라면 대답은 '아니요'입니다. 아버지는 어릴 때 성당 성가대였고 어머니는 유대인이었지만, 자식들을 불가지론자로 키우셨죠."

"부인은 어떤가?"

"집사람은 개신교 집안 출신이에요. 저는 아이들을 불교 신자와 무슬림으로 키우면 우리 집안은 세계 주요 종교를 망라한다고 농담하곤 하죠."

"힌두교를 빼먹었네. 힌두교도들은 환생을 믿지."

아이다가 웃으면서 말했다.

"그렇네요. 셋째를 낳아야겠군요."

나는 키득대면서 대답했다. 그리고는 피아노 의자 위에서 곤히 잠든 먼치를 가리키며 덧붙였다.

"아이다, 우리가 운이 좋으면 둘 다 다음 생에는 고양이로 환생할지도 모르겠네요."

"맞아. 고양이들 팔자가 최고라니까."

"전 우리가 이승에서 보내는 시간에 심오한 의미가 있다고 생각해요. 하지만 의사로 일하면서 과학을 초월한 신비가 많다는 걸 인정하지 않을 수 없었어요."

그 말을 하고 자리에서 일어나 아이다에게 인사했다.

"아쉽지만 이제 올라가 봐야겠어요."

"3층에 새로 들어온 환자를 보러 가는구먼."

그녀는 이미 다 아는 것처럼 말했다.

"아이다를 제 비서로 고용해야겠네요."

"그거 좋네. 난 여기서 무슨 일이 벌어지는지 알아내는 게 재미있거든."

아이다는 엘리베이터를 가리키면서 덧붙였다.

"세 시간쯤 전에 사람들이 그 환자를 데려오는 걸 봤어. 상태가 좋아 보이지 않더군. 오스카가 선수 치기 전에 선생이 가 보는 게 좋겠어."

아이다는 내게 종종 생각할 거리를 준다. 내가 처음으로 겪었던 불가사의한 일이 떠올랐다. 피츠버그 대학교에서 레지던트로 일하던 시절이었다. 어느 날 아침, 가벼운 폐렴 증상을 보이는 환자의 병실에 들어갔다. 아픈 상태에서도 미모가 돋보이는 여성이었다. 삼십 대쯤으로 보이는, 긴 금발에 새파란 눈동자를 지닌 그녀는 너무 젊고 멋져서 패션잡지 표지 모델이라 해도 믿을 정도였다. 그렇지만 그날 아침 그녀는 겁먹은 듯 조금 창백했다.

"기분이 어떠세요?"

나는 사근사근하게 물었다. 막 의사 노릇을 시작한 터라 경험 부족을 친절한 태도로 무마하려는 속셈이었다. 그녀는 나를 믿어야 할지 말아야 할지 걱정하는 눈빛으로 쳐다보았다. 그녀는 누운 채 몸을 자꾸 뒤척이면서, 엄지와 검지로 머리카락을 배배 꼬면서 안절부절못하고 있었다. 잠시 후 환자가 말했다.

"솔직히 말하면 몸은 괜찮아요. 그런데 아침에 제가 죽는 꿈을 꾸다가 깼어요. 그냥 개꿈이라고 스스로 달래고 있지만, 솔직히 너무나 겁나네요."

그녀는 금방이라도 울 것 같았다.

"바보 같은 말인 줄 알지만요."

비이성적인 공포에 대해 의대에서 배운 게 있었는지 기억해 내려고 애쓰면서 나는 환자의 어깨에 손을 얹었다. 경험 많은 의사인 척하려고 안간힘을 썼다.

"아무 걱정 하실 필요 없습니다. 정말 많이 좋아지셨어요. 사실 오늘 퇴원시켜 드릴까 생각하던 참이에요. 나머지 증세는 항생제가 잡아 줄 거고, 며칠만 지나면 건강해질 겁니다."

환자는 내 말에 고개를 끄덕였지만 안도하는 표정이 아니었다. 내가 다시 말했다.

"그건 분명히 별것 아닌 꿈일 겁니다. 제가 한번 봐 드리지요."

의사 노릇은 처음일지 몰라도 환자의 두려움에 귀를 기울이는 것이 긴장을 풀어 주는 지름길인 것은 알았다. 누구나 아무리 어처구니없어 보이는 두려움이라고 해도 진지하게 받아들여 주기를 바란다. 무엇이라도 하는 게 도움이 될 듯해 혈압을 재고 심장과 폐에 청진기를 댔다. 환자가 조금 긴장을 푸는 듯했다. 나는 그녀에게 가벼운 폐렴 기운을 제외하면 문제가 없다고 말했다. 진찰을 마칠 즈음 그녀는 웃음을 되찾았다.

"선생님 감사합니다. 그냥 여기서 빨리 나가고 싶었나 봐요."

나는 스스로를 칭찬하며 병실에서 나왔다.

그런데 세 시간 후 긴급 호출을 받았다.

"어떤 환자에게 문제가 생긴 겁니까?"

간호사에게 묻는데 심장이 튀어나올 것 같았다.

"모르겠어요. 저는 호출을 전달할 뿐이에요. 서두르세요."

간호사가 말했다. 젊은 여자 환자의 병실이 있는 층으로 달려가면서, 설마 그녀일 리 없다고 자신에게 말했다. 같은 층에는 더 병세가 위중하고 나이 든 환자들이 많았다. 여든다섯 살 폐암 환자도 있고, 최근 심장발작을 일으킨 당뇨병 환자도 있었다.

접수대로 달려가니 간호조무사가 복도 쪽을 가리켰다. 그 환자가 있는 병실과는 반대 방향이었다. 순간 안도감이 밀려왔다. 나는 전속력으로 모퉁이를 돌았다. 마치 상대편의 공격을 피하는 풋볼 선수처럼 심전도 기계와 아침 식사 쟁반들이 담긴 카트를 요리조리 피하며 달렸다. 마지막 장애물을 지나자, 복도 끝 바닥에 쓰러진 사람이 눈에 들어왔다. 달리는 속도를 늦추면서 환자에게 다가갔다.

그녀였다. 그 환자가 벽을 마주 보고 태아처럼 웅크린 채 쓰러져 있었다. 얼굴이 보이지 않았지만 긴 금발은 틀림없이 그녀였다. 놀란 나머지 꼼짝도 하지 못하고 거기 서 있었다.

"선생님, 응급구조대를 부를까요?"

노련한 간호사 주디가 산소통을 끌고 달려오고 있었다. 나는 충격에 빠져 아무 대답도 하지 못했다.

"선생님!"

주디가 소리쳤다.

"어떻게 된 일입니까?"

나는 정신을 차리고 주디에게 물었다. 그녀가 다급하게 상황을 전했다.

"오전에 환자에게 산책을 좀 하라고 말했어요. 퇴원하기 전에 움직이는 것이 좋을 것 같아서요. 그런데 갑자기 쓰러지더니 비명을 지르더군요. 제가 여기 와 보니 환자가 숨을 쉬려고 안간힘을 쓰고 있었어요."

그러더니 주디는 바이털사인들을 보고했고, 나는 환자 옆에 무릎을 꿇고 앉았다. 벽을 향해 누운 환자의 몸을 돌리자 잿빛으로 변한 얼굴과 눈물이 가득 고인 눈이 보였다. 그녀는 보이지 않는 압박과 싸우는 것처럼 가슴을 들먹였다. 내가 몸을 잔뜩 굽혀 눈을 맞추자 우리의 눈이 마주쳤다. 그녀의 눈은 두려움, 배신감, 비난으로 가득했다. 그 눈빛을 아직도 잊을 수 없다. 그 기억은 아마 죽을 때까지 나를 따라다닐 것이다.

"숨을 못 쉬겠어요."

그녀가 공기를 마시려고 애쓰면서 힘겹게 말했다. 주디에게 응급구조대를 부르라고 지시한 뒤 환자를 진정시키려고 했다.

"괜찮아질 겁니다. 구조 팀이 오고 있어요."

이제 겁에 질린 사람은 나였고, 그녀는 내 목소리에서 그 기미를 알아차렸다. 그녀가 흐느끼기 시작했다. 그녀의 양팔을 잡아 일으켜서 복도 벽에 기대게 했다. 그런 다음 휴대용 산소통을 환자에게 연결하고 옆에 주저앉았다. 잠깐 동안 환자는 나아지는 것 같았다. 안색이 되돌아왔고 격하게 들썩이던 가슴도 진정되었다. 나도 잠시 긴장을 풀었다. 우리는 이 일을 이겨낼 것이다.

"괜찮을 겁니다."

나는 애써 미소 지으면서 말했다. 의사들이 이쪽으로 뛰어오는 발소리가 들렸다.

"응급구조대가 올 거라고 했죠?"

그녀는 다시 나를 쳐다보았다. 하지만 이번에는 멍한 눈빛이었다. 그러더니 그녀는 눈을 하얗게 뒤집으며 바닥에 쓰러졌다. 의료진이 고함치는 와중에 나는 몇 분간 심폐소생술을 했다. 온 힘을 다한 후 기진맥진한 나는 숨을 몰아쉬면서 뒤로 물러나 동료 의사와 교대했다. 의사들이 소리치고 간호사들이 의료 물품을 가지러 뛰어가는 와중에 나는 환자의 심장이 멈추는 것을 바라볼 수밖에 없었다.

그녀는 두려워했다.

'검사를 더 지시했다면 괜찮았을까? 왜 환자 곁에 더 머물지 않았을까?'

삼십 분 후 나는 어쩔 수 없이 환자의 사망을 통고했다. 그날 아침 자신이 죽을 거라고 말한 그 환자의 죽음을 옆에서 지켜보았다. 내가 진찰한 바로는 모든 게 정상이었지만 그녀는 그게 아님을 알고 있었던 것이다.

'그녀는 어떻게 알았을까?'

며칠 후 실시한 부검에서 폐에 커다란 혈전이 발견되었다고 한다. 또 환자에게 그전에는 진단받은 적 없는 희귀한 혈액 질환이 있었으며, 이것이 그녀를 끔찍한 운명으로 몰고 갔다고 한다. 결국 그 환자가 죽은 이유는 과학적으로 설명되었다. 하지만 그녀의 꿈은 어떻게 설명해야 할까?

그 후로도 나는 이상한 일들을 많이 겪었다. 적극적인 치료를 하지 않는데도 일 년 후 암이 사라진 사람이 있었다. 그 남자야말로 죽을 운명이라고 생각했는데 죽지 않았다. 또 모든 검사 결과 문제가 없었지만 분명 문제가 있으니 입원해야겠다고 주장한 환자가 있었다. 우리는 그를 퇴원시키려고 했지만 환자는 나가지 않겠다고 버텼다. 의료진은 모두 그가 미쳤다고 생각했고, 심리 검사까지 받게 했다. 그러다가 입원 사흘째 되는 날 심장 모니터에 치명적인 부정맥이 포착되었다. 그 젊은 여성 환자처럼 이 환자도 미리 감지하고 있었고, 의사들의 말을 따랐다면 그는 이 세상에 없었을 것이다.

그리고 1999년 12월 31일, 한 노부인은 다음 세기까지 산다는 목표를 이루었다면서 내게 이렇게 말했다.

"선생님, 저는 오늘 죽을 거예요."

그녀는 아무렇지 않게 말했다. 모든 검사 결과 아무 이상이 없었다. 사망으로 직접 연결될 만한 심각한 감염도, 심장 문제도 없었다. 그 노부인은 죽을 준비가 되었다면서 병원에 온 것이었다. 그리고 본인이 예견한 대로 몇 시간 후 원인 미상으로 사망했다.

과학으로 인해 의학이 발전했지만, 우린 여전히 수박의 표면만 핥고 있다. 수수께끼로 남아 있는 것이 너무나 많다. 막연하게 자신의 명이 다했음을 아는 사람들이 있다. 그걸 아는 고양이들이 있는 것처럼.

감당하기 어려운 일

새로 맡은 환자의 차트를 챙겼다. 아흔 살의 치매 환자인 아렐라 마토스 부인은 이미 엄청난 양의 약을 복용하고 있었다. 이런 환자들은 대개 나와 오래 인연을 맺지 못했다. 마토스 부인의 병실에 들어가니, 세 딸이 기도라도 하는 것처럼 모여 있었다. 침대에는 마토스 부인이 잠들어 있었다. 부인은 호흡이 빠르고 불편해 보였다. 그녀 옆에 어린 남자애가 앉아서 양손에 캐릭터 인형을 들고 서로 싸우는 시늉을 하며 놀고 있었다.

"안녕하세요. 담당 의사인 데이비드 도사입니다."

환자의 딸들인 가브리엘라, 카테리나, 아나에게 내 소개를 하고 악수를 하면서 그들의 얼굴을 살폈다. 얼굴, 특히 눈을 보면 많은 것을 알 수 있다. 행복, 근심, 흥분, 두려움 등의 감정이 눈에 모두

드러나기 때문이다. 그리고 이 세 여성의 눈에는 깊은 슬픔이 담겨 있었다. 스스로 인정하든 아니든 이 책임감 있는 딸들은 어머니가 인생의 종착역에 이르렀음을 느끼고 있었다.

"이 아이는 누군가요?"

내 아들 또래로 보이는 남자애에 대해 물었다. 맏딸인 가브리엘라가 대답했다.

"제 아들 프레디예요."

나는 다가가서 프레디 옆에 걸터앉았다.

"안녕, 프레디. 난 의사 아저씨야. 몇 살이니?"

프레디는 한 손을 들어 손가락을 모두 펼쳐 다섯 살이라고 표시했다. 그러더니 갖고 놀던 캐릭터 인형들을 보여 주었다.

"이건 스파이더맨이고, 이건 슈퍼맨."

"스파이더맨과 슈퍼맨이 할머니를 지키고 있구나?"

프레디가 고개를 끄덕이더니 다시 가상 세계로 빠져들어 인형들을 서로 부딪치며 싸우는 시늉을 했다. 나는 마토스 부인의 딸들에게 다시 말을 건넸다.

"어머님의 상태에 대해 말씀해 주십시오."

먼저 가브리엘라가 말했다.

"선생님, 어머니를 이곳에 모시게 된 것이 정말 슬퍼요. 어머니는 평소 저희에게 당부하셨거든요 ……."

그녀가 말꼬리를 흐리는 바람에 뒷부분은 거의 들리지 않았다.

나는 더 가까이 다가갔다.

"하지만 더 이상은 저희가 집에서 어머니를 보살필 수가 없었어요."

카테리나가 언니의 말을 이어받았다. 그들은 어머니의 바람을 지켜 드리지 못해 어머니에게 죄송스러워하는 것 같았다. 나는 마토스 부인의 경우처럼 때때로 상황 때문에 자녀들이 부모의 소망을 지켜 줄 수 없는 경우도 있다는 사실을 되새겼다.

간호조무사가 환자의 입원 상황을 점검하려고 병실에 들어왔다. 나는 보호자들에게 복도 아래쪽에 있는 가족실로 가서 대화를 나누자고 권했다.

막내딸인 아나가 그간의 상황을 설명했다.

"어머니는 자립심이 강하셨어요. 혼자 지내셨기 때문에 저희는 어머니가 아프신 줄 몰랐고, 알았을 때는 너무 늦었지요. 삼 년 전 언니와 저는 어머니를 보러 고향인 도미니카공화국에 갔어요. 어머니가 살던 아파트가 완전히 난장판이었죠. 사방에 신문지가 흩어져 있고, 싱크대에는 설거지할 그릇들이 쌓여 있었어요. 빨래도 하지 않은지 오래였던 것 같아요."

아나와 카테리나는 서로를 쳐다보면서 그날의 기억을 되살리고 있었다.

"선생님, 저희는 집 밖으로 나가서 엉엉 울었어요. 어머니는 언제나 집을 깔끔하게 해 놓았던 분이었죠. 탁자에 커피 잔만 내려

놓아도 당장 씻어 놔야 직성이 풀리는 분이었어요. 저희는 어머니를 그 상태로 내버려 둘 수 없어 곧바로 미국으로 모셔 왔어요. 그게 이 년 전이에요. 그날 이후로 저희는 어머니를 보살피기 위해 최선을 다했지만 ……."

계속 이야기하기에 버거운 부분으로 접어들자 아나는 두 손으로 머리를 감쌌다. 가브리엘라가 말을 이어 갔다.

"어머니는 미국에 오신 뒤 적응하지 못하고 힘들어했어요. 영어를 못해서 말이 통하지 않는 것도 한몫했죠. 어머니는 자신이 어디에 있는지 몰라 혼란스러워했어요. 밤마다 일어나서 돌아다녔어요. 한번은 한밤중에 어머니를 못 찾아서 경찰까지 불러야 했죠. 자다가 깨었는데 어머니가 안 보이면 얼마나 걱정스러운지 상상도 못 하실 거예요. 일 년 전에는 어머니가 동생 집에서 주무시던 중 밤중에 밖으로 나오려 하다가 계단에서 넘어졌어요. 다치지 않아서 천만다행이었죠! 응급실에서는 어머니를 그냥 집에 돌려보냈는데, 의료진 중 아무도 우리에게 치매가 의심되니 진료를 받아보라고 권하거나 조언해 주지 않았죠."

카테리나가 끼어들었다.

"그러고 나서 몇 주 후 어머니는 밥을 먹지 않으시더니 폐렴에 걸리셨죠. 우리는 병원에 가서 상담했지만 의사는 우리를 그냥 집에 돌려보냈어요. 어머니가 우울증에 걸렸다면서 우울증 약을 주었고, 폐렴이라고 했더니 항생제를 처방했지요. 그는 우리에게 약만 줬죠. 저희 모두 어떻게 해야 할지 몰라 당황스러웠어요. 일단은 어머니가 한밤중에 일어나서 돌아다니는 일이 없도록 침대 옆 바닥에 이불을 깔고 어머니 옆에서 잤어요. 우리 셋 다 점점 진이 빠졌죠. 그러다가 몇 달 전부터 어머니가 걷지 못하게 되셔서, 주치의에게 물리치료사를 집에 보내 달라고 했어요. 물리치료사가 와서 어머니를 보더니, 왜 요양원에 모시지 않느냐고 묻더군요. 저는 놀라 자빠졌어요. 그날 밤 언니한테 전화해서, 왜 물리치료사가 요양원으로 모시라고 하는지를 물었던 기억이 나요. 지금 생각하면 어처구니없지만 솔직히 저희 모두 어머니가 죽어 가고 있다는 생각은 단 한 번도 해 본 적 없었어요. 다음 날 제가 주치의에게 연락해서 요양원에 대해 물었지만 의사는 전혀 고려해본 적 없다고 말하더군요. 그렇게 몇 달간 혼란을 겪으며 상황이 더 나빠졌어요."

가브리엘라가 말했다.

"의사들이 암 환자 말고도 치매 환자에게도 호스피스가 필요하다는 사실을 사람들에게 알려 주면 좋겠어요. 사람들은 호스피스나 요양원이란 말을 들으면 '아, 불치병이구나. 암으로 죽는 거야'라고 생각해요. 그렇지만 어머니는 암이 아니라 치매로 죽어 가고 있었죠."

마토스 일가에게 미안한 마음이 들었다. 세 딸들이 그런 지나가는 말을 통해서 호스피스(임종 간호)를 알았다는 게 특히 안타까웠다. 많은 의사들이 환자의 임종 직전까지 호스피스 치료를 고려하지 않는 것은 호스피스의 개념을 제대로 알지 못하기 때문이다. 호스피스 치료는 진통제로 버티는 말기 환자들만을 대상으로 하지 않는다. 치매 환자에게도 호스피스 치료는 반드시 필요하며 든든한 지원군이 될 수 있다. 호스피스 의료진은 환자와 가족들에게 실질적인 도움이 될 뿐만 아니라 정신 건강 측면에서도 도움을 준다. 중증 치매 환자가 집에서 지낼 수밖에 없는 경우에는 가정을 방문해서 환자를 간호할 수도 있다. 때로 호스피스의 적절한 처치는 환자의 생명을 연장하기도 한다.

"그런 힘든 일을 겪으셔야 했다니 매우 안타깝습니다. 이제부터 어머님께서 평온하게 지내실 수 있도록 저희가 최선을 다해 돕겠습니다."

"솔직히 말하면 저희는 어머니를 집에 모시고 싶었어요."

세 자매를 대표해서 가브리엘라가 말했다. 나는 고개를 끄덕였다. 그들이 짐작하는 것 이상으로 이 상황을 이해하고 공감했다. 그들의 어머니 집이 난장판이었다는 말을 들으면서, 아내와 함께 처가에 마지막으로 찾아뵈었을 때의 장모님이 떠올랐다. 마토스 가족이 경험한 것과 똑같은 일을 우리 부부도 겪었던 것이다. 세 자매의 경험은 앞으로 아내와 내가 곧 겪을 일이었다.

"좋은 소식은 어머님이 지금 여기 계시고, 따님들이 함께 있다는 겁니다. 그게 중요하지요."

나는 자매들에게 말했다.

❧

마토스 부인의 병실로 돌아가니 호스피스 간호사가 도착해서 환자의 상태를 살피고 있었다. 그렇지만 그곳에 그녀만 있는 것은 아니었다. 침대에 앉은 고양이의 실루엣이 어둑어둑한 창문에 또렷하게 비쳤다. 오스카가 와 있었다. 녀석은 환자에게 집중하느라 우리에게는 전혀 관심이 없었다. 잠깐 일어나서 한 번, 두 번, 세 번 돌더니 자리를 잡고 앉은 뒤 제 앞발에 고개를 얹었다. 표정으로 보아하니 계속 있을 셈인 듯했다. 꼬마 프레디가 고양이를 보았다.

"엄마, 저기 고양이."

나는 아이를 바라보았다. 처음으로 아이 얼굴에 생기가 돌았고 눈이 초롱초롱했다.

"저 고양이 이름은 오스카란다."

내가 말했다.

"여기 사는 고양이예요?"

아이가 물으면서 더 자세히 보려고 다가갔다.

"그래, 오스카는 여기서 할머니 할아버지들이랑 같이 살아."

"무슨 일을 하는데요?"

"음, 주로 고양이들이 하는 일을 하지만, 여기 사는 환자들을 보살피기도 해."

"우리 할머니도 보살펴 줄까요?"

"그렇단다, 프레디. 그래서 좋니?"

프레디는 잠시 생각하다가 진지한 눈빛을 보였다.

다섯 살 아이가 어떤 상황이 벌어지는지 제대로 이해할 수 있을지 문득 궁금해졌다. 할머니가 돌아가실 날이 머지않았다는 것을 알까? 아마 모를 것이다. 최근 이불을 덮어 주며 아들을 재울 때 '아빠, 내가 죽으면 대학교에 가게 되는 거예요?'라고 말한 것으로 보아, 아들은 이제 막 죽음의 개념을 터득해서 어딘가 먼 곳으로 간다는 사실을 깨달은 것 같다.

프레디는 고양이가 할머니를 보살핀다는 생각에 안심하는 눈치였다. 아이는 오스카에게 손을 내밀었다. 오스카는 손을 쿵쿵댔고 프레디가 쓰다듬어도 가만히 있었다. 오히려 프레디의 손길을 즐기는 것 같았다.

나는 죽어도 고양이들의 심리를 이해하지 못할 것 같다. 간호사는 마토스 부인의 딸들에게 자기소개를 했고, 나는 인사를 하고 병실에서 나왔다. 그들을 다시 만날 일은 없을 것이다. 병실에서 나와 서류 작업을 하러 가는데 뒤에서 부르는 소리가 났다.

"선생님!"

몸을 돌리니 마토스 부인의 둘째 딸 카테리나였다.

"시간 내주셔서 감사합니다. 선생님, 한 가지만 더 여쭤 볼게요.

캘리포니아에 사는 동생이 한 명 더 있어요. 몸이 좋지 않아서 여기 못 왔는데 동생에게 오라고 해야 할까요?"

병실로 눈을 돌리니 침대에 조용히 앉아 있는 오스카가 눈에 들어왔다. 오스카는 여전히 꼬마 친구의 귀여움을 받고 있었다. 나는 카테리나에게 확신에 찬 목소리로 말했다.

"네, 가족 모두 모이시는 게 좋겠네요."

치매 환자는
무슨 꿈을 꿀까

오스카의 초기 경고는 신기하게도 높은 적중률을 보여 주었다.

"환자 두 명이 동시에 죽어 가고 있다면 오스카는 어떻게 할 것 같아요?"

마토스 부인이 세상을 떠나고 얼마 지나지 않은 어느 날 오후, 메리에게 물었다.

"실제로 그런 일이 있었죠. 두 사람 모두 죽음이 임박했는데 누가 먼저 돌아가실지 알 수 없었지요. 그런데 그중 한 사람은 상태가 괜찮은 편이었죠. 선생님의 환자였던 래리 시어를 기억하죠?"

내가 고개를 끄덕이자 그녀가 말을 이었다.

"아무튼 래리는 그런대로 견디는 것 같았어요. 그렇지만 다른 병동에 있다가 옮겨 온 다른 환자는 힘든 시간을 보내고 있었어요. 호흡곤란으로 괴로워하셨지요. 오스카는 그 환자 곁에 있기로 결정했죠!"

"오스카가 더 힘든 시간을 보내는 쪽을 택했군요?"

메리가 고개를 끄덕였다.

"환자의 부인이 곁에서 모든 상황을 지켜보았어요. 그녀가 얼마나 힘들지를 생각하면서 병실 앞을 지나갔던 기억이 생생해요. 그런데 환자 부인은 상황을 잘 받아들였어요. 도와 드릴 일이 없느냐고 물었더니, 오스카가 남편 곁을 지켜 준다며 고양이랑 둘이서 잘 버틸 거라고 했어요."

"오스카가 몹시 고통스러운 상황에 있던 부인을 안심시켰군요."

메리는 기억을 떠올리며 빙그레 웃었다.

"그런 것 같아요. 임종을 기다리는 중에 부인이 카메라를 꺼내 오스카를 찍기도 한 걸 보면요."

그런 절망적인 상황에서도 따뜻한 기억은 묘한 위로를 주는 법이다. 나는 문제의 고양이를 찾아서 복도를 내다보았다. 마야는 책상 뒤 의자에 몸을 둥글게 말고 앉아 있었지만 오스카는 보이지 않았다.

"말이 나왔으니 말인데 오스카는 지금 어디 있죠?"

내가 물었다.

"어젯밤에 다른 선생님의 환자와 있었는데, 그 환자분은 아마

돌아가셨을 거예요. 오스카는 어디론가 사라졌어요. 동면에 들어
간 것처럼요."

"환자 곁을 지키는 동안 오스카가 밥을 먹기는 해요?"

"가끔은요. 몰래 빠져나와서 사료를 조금 먹고는 다시 환자 곁
으로 돌아가죠. 말 그대로 불침번을 선다니까요."

나는 지금쯤 어디선가, 아마도 옷장 속이나 침대 밑에서 자는
오스카를 상상했다. 메리에게 물었다.

"메리, 오스카는 왜 그런 일을 할까요?"

"선생님이 알아내려는 게 그것인 줄 알았는데요."

"그렇긴 하죠. 그런데 양파 껍질을 벗기듯이 더 궁금해지네요.
메리는 어떻게 생각해요?"

그녀는 의자에 등을 기대고 잠시 생각에 잠겼다.

"글쎄요. 오스카는 제 아이나 다름없어요. 처음 보자마자 유대
감이 생겼죠. 저는 매일 아침 오스카에게 차가운 물을 챙겨줘요."

"아이고, 고양이들이 버릇없을 만하네요! 나한테는 물 한 잔 갖
다 주지 않더니."

메리는 빙긋 웃었지만 곧 진지해졌다.

"반려동물을 키우다 보면 가족 중 누군가 아플 때 동물들은 꼭
그 사람 곁을 지키죠."

졸리가 떠올랐다. 어렸을 적 내가 아플 때마다 늘 곁에 있어 주
던, 작고 검은 푸들이었다.

"맞아요. 하지만 좀 다르죠. 제가 키우던 개는 가족의 일원이었어요."

"선생님은 오스카에게 이곳이 어떤 곳이라고 생각해요? 여기가 바로 오스카의 집이에요. 오스카의 가족은 마흔한 명의 환자죠. 그러니까 그중에 누군가 아프면 가서 곁을 지키는 거예요."

메리의 말에 나는 잠시 입을 다물고, 환자 마흔한 명을 보살피는 고양이 한 마리에 대해 생각했다. 오스카가 지칠 만도 했다.

"그래서 또 누구랑 만날 거예요?"

메리가 화제를 바꾸며 물었다.

"모르겠어요. 아직 만나 볼 사람들이 많아요. 메리의 이야기로 볼 때 시어 부인도 명단에 넣어야겠네요. 그리고 잭 매컬로와도 연락을 해야겠어요."

호출벨이 울리자 대화가 끊어졌다. 메리가 몸을 굽히고 버튼을 눌렀다.

"뭘 도와 드릴까요?"

프랭크 루벤스타인의 목소리였다.

"메리, 당장 와 줘야겠어요."

이야기를 접어야 할 시점이었다.

"일하러 가 봐야겠네요."

메리는 복도 저쪽으로 사라졌다. 나는 선반에서 루스 루벤스타인의 차트를 꺼냈다. 루스는 폐렴으로 일주일간 병원에 입원했다가 최근에 다시 요양원에 들어왔다. 병원 치료를 받으며 염증 증세는 좋아졌지만 환경이 달라진 탓에 헛것을 보고 헛소리를 하는 섬망 증상이 생겼다. 루스는 계속 식사를 거부했고, 진정에 도움이 되는 강력한 약물 치료를 받아야 했다. 또한 루스가 한밤중에 침대에서 내려오다가 넘어지는 것을 방지하기 위해 전담 간호조무사를 붙여야 했다.

루스의 병원 기록을 검토하던 나는 기척을 느꼈다. 나 혼자 있는 게 아니었다. 어디선가 홀연히 오스카가 나타나서, 내 발치에 앉아서 나를 못마땅하게 노려보고 있었다.

"왜? 내가 또 네 영역을 침범한 거야?"

내가 중얼댔다. 오스카가 야옹 소리를 냈다. 처음에는 자그마했지만 점점 소리가 날카로워졌다.

"선생님이 막아서고 있네요."

병실에 갔던 메리가 돌아와서 키득대며 말했다. 그녀는 책상 밑에 있는 물그릇을 손가락으로 가리켰다.

"선생님의 발이 오스카의 물그릇을 가로막고 있네요."

"사과드립니다, 폐하."

나는 일어나면서 말했다. 오스카는 나를 의심의 눈초리로 쳐다보면서, 내가 책상의 다른 쪽으로 움직일 때까지 기다렸다가 살그머니 물을 먹으러 갔다.

"메리, 지금 저 꼴을 봤지요?"

나는 억울해서 큰 소리로 말했다.

"데이비드, 이건 오스카의 책상이에요. 이따금 선생님이 여기서 일하는 것을 오스카가 눈감아 주는 걸 고마워하라고요."

이 말이 메리의 새로운 주문인가 보다.

'여기는 오스카의 세상이다.'

"프랭크가 선생님을 뵙자고 하네요."

메리의 말에 정신을 차리고, 더 설명해 달라는 눈빛으로 그녀를 바라보았다.

"루스가 좀처럼 먹지를 못해요. 옆에 앉아서 먹여 보기도 했지만 한 입도 못 먹네요. 오늘 아침에만도 프랭크가 대여섯 번 와서 어떻게 하면 루스에게 음식을 먹일 수 있느냐고 물었어요. 마지막으로 왔을 때 제가 먹을 준비가 되면 드실 거라고 말씀드렸죠. 링거를 맞고 계시니 그게 도움이 될 거라고 프랭크를 안심시키려 했죠."

"그랬더니 프랭크는 뭐라던가요?"

"결국 한바탕해 댔죠! 그러더니 제가 루스가 죽기를 바란다고 투덜대면서 가 버렸어요."

사랑하는 이가 식사를 거부하는 것을 지켜보는 가족의 마음은 당연히 편치 않을 것이다. 생명을 이어 가려면 무언가를 꼭 먹어야 한다. 그래서 요양원에서는 환자의 상태를 재는 잣대로 식사 정도를 이용하는 경우가 많다.

"그래서 프랭크가 지금 바라는 건 뭔가요?"

내가 물었다.

"똑같죠. 제가 루스에게 점심을 먹일 수 있을까 해서 불렀던 거예요. 루스는 음식에 손도 대지 않았어요."

나는 루스의 병실로 가다가 루이즈 앞을 지나갔다. 그녀는 복도 의자에서 잠들어 있었고, 옆에는 보행기가 얌전히 놓여 있었다. 평소처럼 단아한 차림새였다. 백발의 머리카락 끝이 부드럽게 말려 있었고, 회색이 도는 흰 블라우스와 무릎을 덮는 스커트를 입고 있었다. 루이즈는 너무나 평온해 보였다. 전에도 그랬지만 문득 궁금했다.

'그녀는 무슨 꿈을 꾸고 있을까?'

쉽게 답이 나올 질문은 아니다.

'치매에 걸린 사람들은 예전과 똑같이 꿈꿀까, 아니면 병의 부작용 때문에 일그러지고 불안정한 꿈을 꿀까?'

무척 궁금했던 부분이다. 많은 과학자들은 꿈이 학습에 중요하다고 주장해 왔다. 꿈은 뇌가 기억들을 스스로 재편성하고 처리해서 나중에 이용할 수 있도록 저장하는 기회다. 그러면 기억에 장애가 있는 환자들은 어떨까? 또 약물은 어떤 작용을 할까? 치매 초기 환자들은 뇌의 아세틸콜린 수치를 높이는 약물 치료를 받는 경우가 많다. 이 약물이 꿈을 심화하거나 방해할 수도 있다.

하지만 치매 후반기에 접어들면 환자들이 꿈 이야기를 하는 경우는 드물다. 이즈음에는 기억할 만큼 꿈이 중요하지 않거나 기억나지 않는 듯하다. 그렇지만 조용히 코를 고는 루이즈를 보면서 그녀가 꿈속에서 평온하기를, 깨어 있을 때 떠올리지 못하는 기억들이 꿈속에서는 되살아나기를 기원했다.

그녀는 꿈에서 제2차 세계대전 때 출격 명령을 기다리던, 아니 출격에서 막 돌아온 미남 조종사인 남편을 만날까? 당시 루이즈의 삶이, 사랑하는 사람을 전쟁터에 내보낸 마음이 어땠을지 상상해 보려 애썼다. 외롭고 두려웠으리라. 아마도 남편이 전쟁에서 돌아오는 꿈을 꾸고 있을 것이다. 무사히 살아 돌아온 남편을 맞이하는 한없는 기쁨을 만끽할 터였다. 부부가 다시 만나서, 역사가 중단시킨 인생을 다시 시작할 준비를 하는 꿈을. 그런 생각을 하는 것만으로도 가슴이 미어졌다. 누구에게나 잊을 수 없는 기억들이 있다. 사람들은 꿈속에서 그런 기억과 재회하는 것일까?

루스는 눈을 감고 침대에 누워 있었다. 그렇지만 자고 있는 게 아니라 몸이 불편해 계속해서 뒤척이고 있었다. 복도에서 곤히 잠든 루이즈와 달리 이 병실의 주인은 유쾌한 꿈을 꾸고 있지 못한 듯했다. 병실 문을 두드려서 내가 왔음을 알렸다. 노크 소리에 놀란 루스가 눈을 떴다. 꾸벅꾸벅 졸던 프랭크는 벌떡 일어나서 두리번거렸다.

"아! 선생님, 와 주셔서 감사합니다."

그의 말투에서 걱정이 묻어났다.

"부인은 좀 어떠십니까?"

루스의 침대 옆으로 걸어가면서 물었다.

"안 좋네요, 선생님. 완전히 딴사람 같아요. 병원에서 왜 퇴원시켰는지 모르겠어요. 여전히 헛소리를 하는 게 걱정이에요."

의자를 끌어당겨서 프랭크 옆에 앉았다.

"루스는 섬망 증상이 있습니다."

"그게 무슨 뜻이지요? 폐렴이 아직도 남아 있는 건가요?"

"아닙니다. 폐렴은 다 나았습니다. 그렇지만 가끔 나이 드신 분이 병들면 몸에 들어간 감염체 때문에 혼란 상태가 오기도 합니다. '섬망'은 저희가 그런 혼란 증세를 표현하는 용어입니다. 환자들이 주의를 기울이고 집중하는 방식이 변하는 것을 말합니다. 지금 루스가 저렇게 동요하는 것도 그 때문이지요."

그는 멍한 눈빛으로 나를 쳐다보았고, 나는 다시 쉽게 설명하려 했다.

"지금 루스의 상태는 아이들이 고열에 시달릴 때 벽에서 거미들을 보는 것과 비슷합니다. 특히 부인처럼 기억 장애를 겪는 환자들은 예전 같았다면 아무 문제도 없었을 무해한 염증에도 쉽게 혼란을 느끼게 되죠. 우리는 이것을 섬망이라고 부르고, 염증이 사라진 이후에도 그 상태가 남아 있을 수 있습니다."

"상태가 나아질 수 있을까요?"

"시간이 지나면 자연스럽게 나아질 거예요. 하지만 며칠, 심지어 몇 주일이 걸릴지도 모릅니다."

"하지만 아내가 아무것도 못 먹고 있다고요, 선생님!"

루스가 침대에서 신음했다. 이 순간을 그녀를 진찰할 기회로 삼았다. 루스 곁에 앉아서 가슴에 청진기를 댔다. 곧 루스는 상체를 비틀면서 거부하고 손으로 나를 힘껏 때렸다. 프랭크가 의자에서 벌떡 일어나 아내의 침대 옆에 무릎을 꿇고 앉았다. 그는 루스의 손을 잡아서 자신의 가슴에 꼭 끌어안았다. 그의 얼굴에 근심이 가득했다.

"의사 선생님이 오셨어. 당신을 낫게 해 주려고 오신 거야."

프랭크는 간청하는 말투로 루스를 달랬다. 그가 안쓰러웠다. 솔직히 기본적인 염증 치료 외에 루스를 편하게 하기 위해 내가 할 수 있는 일은 거의 없었다. 현대 의학이 온갖 기적을 일으킨다 해도 루스를 고칠 수 있는 건 없었다. 프랭크의 목소리에 진정이 된 루스는 침대에 다시 누웠다. 나는 진찰을 계속했다.

"선생님, 어떻게 하면 아내가 음식을 먹을까요?"

"당장은 식사가 힘들 수도 있습니다."

"그렇지만 뭔가 먹지 않으면 죽는단 말이에요! 이 사람이 죽길 바라는 거요?"

그가 화가 나서 나를 노려보았다.

"부인이 돌아가시기를 바라는 사람은 아무도 없습니다."

"영양 공급이 안 되는데 어떻게 더 나아질 수 있겠어요?"

나는 의자에 앉아서 뭐라고 대답할지 고심했다.

"루벤스타인 씨, 간호사와 간호조무사들이 부인이 뭐라도 드시게 하려고 최선을 다하고 있어요. 식사 때마다 부인 곁에 앉아서 참을성 있게 음식을 먹이려고 애쓰고 있어요. 그중에 조금은 목구멍으로 넘어가지 않겠어요? 또 부인은 링거액으로 수분과 약간의 영양분을 공급받고 계세요. 섬망 증상이 호전되면 자연스레 다시 식사를 하실 겁니다."

"그렇지만 염증은 잡았다면서요, 선생님."

"그렇긴 하지만 염증의 결과로 생긴 혼란이 나아지려면 시간이 걸립니다."

"만약 루스가 더는 식사를 하지 못하면 영양관을 끼워야 하지 않나요?"

화를 내던 프랭크는 이제 간청하고 있었다.

"루벤스타인 씨, 관을 끼운다고 결과가 달라지진 않을 겁니다. 게다가 부인께서 정신이 온전하실 때 저한테 아무리 위중하더라도 관을 끼우지 말라고 말씀하셨어요. 부인의 바람을 존중해야 하지 않을까요?"

루스가 치매 초기였을 때 앞으로 닥칠 상황에 어떻게 대처할지를 미리 논의할 수 있어 다행이라는 생각이 들었다. 환자나 보호자들과 의논하는 모든 사항들 가운데 가장 어려운 문제는 아마도 영양관 삽입일 것이다. 체중이 줄어들기 시작한 치매 환자에게 영양관을 삽입할지 말지를 결정하는 문제로 가족들이 문자 그대로 분열되는 것을 많이 봤다. 이런 대화가 힘든 이유 중에는 영양관을 삽입하면 생명을 연장할 수 있다는 오해도 한몫을 한다.

객관적으로 영양관으로 인해 수명이 연장되거나 폐렴 발병 횟수가 줄지는 않는다. 영양관을 삽입하면 부작용도 따른다. 우선 삽입하는 데 외과 수술이나 내시경 수술이 필요하다. 또한 삽입한 관이 쉽게 빠지는 경우가 많아 다시 끼우기 위해 응급실에 가야 한다. 관이 감염되거나 막히는 경우도 많다.

영양관에 대한 논의가 어려운 이유가 하나 더 있다. 환자를 먹이지 않는 것을 가혹 행위라고 여기는 사람들이 많기 때문이다. 안타깝게도 삶을 마감할 시기의 체중 감소는 죽음을 준비하는 과정의 자연스러운 현상이다. 이 단계의 환자들은 건강한 사람이 느끼는 허기나 갈증을 느끼지 않는다. 그렇지만 가족들에게 이것이 사랑하는 이가 사라져 가는 현상의 일부라고 이해시키기란 쉽지 않다. 그렇기 때문에 기회가 있을 때, 즉 환자가 이 문제를 스스로 판단할 수 있을 때 고민하는 것이 한결 수월하다.

프랭크는 죄책감에 싸여 나를 바라보았다.

"맞아요, 선생님. 분명히 루스는 영양관을 원치 않는다고 했죠. 그렇지만 먹기는 해야지요. 먹지 않는데 어떻게 몸이 좋아질 수 있겠어요?"

프랭크가 결국 눈물을 보였다. 눈물이 얼굴에 흘러내리자 그는 소맷부리로 눈물을 닦았다.

"부인은 곧 다시 식사를 시작할 겁니다. 그때까지 계속 링거를 놓고, 최대한 드실 수 있도록 저희도 노력하겠습니다. 잘되리라는 희망을 가져야 합니다."

"하지만 그래도 안 되면요?"

프랭크가 다시 필사적인 태도로 물었다. 그를 바라보면서 긍정적인 말을 생각하려고 노력했다. 프랭크는 그런 내 모습을 보고 눈치를 챘는지 흐느끼기 시작했다. 프랭크에게 화장지를 건네고 다시 의자에 앉았다. 그는 화장지를 한 장 뽑더니 얼굴을 닦았다.

"선생님, 전 아내를 보낼 준비가 안 됐어요."

잠시 침묵이 흐르다가 그가 말했다.

"부인을 대단히 사랑하신다는 걸 저도 잘 압니다. 하지만 이런 상황이 언젠가는 오게 마련입니다. 거의 모든 치매 환자들은 이렇게 세상을 떠나지요."

프랭크는 나를 쳐다보면서 다시 울기 시작했다. 나는 그의 어깨에 손을 얹었지만 아무 말도 할 수 없었다.

삶을 완전히 바꿔 놓는 병

매일 아침 나는 자동항법장치를 켠 자동차처럼 습관적으로 움직인다. 침대에서 나와 샤워를 하고, 별생각 없이 옷을 입는다. 그 시간 동안 하루 일과를 머릿속에 그린다. 아침 식사를 어디에서 할지 선택하고, 어디에 가고 무슨 일을 해야 할지를 결정한다. 사람들은 대부분 이렇게 하루를 시작한다. 우리가 계획하고 상상하는 동안 몸에 익은 반복적인 행동이 일상적인 것을 알아서 처리하리라 믿는 것이다.

그런데 부모가 되어 두 아이가 걷고, 목욕하고, 혼자 밥 먹는 것을 배우는 것을 지켜보면서, 이런 움직임을 몸에 익히기가 너무나 어렵다는 생각이 들었다. 걷는 것만 해도 여러 단계를 거쳐야 한다. 처음에는 배밀이를 하다가 그다음에는 기어 다니고, 의자

다리 같은 것을 잡고 일어선다. 그러고 나서도 수없이 부딪히고 멍이 든 끝에야 비로소 최초의 기념비적인 발걸음을 떼는 것이다. 물론 그 후에는 정신없이 걷고 뛰는 아이들을 막을 수 없다.

우리는 생애 첫 몇 년간 이런 핵심적인 행동들을 어렵사리 익히지만 한번 익힌 뒤로는 그런 행동들에 대해 크게 생각하지 않는다. 누구나 평생 자신을 보살피는 능력을 당연하게 여긴다. 건강에 문제가 생겨서 본인이나 가족이 기초적인 능력을 잃기 전까지는 말이다. 그리고 만약 그 건강상의 문제가 치매라면, 살아가는 데 필요한 행동과 능력 중에서 우리가 당연하게 여길 수 있는 것은 아무것도 없다.

치매 환자가 기초적인 행동을 유지하는 방법을 잊으면, 혼자서는 아무것도 못하는 덩치 큰 아이가 된다. 스스로 씻지 못하는 86킬로그램짜리 사내를 목욕시키는 일이 얼마나 어려운 일인지 환자의 가족들은 금방 깨닫게 된다. 치매 환자를 변기에 앉히기 위해 여러 사람의 힘이 필요할 수도 있다. 또 입맛이 전혀 없거나, 심지어 숟가락 사용법을 잊어버린 환자에게 밥을 먹이는 게 얼마나 큰 인내심을 요하는 일인지도 깨닫는다.

치매의 중간기에 접어들면 환자들은 독립적으로 자기 일을 처리하는 능력을 점점 잃는다. 그때부터 환자와 가족들은 의료제도의 사각지대에 놓인다. 일부는 '치매 협회' 같은 단체들에 도움을 구하는가 하면, 치매 환자를 돌본 경험이 있는 친지들에게 의

존하기도 한다. 사람들은 다양한 곳에서 정보와 도움을 구하지만, 의사에게서 그것을 얻는 경우는 드물다.

안타깝게도 미국의 의료제도는 주로 진단과 치료에 집중되어 있다. 의대생과 젊은 의사들은 질병의 증세와 징후를 취합해서 병명을 알아내는 방법과 특정 질환에 기초한 치료 과정을 배운다. 그렇지만 처방할 약이 없거나 수술을 못 하는 경우, 의사는 어떻게 해야 할까? 치료법이 없는 상황에서 의사는 뭘 해야 하나?

"치매 환자의 마지막을 제가 어떻게 알았겠어요?"

조앤 시어는 자신의 집 부엌에 앉아 있었다. 그녀는 초조하게 머리를 쓸어 넘기더니 금세 갈색 눈이 촉촉해졌다. 오스카 때문에 만나서 이야기하다가 우는 가족들을 많이 보았다. 눈물을 흘리는 것이 마음에 위로가 될 거라고 생각했지만 그래도 썩 마음이 편하지는 않았다. 조앤의 딸 로빈이 어머니에게 손수건을 건넸다.

"전 남편이 언제나 건강했던 모습 그대로일 줄 알았던가 봐요. 치매인 줄은 알았지만 우리 상황은 바뀌지 않을 거라고 생각했어요. 매일 아침 그이를 주간 보호 센터에 태워다 주면 그이는 거기서 네 시까지 지내곤 했죠. 오후에 집에 돌아오면 함께 저녁 식사를 하고 텔레비전을 보다가 잠자리에 들었죠. 이렇게 살다가 나이가 들면 어느 날 자연스럽게 죽을 거라고 생각했죠. 제가 치매에 대해 아는 것이 없긴 했지만 설마 그이가 그런 식으로 떠날 줄은 전혀 예상하지 못했어요."

래리 시어는 스티어하우스의 3층 환자들 대부분이 생을 마감하는 방식으로 세상을 떠났다. 시어 씨는 치매와 오랜 사투를 벌인 끝에 요양원에 들어왔고, 돌아가실 때는 오스카가 충직하게 그 곁을 지켰다. 시어 씨의 말년은 순조롭지 못했다. 그는 밤마다 집 안에서 배회하다가 결국 계단에서 굴러떨어졌다. 병원에 입원했을 때, 하룻밤 사이에 섬망 상태에 빠져서 깁스를 세 번이나 뜯는 바람에, 의료진은 환자의 안전을 위해 그를 침대에 묶을 수밖에 없었다. 시어 씨는 여러 요양원을 전전하다가 마침내 스티어하우스에 안착했다. 이곳에서도 지속적으로 퇴행해서 결국에는 걷지도, 말하지도, 심지어 가족을 알아보지도 못했다. 마침내 그는 폐렴으로 숨을 거두었다.

"의사들이 상황이 어떻게 변할지를 미리 말해 주었다면 좋았을 거예요."

"무슨 말씀이세요?"

내가 물었다.

"의사들은 치매가 어떤 병인지, 치매에 걸린 남편이 어떻게 변할지에 대해 아무 말도 해 주지 않았거든요. 치매 환자가 진단을 받은 후 얼마나 살 수 있는지 제가 어떻게 알았는지 아세요?"

그녀가 눈물이 그렁그렁한 채 옅은 웃음을 띠었다. 나는 고개를 저었다.

"남편이 저한테 말해 주더라니까요!"

조앤은 그 어처구니없는 상황을 떠올리며 웃었다.

"그이가 치매 진단을 받고 한두 해쯤 지났을 때 함께 친구 집에 저녁을 먹으러 갔어요. 알고 보니 그 집주인도 치매를 앓아서, 관련된 책이 탁자에 놓여 있었어요. 남편이 그 책을 읽기 시작했죠. 서재에 들어갔더니 그이는 책을 무릎에 엎어 놓고 멍하니 앉아 있더군요. 뭐하느냐고 물었더니 그이는 담담하게 말했어요. 자기가 육 년쯤 더 살 거라고."

그녀는 이제 머리를 가로젓고 있었다.

"남편이 읽던 책을 펴서 제게 보여 주길래 깜짝 놀라서 그이에게 달려가 책을 빼앗았죠. 그이는 절 쳐다보면서 태연하게 말했어요. 진단을 받은 나이로 미루어 자기는 칠 년에서 구 년 정도 살 수 있는데, 이미 이 년을 살았다고요."

"담당 의사가 환자나 보호자에게 기대수명에 대해 아무런 말도 하지 않던가요?"

조앤은 의자에 등을 기댔다.

"음, 의사들은 항상 전문적인 이야기는 잘하죠. 그들은 남편의 병이 알츠하이머 유형의 변형된 질환이라고 말했지만, 아무도 저를 앉혀 놓고 '남편분께선 치매를 앓고 있고, 앞으로 단계적으로 이런저런 상황이 벌어질 겁니다'라고 말해 주지 않았지요. 대신 허공에 엑스레이 사진을 들어 올려서는, 신경섬유원 농축과 노인 성반에 대해 말했어요. 제가 마치 자기들이 가르치는 의대생이라 도 되는 것처럼 말이죠. 제가 그런 엑스레이 사진을 본들 뭘 알겠 어요."

안타깝게도 이런 푸념을 듣는 게 처음은 아니다. 의사들은 환자 와 보호자에게 정보를 알려 주려고 애쓰지만, 그런 식으로는 그 들이 병을 아는 데 전혀 도움이 안 된다. 조앤은 화장지를 만지작 거리면서 다음에 할 말을 고민하는 것 같았다.

"치매 환자가 일상에서 겪는 상황을 지도할 수 있는 사람들이 의료계에 더 많아지면 좋겠어요."

오래전 의과대학 강의실에서 어느 교수가 말했다.

"이것은 모두 기능의 문제입니다."

그녀는 강조하기 위해 말을 끊고 강의실에 앉은 미래의 의사들 을 쳐다보았다.

"임상에서 의사들은 진단에만 골몰하는 우를 자주 범합니다. 여러분이 중요하게 여겨야 할 점은, 병명은 그리 중요하지 않다 는 사실입니다. 병명은 의사에게나 중요하지, 환자들에게는 아무 의미가 없습니다. 환자가 자기 병이 진행성 핵상마비인지, 아니면 알츠하이머, 픽병, 루이소체 치매인지에 관심이 있을 거라고 생각합니까?"

앞줄에 앉은 학생이 손을 들었다.

"그렇지만 병을 고치려면 병명을 아는 게 중요하지 않습니까?"

"의사에게는 중요하지요. 병명들은 의사들이 서로 정보를 전달할 때 사용하는 언어니까요. 병명은 우리가 어떤 병인지 규명하고 병에 대해 다른 의사들과 상의할 수 있도록 해 주지요. 그렇지만 환자에게는 그리 중요하지 않습니다."

"하지만 환자들도 자기가 어떤 병과 싸우는지 알고 싶지 않을까요?"

그 학생이 덧붙여 물었다. 교수에게 도전하면 성적을 잘 받을 거라고 믿는 부류 같았다.

"당연하지요. 환자들은 몸을 불편하게 만드는 원인이 뭔지 알고 싶어 합니다. 알 수 없는 대상에 대한 공포가 병에 대한 공포보다 크지요. 그렇지만 결국엔 병명보다는 몸이 불편하고 아픈 것이 환자에게는 더 중요한 문제입니다."

교수는 강조하기 위해 잠시 말을 끊었다가 이었다.

"사람들이 주로 염려하는 것은 병 때문에 앞으로의 삶이 어떻게 바뀌는가 하는 것입니다. '내가 이 병으로 죽을까? 내가 혼자 걷거나 나 자신을 돌볼 수 있을까? 남편이나 아내나 아이들을 보살필 수 있을까? 통증이 심할까?' 환자들이 가장 신경 쓰는 요소들은 이런 것들입니다.”

그 교수의 말이 옳았다. 교통사고를 당한 사람이 자신을 덮친 차량의 제조사나 모델을 따지지는 않을 테니 말이다.

❖

조앤이 내게 말했다.

“제가 어떻게 상황에 대처했는지를 떠올리면 너무도 창피스러울 때가 있어요. 남편의 병에 대해 더 잘 알았다면 좋았으련만.”

그녀는 동의를 구하듯 딸을 바라보았다. 그러자 딸 로빈이 거들었다.

“치매를 겪으면서 보호자 스스로 상황을 파악할 수밖에 없었어요. 우리 둘 다 아버지를 제대로 몰랐다는 생각이 들기도 해요.”

“어째서요?”

내 물음에 로빈이 대답했다.

“저희는 아버지를 어떻게 대해야 할지 몰랐거든요. 가끔 아버지가 너무 답답해서 속상하기도 했죠. 어떤 때는 사소한 일에도 벌컥 화가 났고요. 예를 들어 아버지가 문에 열쇠를 넣는 방법을 잊어버릴 때요.”

“안전벨트를 매는 방법도 잊었고!”

조앤이 맞장구쳤다.

“맞아요! 차를 탈 때마다 아버지가 안전벨트 매는 법을 가르쳐 달라고 하면, 저는 아주 자세히 반복해서 설명해야 했어요. 어린 아이에게 생전 처음으로 안전벨트를 매는 법을 가르치는 것처럼 말이죠. 그렇지만 아버지는 매번 잊어버리셨죠. 그것도 못하는 아버지에게 마구 화를 냈을 뿐, 모든 것을 '잊어 가는' 사람에게 뭔가 가르칠 수가 없다는 사실을 전혀 받아들이지 못했죠. 결국 스스로 그 사실을 터득해야 했어요. 아마 모든 치매 환자 가족들이 그럴걸요."

로빈은 점점 동요하고 있었다. 기억이 되살아나면서 죄책감도 살아난 듯했다. 모녀는 당시 최선을 다했지만 그렇게 대처한 것을 후회하고 있었다. 대학 교육을 받은 남성이 셔츠 단추를 잠그거나 텔레비전 켜는 방법을 이해하지 못하는 상황에 직면했을 때 얼마나 화나고 짜증스러웠을까. 누구라도 화가 날 것이다.

'왜 이걸 못 하지? 어린애도 할 수 있는 일인데.'

다른 점은 아이는 배우는 중이고, 치매 환자는 로빈의 말처럼 '잊어 가는' 중이라는 점이다. 비슷한 상황에 처한 많은 사람들처럼 조앤과 로빈은 래리를 치매에 걸린 래리가 아닌 '과거'의 래리로 기억하는 덫에 빠졌다. 지금 보는 사람은 예전의 그 사람이 아니라는 사실을 깨닫는 순간, 가족은 짜증 냈던 것에 죄책감을 느낀다. 보호자들은 말한다.

"조금만 더 참을성이 있었더라면, 더 이해심을 발휘했더라면 얼마나 좋았을까요! 아버지가 일부러 그러시는 것도 아니었는데 말예요."

시어 모녀가 지닌 마음의 짐을 조금이라도 덜어 주려고 나는 이렇게 말했다.

"어떻게 해야 할지 모르고 헤매는 사람들이 대부분입니다. 모든 간병인들이 똑같이 분노와 죄책감이 뒤섞인 감정을 경험합니다. 그것은 우리가 어쩔 수 없는 부분입니다."

로빈은 고개를 끄덕였지만 내 말을 듣고 있는 것 같지 않았다. 사람들은 치매에 걸린 부모나 배우자를 위해 할 수 있는 일이 없다는 것을 머리로는 안다. 그렇지만 그걸 안다고 해서 죄책감이 없어지지는 않는다. 로빈은 계속 이야기했다.

"심지어 아버지가 요양원에 들어가신 뒤에도 저를 전혀 기억하지 못하신다는 게 가장 힘들었어요. 지금까지 저를 키워 준 아버지를 뵈러 가지만 돌아오는 반응이 전혀 없었죠. 대꾸는 물론이고 알아보는 기색조차 없었어요. 그런 사람이랑 어떻게 대화를 하겠어요?"

딱히 내게 대답을 요구하는 질문은 아니었다. 그렇지만 대답해 보려고 애썼다.

"로빈, 당신은 최선을 다했어요. 비록 기대하던 반응을 얻지 못했더라도, 환자 곁에 있었던 것만으로도 가치가 있지요."

그때 조앤이 가방에 손을 넣어서 종이 한 장을 꺼냈다.

"남편이 살아 있을 때 화가 나거나 속상하면 이 구절을 읽곤 했어요. 이언 매큐언의 《토요일》이라는 소설에 나오는 구절이에요. '그것은 꽃을 무덤에 가져가는 것과 같다. 중요한 볼일은 과거와의 만남이다'라는 부분이에요. 요양원에 가는 것은 제게 이런 의미죠."

우리는 30분 정도 래리의 병에 대해 이야기를 나누었다. 찾아온 진짜 이유를 밝히기가 미안했기 때문이다. 오스카 이야기를 꺼내자 다행히 시어 모녀는 반기는 기색이었다. 대화를 시작하고 나서 처음으로 조앤은 빙그레 웃기까지 했다. 로빈이 말했다.

"그거 아세요? 우리는 오스카가 분명히 아버지의 임종을 놓치고 있다고 생각했어요. 돌아가시기 직전인 것 같았는데 한 번도 오스카를 본 적이 없었거든요. 단 한 번도요. 다른 보호자들에게 오스카의 명성에 대해 들었기 때문에 어머니랑 저는 몹시 혼란스러웠어요. 결국 어머니랑 저는 오스카를 찾으러 나갔는데 복도 반대편 방의 다른 환자 곁에 앉아 있더군요. 오스카는 몹시 안절부절못하는 것 같았어요. 어머니는 오스카에게 다가가서는, 일을 좀 제대로 하라고 나무라기까지 했지요. 우리가 아버지 병실로 돌아가고 얼마 안 되어 오스카가 불쑥 병실로 뛰어들어 오더군요. 열두 시를 알리는 시계 소리라도 들은 것처럼 말이죠."

"무도회장을 빠져나온 신데렐라 같았어요."

조앤이 거들고 로빈이 말했다.

"복도 반대편의 환자가 돌아가신 직후였다는 사실을 나중에야 알았죠. 오스카는 그 환자가 눈을 감을 때까지 곁을 지키다가 냉큼 달려온 거였어요!"

그때의 기억을 떠올린 로빈의 얼굴에 경외심이 번졌다. 식탁 맞은편의 조앤도 그들이 목격한 놀라움에 공감하는 듯했다.

"제가 오스카를 얼른 안았더니 제 무릎에 잠시 있다가 곧 아버지 곁으로 갔어요. 몇 시간 후 아버지는 세상을 떠나셨죠."

로빈이 갑자기 웃음을 터뜨렸다.

"재미있는 게 더 있어요. 아버지가 돌아가시기 한 시간 전쯤 간호사가 와서 아버지 상태를 확인하고는, 저희더러 쉬고 오라고 권했어요. 아버지가 돌아가시려면 아직 멀었다면서요. 어머니랑 저는 잠시 서로 쳐다봤지만, 둘 다 자리를 뜨고 싶지 않았어요. 오스카의 사인을 믿어야 한다고 생각했죠. 다행스럽게도 오스카가 맞았죠. 오스카가 없었더라면 저희는 아버지의 임종을 지키지 못했을 거예요."

조앤이 말했다.

"우리가 간호사보다 고양이를 더 믿었다는 뜻은 아니에요. 제가 말하고 싶은 건 뭐랄까 …… 오스카는 자기가 뭘 하는지 확신이 있는 것 같았어요. 자기가 뭘 원하는지 확실히 알고 있었고, 그 일에 헌신했죠."

로빈이 요약해서 말했다.

"이 예쁜 것이 저희에게 신호를 보내 주었어요. 그 신호를 무시했다면 정말 큰일 날 뻔했죠."

❀

"의사는 병명을 알려 주지만 그건 중요하지 않아요. 병명만으로는 아무것도 몰라요. 환자가 알고 싶은 것은 이 병이 어떻게 진행될지, 무슨 일이 생길 것인지예요."

차를 몰고 집으로 오는 내내 조앤의 말이 머릿속에서 맴돌았다. 로빈의 이야기를 들은 뒤라 오스카가 복도를 냅다 뛰어온 일이 생각나면서도, 어쩐지 조앤의 말이 더 크게 다가왔다.

내가 관절염 진단을 받기까지 겪은 어려움이 떠올랐다. 처음에는 내 생활 방식을 급격히 바꿔놓은 질환의 병명을 마침내 알게 되어서 마음이 놓였다. 이제 무엇과 싸워야 하는지 알았으니까. 이름을 아는 적과 맞서서 싸울 준비가 되었다고 생각했다. 나는 죽는 한이 있어도 이 병을 이겨 내고 싶었다.

하지만 조앤이 옳았다. 병명이 문제가 아니었다. 정상 생활을 유지할 수 있는지, 삶을 온전하게 살 수 있는지, 그런 진단을 받았지만 매 순간 충실하게 살 수 있는지가 중요했다. 십 년 동안 관절염을 앓으면서 생긴 신체 기능의 한계들과, 그 증상들이 내 삶을 어떻게 바꿔 놓았는지 생각했다.

이제 난 예전처럼 테니스, 스키는 물론 농구 경기도 할 수 없다. 그러나 나는 아직 매일 아침 침대에서 내려와 독립적으로 활동할 수 있다. 셔츠 단추를 잠그고 구두끈을 맬 수 있다. 무엇보다도 여전히 아이들을 안고 계단을 오르내릴 수 있다. 아들이 태어나던 날에는 그러지 못할까 봐 얼마나 걱정했는지 모른다. 언젠가는 이런 행동이 불가능한 날이 오겠지만, 오늘은 할 수 있다는 데 감사할 따름이다.

'오늘 나는 할 수 있고, 그걸로 족해.'

집에 들어서면서 아내에게 인사했다.

"나갔던 일은 어땠어요?"

그녀가 물었다.

"잘됐어. 시어 모녀는 정말 좋은 사람들이야. 그 모든 일을 기억해 내는 게 참 힘든 일이었을 텐데도 친절하게 이야기해 주었어. 래리를 매우 사랑했다는 걸 느꼈지."

"오스카가 임종 자리에 있었다던가요?"

나는 킥킥 웃었다.

"나는 처음에 오스카 이야기를 들었을 때 다들 완전히 돌았다고 생각했어. 그런데 사연을 들으면 들을수록 오스카가 빠짐없이 그 자리에 있었다는 거야. 유족들도 모두 고마워하는 눈치고."

"고양이 의과대학을 열어야겠는데요. 그러면 인간 의사들이 다 밀려나겠어요."

나는 장난스럽게 눈을 굴리면서 방에서 나가려 했다. 놀리는 말인 줄 알았지만 그녀의 눈빛은 진지했다.

"여보, 어디 가요? 이야기 더 듣고 싶은데."

아내가 물었다.

"위층에 가서 샤워하려고."

그녀는 당황스러워했다. 아직 늦은 오후였다.

"관절이 조금 쑤셔서. 샤워하면 나아질 거야."

아내가 어쩔 수 없다는 듯 어깨를 으쓱했다. 침실 문을 닫고 옷을 벗으면서 생각했다.

'오늘부터는 그 어느 것도 당연하게 여기지 말아야지.'

어릴 때 이후 처음으로 옷을 하나하나 벗는 데 집중했다. 마치 참선하듯이 셔츠 단추를 풀고, 구두를 벗고, 옷을 벗어서 옷장에 가지런히 걸었다. 기계적으로 움직이지 않고, 온전히 현재에 집중했다. 지금 이 순간과 바로 다음 순간 외에는 아무것도 중요하지 않았다.

머리 위에서 쏟아지는 물줄기가 아픈 어깨와 등에 닿으니 통증이 멎는 듯했다. 물은 따뜻하고 편안했고, 스스로 씻을 수 있다는 소박한 즐거움이 너무도 감사했다. 문을 두드리는 소리가 났다. 아내였다.

"괜찮아요, 데이비드?"

"고마워, 여보. 괜찮아."

그렇다. 중요한 것은 현재 내가 쥔 패를 현명하게 쓰는 법을 배우는 것이다.

존엄하게
죽을 권리

"데이비드, 여기 좀 들러 주겠어요? 사울이 심상치 않아요. 패혈증 기미가 있는 것 같아요."

동료 몇 명과 연구 회의를 하러 대학에 가던 중 메리의 연락을 받았다. 메리의 장점 중 하나는 호들갑을 떨지 않는다는 것이다. 메리가 환자 상태가 심상치 않다고 말하면 정말로 안 좋은 것이었다. 나는 차를 돌려 스티어하우스로 향했다. 회의는 조금 미뤄도 괜찮을 것이다.

병동에 들어가니 키가 큰 멋쟁이 신사가 접수대 옆에 서서 메리와 한창 이야기를 나누고 있었다. 등을 돌리고 있었지만 전에 만난 적 있는 사람이라는 것을 알았다. 그의 말투가 익숙했다. 접수대를 빙 돌아서 두 사람에게 간단히 인사한 다음, 선반에서 사울의 차트를 빼냈다. 메리가 통화하면서 급한 기색이었기에 나도 서둘렀다. 사울의 최근 검사 결과를 살피면서 두 사람의 대화에 도 귀를 기울였다.

"메리, 어머니를 병원으로 옮기면 한결 호전되실 겁니다."

신사가 말했다.

'아, 이제야 기억났다.'

몇 달 전, 그의 어머니인 이리스 던컨이 폐렴으로 입원했을 때 병원에서 만났다. 이리스는 아주 빠른 속도로 병세가 좋아졌지만, 치매로 인한 퇴행을 걱정한 그와 오랫동안 대화한 기억이 있다. 그는 질문이 많았는데 그건 충분히 예상할 수 있는 반응이었다. 어머니가 심각한 병을 앓고 계시다면 누구라도 답을 구하려고 할 테니까.

그렇지만 대화의 분위기로 볼 때, 그는 모친이 중증 치매라는 점을 아직 이해하지 못한 눈치였다. 그는 계속해서 협상을 하려 했다. '이렇게 하면 어떨까요, 선생님?'이라고 물으면서 인터넷에 서 본 약물이나 치료법을 제안했다. 내가 그 치료법이 효과가 없 는 이유를 설명하면, 그는 얼른 다른 전략을 내밀었다. 메리와 나 누는 대화를 듣고 있자니 그는 예전과 전혀 달라지지 않은 것 같 았다. 메리가 말했다.

"조지, 어머님 상태가 좋지 않으세요. 폐렴이 다시 도질 것 같 고, 염증 때문에 전보다 더 나빠졌어요. 정말 어머님을 다시 병원으로 옮기기를 바라나요? 이곳 요양원에서도 항생제로 치료할 수 있고, 무엇보다 저희는 환자를 잘 알아요. 또 환자분은 평소 지내던 환경을 더 편안해할 거예요."

메리의 말은 합리적인 조언이었다. 그 순간 조지도 잠깐 동안 어머니를 병원으로 옮기겠다는 주장을 접을 것 같았다. 계속 요양원에 모시는 것이 어머니에게 최선임을 설득할 수도 있을 듯했다. 그때 조지가 내게 몸을 돌렸다.

"도사 선생님?"

"안녕하세요, 조지."

메리가 대화 도중에 그의 이름을 불러 준 것이 다행이었다.

"다시 뵙게 되어 반갑습니다. 어머니를 병원으로 옮기면 선생님이 담당하시나요?"

나는 아니라고 고개를 저었다.

"이번 주에는 동료 의사가 당직이거든요. 어머님의 치매 증세가 나빠지고 있다는 메리의 의견에 저도 동의합니다. 어머님은 평소 여기 나와 앉아서 늘 활달한 말투로 인사를 하셨지요. 그런데 최근에는 예전 같은 반응을 통 못 봤습니다. 이곳에서 치료하는 게 환자분에게 최선이라고 생각합니다만, 원하시면 어머님을 담당할 의사에게 연락드리겠습니다."

그러나 조지는 이미 마음을 정한 듯했다. 그가 멀어지자 메리가 나를 봤다.

"조지를 어떻게 알아요?"

"몇 달 전 조지의 모친이 입원했을 때 만난 적이 있어요. 한 시간 가까이 대화를 했던 것 같아요. 모친을 간호하는 것과 관련해 어찌나 질문이 많던지. 문자 그대로 속속들이 알고 싶어 하더군요."

메리가 웃음을 터뜨렸다.

"아주 관심이 많죠. 출장을 가서도 어머니가 식사는 잘하시는지, 어떻게 지내시는지, 잘 주무시는지 매일 전화해서 물어보는 효자거든요."

메리가 한숨을 쉬고는 말을 이었다.

"솔직히 내가 늙어서 아플 때 내 아이들이 조지가 모친에게 하듯 지극정성이길 바랄 정도예요."

"예전에 조지에게 호스피스 치료를 권했는데요. 호스피스 팀이 모친의 치료에 개입한 적이 있습니까?"

"조지는 말도 못 꺼내게 해요, 데이비드."

그렇지만 메리의 생각은 나와 같을 터였다. 메리에게 물었다.

"지금 이리스의 상태는 어때요?"

"예전과 똑같아요. 엑스레이 결과를 보니 폐렴이 재발했고 섬망 상태예요."

"오스카가 곁에 있습니까?"

메리가 웃었다.

"우리 층의 환자들 중에 오스카가 가장 멀리하는 사람이 이리 스일걸요. 항상 오스카를 따라다니시거든요. 어떤 때는 오스카의 꼬리를 잡아당기기도 하고요. 이리스가 돌아가신다고 해도 오스카가 곁을 지킬 것 같지 않네요."

"이리스는 모든 치료를 한다는 지침을 고수하고 있나요?"

이리스의 심장이나 호흡이 멈출 경우 우리가 심폐소생술을 해야 할지 알고 싶었다.

"네."

"병원에서 처음 이리스를 만났던 때가 기억납니다. 편찮으신데도 얼마나 활기차던지!"

그때의 미소는 방 안이 환해질 정도였지만, 이후 이리스는 계속 퇴행하고 있다.

"치매가 얼마나 잔인한 질병인지 환자들을 볼 때마다 실감해요."

메리도 나와 비슷한 생각을 하고 있었다. 메리가 말을 이었다.

"이리스는 스티어하우스에 저보다 오래 있었을 거예요. 처음 아래층 치매 병동에 오셨을 때, 사람들이 이리스를 이곳 직원으로 착각했다더군요. 그 정도로 교양 있게 또박또박 말씀하셨죠. 콜롬비아 대학교에서 장학금을 받고 세인트키츠 섬에서 유학 오셨다더군요."

"그래서 억양이 남다르시군요!"

메리가 말했다.

"제가 처음 이리스를 만났을 때, 아래층 간호조무사들에게 영어를 가르치고 있었어요. 이리스는 안수 받은 성직자이기도 해서 어떤 간호조무사에게 신앙에 대해 조언하기도 했죠."

메리는 기억을 떠올리며 미소 지었다.

"치매에 걸렸는데도 여전히 영어를 가르치고 성경 구절을 정확히 암송할 수 있다니 참 신기하다는 생각이 들었죠. 가르치는 기술은 잊어버리지 않나 봐요."

"그러고 보니 사울 때문에 나한테 연락한 거 아네요?"

불현듯 내가 일깨워 주었고, 메리가 내 물음에 대답했다.

"사울이 오늘 병원에 다시 입원해야 할 것 같아요. 가서 살펴보고 선생님 생각을 알려 주세요. 병실에 바버라가 있을 거예요. 많이 걱정하더군요."

메리는 그 말을 하고는 이리스 던컨의 차트를 들고 사무실 쪽으로 몸을 돌렸다. 내가 병실로 향할 때 메리는 전화를 걸더니 직원에게 이리스를 병원으로 옮기라고 지시했다.

🐾

사울을 힐끗 보자마자 메리의 걱정이 이해됐다. 그는 항상 앉아 있던 안락의자 대신 침대에 누워 있었다. 텔레비전은 꺼져 있고 눈에는 생기가 전혀 없었다. 단 몇 초도 눈을 뜨고 있기 힘든 듯했다. 바버라가 침대 옆에 앉아 아버지의 손을 잡고 있었다.

"바버라, 아버지는 좀 어떠십니까?"

내 물음에 바버라가 일어나서 수심에 잠긴 얼굴로 나를 쳐다보았다.

"좋지 않네요. 메리가 연락해서 바로 달려왔어요."

그녀는 사울을 진찰할 수 있도록 옆으로 물러섰다. 혈압이 낮았다. 가냘픈 맥박을 짚고 폐를 청진했다. 다리를 살피니 다리가 벌겋게 부어올랐고 정강이 근처에서 진물이 났다.

"많이 안 좋으시네요. 패혈증 같습니다. 다리의 박테리아가 혈액으로 들어간 상태지요."

그녀는 아무 말 없이 고개를 끄덕였다.

"이 정도의 증세는 이곳에서 치료하기 힘듭니다. 아버님을 병원에 입원시킬지 말지 결정을 내려야 합니다."

"선생님 생각은 어떠세요?"

아버지의 치료에 최선을 다해 달라던 사람답지 않은 대답이었다. 말이 나온 김에 나는 사울이 마지막을 어떻게 맞을 것인지에 대해 다시 의논하기로 했다.

"아버님을 처음 요양원에 모실 때, 심장이 멈출 경우 심장을 소생시키기 위한 모든 조치를 취해 달라고 요구했었죠. 괜찮다면 지금 그 문제에 대해 다시 이야기하고 싶습니다."

"아버지를 구할 수 있다면 당연히 노력해야죠."

"실제 상황은 텔레비전에 나오는 것과는 다릅니다."

그녀는 묘한 표정을 지었고, 나는 의사로서 말하는 선을 넘었다고 느꼈지만 계속 밀고 나갔다.

"텔레비전 드라마에서는 모든 환자가 기적처럼 살아나지요. 현실은 그렇지 않습니다."

"저도 알아요."

그녀가 좀 냉정하게 대꾸했다.

"아버님처럼 치매를 앓는 환자는 심장이나 호흡이 멈췄을 때 되살릴 수 있는 가능성이 거의 없습니다. 현실적으로 아버님의 연세와 의학적 상태를 고려할 때, 중환자실에서 다시 나올 수 있을지 잘 모르겠습니다."

"왜 아버지를 살리기 위해 최선을 다하지 않으려는 거죠?"

이제 그녀는 열을 내며 쏘아붙였다.

"환자가 너무 아플 때 심한 통증을 덜어 주는 조치밖에 저희가 할 수 있는 일이 없습니다. 염증이 가라앉든 아니든 아버님의 치매는 계속 진행될 겁니다. 아버님을 여기 모시는 것이 조금이라도 편안하실 거예요."

바버라가 화난 표정으로 날 노려보았다.

"선생님, 아버지는 가능한 모든 방법을 동원해서 목숨을 유지하기를 원하셨어요. 아주 작은 가능성이라도 있다면 아버지는 치료받고 싶으실 거예요. 이제 와서 아버지의 바람을 저버리지는 못합니다."

그녀의 대답은 전혀 놀랍지 않았다. 나는 인기 없는 제품을 팔러 다니는 영업사원인 셈이었다. 현실을 직시하라는 조언은 환자 가족들에게 언제나 '인기 없는 물건'이었다. 그녀에게 아버지의 상황이 그때와는 달라졌다는 점을 지적할까도 고려했지만 그만 두었다. 그래 봤자 아무것도 달라지지 않을 테니까.

"선생님, 당장은 이런 이야기를 하고 싶지 않네요. 아버지는 치료를 받아야 하니 당장 병원으로 옮겨야겠습니다."

나는 병실에서 나와 사울의 병원 이송을 준비했다. 책상에 앉아서 허공을 바라보면서 방금 일어난 일에 대해 곰곰이 생각했다. 그때 어디선가 손님이 쓱 나타났다. 오스카가 접수대 위를 걸어오더니 전화기 옆에 앉아 나를 빤히 쳐다보았다.

"바버라한테 가서 얘기 좀 해 보지 않을래? 너라면 그녀를 설득할 수 있을 거야."

오스카는 계속 나와 눈을 맞추고 있었다. 순간적으로 오스카가 내 말을 알아듣고 원하는 것을 해 줄지도 모른다고 생각했다. 그렇지만 오스카는 쓰다듬어 달라는 듯 내 앞에 배를 보이며 누웠다. 내가 손을 뻗어 성심껏 긁어 주자 가르랑대기 시작했다.

"사실 넌 평범한 고양이인 거지, 그렇지?"

있는 그대로
사랑하기

"어머니와 겪은 일들을 가지고 책을 써 볼까 생각한 적도 있었지요. 심지어 책 제목도 정해 놓았어요. '내 어머니를 닮은 윗집 여자'라고요."

나는 이스트프로비던스에 있는 잭 매컬로의 집을 방문했다. 그는 거실에 앉아서 오스카의 첫 번째 환자였던 자신의 어머니 이야기를 해 주었다. 잭이 내게 말했다.

"변한 어머니 모습에 적응하고, 있는 그대로 받아들이는 것을 배워야 했지요. 겉모습은 내가 자라면서 본 어머니였지만, 치매에 걸린 어머니는 전혀 다른 사람이었어요."

잭은 소파에 등을 기대고 서글픈 미소를 지었다. 잭에게 전화할 용기를 내기까지 오랜 시간이 걸렸다. 지금껏 면담했던 유가족들과는 달리 그는 내가 모르는 사람이었다. 잭의 어머니 매리언은 오스카가 처음으로 임종을 지킨 환자였다. 매리언이 세상을 떠난 2005년 11월에 오스카는 아직 요양원에 온 지 얼마 안 된 새끼 고양이었다.

게다가 어머니뿐 아니라 잭의 이모인 바버라 역시 일 년여 후 오스카가 지켜보는 가운데 눈을 감았다. 오스카가 한 가족의 임종을 지킨 것은 잭의 가족이 처음이었다. 그러니 오스카가 왜 그 일을 하는지 알려 줄 인물이 있다면 잭이 적임자였다. 잭에게 연락을 할지 말지 고민하던 어느 날, 메리가 명령하듯 말했다.

"잭에게 전화해 봐요."

그렇지만 모르는 사람에게 대뜸 전화해서 '어머니의 임종을 지킨 고양이에 대해 이야기하러 찾아봬도 될까요?'라고 묻는 것은 어색한 일이었다. 그러나 메리가 옳았다. 잭은 흔쾌히 그러겠다고 답했다.

"저도 오스카에 대해서, 또 오스카가 제게 어떤 의미였는지 이야기하고 싶군요."

잭의 집은 예스럽고 역사가 느껴지는 주택이었다. 가구류는 대대로 내려온 듯한 앤티크였다. 우리는 고풍스러운 커피 탁자를 사이에 두고 새로 천갈이를 한 듯한 안락의자에 앉았다. 잭의 어머니 매리언과 이모 바버라를 떠올리게 하는 물건들이 집 구석구석에 놓여 있었다. 한쪽에 잿빛의 얼룩무늬 고양이 사진이 걸려 있었다. 오래전에 키우던 고양이인 듯했다.

"어머니께서 고양이를 좋아하셨나요?"

잭은 키득키득 웃었다.

"좋아하는 정도가 아니었어요! 어머니는 매사추세츠 남부에 있는 농장에서 자라셨는데 어릴 때부터 곧잘 길고양이들을 데려와서 우유를 먹여 키우곤 했죠. 가족들은 어머니를 '고양이 엄마'라며 놀렸다더군요. 새끼 고양이들이 모두 어머니만 따라다녔다고해요."

잭은 몸을 숙여서 회색 고양이를 안아 들었다. 어떤 손님이 왔는지 보려고 살그머니 거실에 온 녀석이었다.

"이 녀석은 비주예요. 제가 어릴 때 키우던 고양이 미튼의 환생이 이 녀석인 것 같아요."

잭은 얼룩 고양이 사진을 손으로 가리켰다. 정말 두 고양이의 생김새가 거의 똑같았다. 잭이 비주를 바닥에 내려놓자 쏜살같이 거실에서 나갔다. 잭이 말했다.

"고양이들은 신기하게도 어머니를 따랐어요. 어머니랑 있으면 안전하다고 느꼈나 봅니다. 다른 사람한테는 얼씬하지 않는 녀석들도 어머니 무릎에는 올라가곤 했지요. 처음 비주를 데려왔을 때 어머니는 이미 치매가 상당히 진행된 상태였고 제 아파트 위층에 사셨지요. 제가 집에 와서 고양이를 찾으면 언제나 위층 어머니 옆에 앉아 있더라고요."

잭은 커피를 준비하러 가면서 내게 작은 사진첩을 건네주었다.

"어머니가 돌아가시기 직전에 이 사진첩을 만들었어요. 어머니와 함께 사진들을 보곤 했죠."

사진첩은 아름답고 만듦새가 좋았다. 두툼한 고급 종이를 사용했고, 제본에서도 전문가의 솜씨가 엿보였다. 나는 사진첩에 감탄하다가, 이 사진첩을 만든 것이 잭에게 얼마나 중요한 일이었을지 깨달았다. 사진첩은 잭에게 어머니 인생의 주요 사건을 보여주는 동시에 그녀의 죽음을 준비하는 데 도움이 됐을 터였다. 사진첩은 어머니에 대한 끝없는 감사였고, 그녀의 젊은 시절 좋았던 때를 떠올리게 하는 도구였다. 이상하게도 치매는 환자에게서 기억을 빼앗아 가는 반면, 환자의 가족과 사랑하는 이들에게는 좋은 기억만 남긴다. 사진은 모두의 추억을 되새기는 데 도움이 될 수 있다.

사진들을 넘겨보았다. 매리언의 어린 시절부터 성인기를 거쳐 스티어하우스에서 찍은 사진까지 이어졌다. 페이지를 넘기다가 모든 사진에서 매리언이 한결같이 단정하다는 것을 깨닫고 깜짝 놀랐다. 스티어하우스에서 찍은 사진들에서도 그녀는 세련된 옷을 입고, 아름다운 머리 매무새와 빛나는 안색을 지닌 매력적인 여성이었다.

나는 페이지를 넘기던 손을 잠시 멈추고 사진 한 장을 찬찬히 살폈다. 젊은 시절의 매리언이었다. 그녀는 사진을 찍는 사람과

거리를 두고 서서, 사진에는 찍히지 않은 뭔가를 바라보고 있었다. 어딘가 모르게 신비로운 표정이었다. 잭이 커피를 들고 돌아오자, 나는 사진첩을 탁자에 내려놓으며 물었다.

"아름답네요. 궁금한 게 있는데요. 어머니께서 기억을 되살리는 데 사진첩이 도움이 됐습니까?"

"때로는요. 하지만 사진첩은 저한테 더 중요했다는 생각이 들어요."

잭은 커피를 따르고 크림을 권하면서 대답했다.

"왜요?"

"사람들은 치매에 걸린 사람이 원래 어떤 사람이었는지 자주 잊어버리지요. 현재의 모습만 보고 이전의 추억은 잊곤 해요. 아직 멀쩡히 살아 계시지만 온전히 예전의 그 모습은 아니니까요. 달라진 그분의 모습을 사랑하는 법을 배워야 해요."

잭이 갓 구운 머핀을 권했다.

"오스카에 대해 이야기하고 싶다고 했지요?"

내가 입에 머핀을 잔뜩 물고 고개를 끄덕이자 잭이 말을 이어 갔다.

"하지만 그 전에 먼저 어머니에 대해 자세히 알려 드리고 싶어요."

"아무렴요."

커피를 한 모금 마시면서 대답하자 잭은 미소를 지었다.

"은퇴한 후에도 어머니는 늘 바쁘고 풍성한 삶을 사셨어요. 전어머니와 점심 한번 먹으려면 예약을 해야 한다며 푸념하곤 했죠. 어머니는 마음이 선한 분이셨고, 소박한 일에서 큰 기쁨을 찾곤 했어요. 저와 동네 아이들을 데리고 아이스크림 가게에 가거나 집 앞을 지나간 소방차를 뒤쫓으려고 얼른 차를 몰곤 하셨죠. 솔직히 아이를 위해 소방차를 따라갈 부모가 몇이나 있겠어요?"

잭은 행복한 추억들을 되새기느라 잠시 말을 멈추었다가 계속했다.

"훌륭한 어머니셨지만 평탄한 인생은 아니었죠. 홀몸으로 저를 키우셨거든요."

"그러세요? 사별하셨나요, 아니면 이혼하셨나요?"

내가 물었다. 잭과 모친에 대해 모르는 게 너무 많다는 것을 깨달았다. 요즘에는 한 부모 가정이 많지만, 1950년대에는 드문 일이었다. 자녀를 차에 태우고 소방차를 쫓아갔던 매력적이고 마음 따뜻한 여인에 대한 궁금증이 컸기에 예의가 아닌 줄 알면서도 질문했다. 잭이 입을 열었다.

"둘 다 아니었어요. 1951년에 어머니는 한 남자를 만나 첫눈에 반해 사랑에 빠졌지요. 그 남자는 어머니 평생의 사랑이었어요. 그가 세상을 떠나기까지 둘은 사십구 년간 함께했어요."

"그런데 왜 홀로 아이를 ……?"

나는 솔직히 물었고, 잭이 말을 이었다.

"아버지는 다른 사람과 결혼했거든요. 부모님은 둘의 관계를 비밀에 부쳐야 했어요. 부모님의 애정은 거의 오십 년간 지속되었지요. 그 관계의 소산이 바로 저고요."

잭은 잠시 말을 끊고 내 반응을 살폈다. 요즘이라면 그리 놀라운 일이 아닐 것이다. 그렇지만 1950년대의 로드아일랜드는 전혀 다른 세상이었다. 잭의 성장 배경이 흔한 일이 아니었던 것만은 분명했다.

"저는 아버지 차의 백미러에 비친 모습으로 그의 얼굴을 익혔어요. 아버지는 우리를 태우고 어딘가 멀리 가곤 했지요. 사람들이 우리를 모르는 동네로 갔죠."

잭은 잠시 하던 말을 멈추고 커피를 마셨다.

"어머니는 매일 아침 일어나서 말쑥하게 단장했어요. 혹시 그날 아버지가 찾아올까 해서였죠. 어머니는 그가 오는지 보느라 계속 어깨 너머를 흘끔댔고, 치매를 앓는 와중에도 그 행동은 멈추지 않았어요."

내가 본 사진들 속의, 곱게 화장을 하고 멋지게 차려입은 매리언의 모습이 생각났다. 문득 그 모습이 다른 느낌으로 다가왔다.

"부담스러운 사연인가요?"

잭이 물었다.

"아닙니다. 그렇지 않습니다."

내가 말했다. 인간 마음의 신비로움은 의학만으로 다 설명할 수 없다. 잭이 말했다.

"어머니가 처음 치매에 걸렸던 때를 돌아보면 제가 모르는 게 얼마나 많았는지 깨닫곤 하지요. 아마 다른 사람들도 자기 어머니나 아버지에게 치매가 와도 바로 알아차리지 못할 겁니다. 처음엔 사소한 실수에 불과하니까요. 언젠가 제 차를 정비소에 맡겨 놓고 와야 했어요. 어머니가 데리러 오기로 미리 약속했지요. 그때는 아직 휴대폰이 없던 1980년대였죠. 정비소에 앉아서 한시간 넘게 기다렸는데도 어머니가 안 오시는 거예요. 겨우 집에 도착했는데 어머니는 다른 일을 보러 외출하셨더군요. 들어오실 때 어머니는 '그게 오늘이었니? 까맣게 잊었네'라고 하셨어요. 돌이켜 보면 그때부터 조짐이 보였던 건데 당시에는 그냥 넘겼지요."

잭은 앞뒤 맥락을 살펴보지 않으면 사소해 보이는 사고 몇 가지를 예로 들었다.

"언제부턴가 어머니가 열쇠를 자주 잃어버리셨죠. 어머니는 열쇠를 못 찾으면 제가 숨겼다며 화를 내셨고요. 제가 뭐하려고 열쇠를 숨기겠느냐고 어머니에게 논리적으로 설명하려 했지만 통하지 않았지요. 매번 열쇠를 잃어버릴 때마다 어머니는 제가 감추었다고 믿었어요."

잭은 고개를 저으면서 서글픈 미소를 지었다.

"한번은 슈퍼마켓 정육 코너에 열쇠를 두고 오셨더라고요. 어떤 때는 열쇠를 차에 넣고 문을 잠갔고요. 그것도 시동을 걸어 둔 채로요!"

그는 웃고 있었지만, 당시에는 전혀 우습지 않았을 것이다.

"전 어머니가 피곤해서 그런 것뿐이라고 스스로 합리화하곤 했지요. 제가 오랜 세월 살았던 집을 팔자고 해서 어머니가 화가 나셨다고 생각했어요. 그런데 결국 더는 피할 수 없는 상황이 된 겁니다. 더 이상 버티지 못하게 된 때는, 어머니의 증세가 시작되고 몇 년이 지나서였어요. 전 무의식적으로 어머니의 기억력에 문제가 생겼다는 것을 느끼고 있었어요. 어머니 몰래 핸드백에 제 명함을 넣어 두었거든요. 아마 어머니가 저한테 연락할 방법을 모를 날이 오리란 걸 알아서 그랬겠지요."

잭은 어머니를 속인 일을 떠올리며 미소 지었다.

"이따금 어머니는 지갑에서 제 명함을 보고는 왜 명함이 있는지 물으셨어요. 제가 만약의 경우를 대비해서 넣어 둔 거라고 하면 어머니는 화를 냈지요. 제 앞에서 명함을 짝짝 찢거나 쓰레기통에 버렸어요. 다행히 어머니에게 들키지 않은 명함도 있었지요. 비 내리던 어느 날 회사에서 일하고 있는데 다른 동네 집배원의 전화를 받았어요. 저에게 매리언의 아들이냐고 묻더니, 서둘러 이스트사이드로 오라는 거예요. 어머니께 무슨 일이 생겼을까봐 제정신이 아니었지요. 사무실에서 뛰쳐나와 차에 올라탔어요. 거기까지 어떻게 갔는지 기억나지 않지만, 아마 머릿속에 최악의 시나리오가 떠올랐을 겁니다."

비 내리는 추운 날, 낯선 사람에게 그런 전화를 받고 얼마나 겁이 났을까. 어떤 상황을 맞닥뜨릴지도 모르는 채 하던 일을 내려놓고 사무실을 뛰쳐나와야 했다니. 최악의 상황을 예상할 만했다. 잭을 흘끔 쳐다보니 금방이라도 울 것 같았다. 지금까지 내가 대화를 나누었던 사람들 모두 그랬던 것처럼. 그렇지만 잭은 마음을 가라앉혔다. 그가 어머니를 추억하며 우는 단계는 이미 지난 듯했다.

"어머니는 제가 상상할 수 있는 가장 나쁜 모습을 한 채 거기 있었지요. 아마 자기 어머니의 그런 모습을 보고 싶은 사람은 없을 겁니다. 어머니는 비에 맞아 홀딱 젖은 채로 어리둥절해 있었어요. 얼마나 울었는지 얼굴에 마스카라 얼룩이 번져서 슬픈 어릿광대처럼 보였지요. 차를 어디에 두었는지 묻자 어머니는 전혀 기억을 못 하셨죠. 왜 거기 있는지조차도!"

잭은 괴로운 순간을 어제 일처럼 되살리고 있었다. 잠시 말을 멈추었다가 낮은 목소리로 다시 말문을 열었다.

"웃긴 게 뭔지 알아요? 그런 일을 겪고서도 어머니께 문제가 있다는 건 알았지만 그게 병이라고는 생각하지 않았어요. 그러다가 몇 주일 지나 모임에 가서야 알게 됐죠. 친구에게 그날 있었던 일을 얘기했더니 아무렇지 않게 치매 아니냐고 묻더군요. 망치로 머리를 한 대 맞은 것 같았죠."

잭은 겸연쩍어하면서 고개를 저었다.

"그렇게 별별 일이 다 벌어졌는데도 모르다가, 모임에서 지나가듯 하는 말을 듣고 깨닫다니! 저는 현실을 부정하고 있었던 거죠."

현실 부정이라는 말을 들으니, 잭 같은 사람들이 얼마나 많은지 생각할 수밖에 없었다. 원치 않는 일을 만나면 우리는 해결하기보다 일단 부정하고 핑계를 댄다.

"어머니가 오늘 피곤하신가 봐."

"아버지가 요즘 머릿속이 너무 복잡하신 거야."

확실한 증거가 있는데도 우리는 증상들을 과소평가한다. 아무 일도 없다고 치부하고 뻔히 보이는 정황을 외면한다. 인간의 마음은 정말로 묘한 방식으로 작동한다.

"치매 진단을 받은 후 어머니를 가까이서 모셔야 했어요. 그래서 제가 사는 아파트 위층으로 어머니를 이사 오게 했지요. 다행히도 어머니는 별 반대 없이 제게 재정적인 일을 맡기셨어요. 결국 제가 일하는 동안 어머니는 지역 노인 센터에 가시기로 했죠. 처음에는 어머니가 불평이 많으셨지만 선택의 여지가 없었으니 계속 밀고 나갔죠.

치매의 장점이라면 병이 깊어질수록 불평이 줄어든다는 것이에요. 어머니는 처음 몇 주간 노인 센터에 가지 않겠다고 버텼지만, 실은 센터 생활을 즐겼던 것 같아요. 하지만 그 방법은 잠깐만

통했지요. 어머니를 모시기가 점점 어려워져서 도우미를 구해야 했어요. 아침에 어머니의 옷을 입혀 주고 약을 제때 드시게 하고, 제가 직장에 간 사이에 어머니가 어디 나가지 않게 감시할 사람이 필요했지요.

어머니는 성격도 변해서 시시각각 양극단을 달리곤 했어요. 상냥하고 사랑 많은 어머니가 예전에는 전혀 없던 모습으로 못되게 변했지요. 직장에서 일하다가 도우미 아주머니의 전화를 받곤 했어요. 도우미는 어머니가 한 일 때문에 울면서 하소연했지요. 집에 달려가 보면 어머니는 다시 온순하고 다정한 부인이 되어 있었어요.

마침내 간병에 기진맥진했죠. 치매라는 병은 간병하는 사람에게 한숨도 돌릴 틈을 주지 않거든요. 애인이 내 사정을 충분히 이해하고 도왔지만 결국 사이가 삐걱댔지요. 사 년 넘게 제대로 된 외출을 못 했어요. 전 우울했어요. 혈압이 계속 올랐고, 어머니가 사라지지 않게 지키는 게 너무나 힘들었어요. 상황을 견디기 위해서 심리 상담을 받았죠. 상담 결과 외부의 도움이 필요하다는 것, 즉 어머니를 요양원에 모셔야 된다는 것을 이해하게 됐어요."

"그런 결정에 죄책감이 들었습니까?"

내가 물었다.

"처음에는 그랬지만, 어차피 해야 할 일이었으니 오랫동안 죄책감을 느끼지는 않았어요. 어머니를 스티어하우스에 모신 것은 옳은 결정이었죠. 다른 요양원에서는 잘 적응하지 못하셨어요. 스티어하우스에 간 것은 정말 다행이었지요. 바버라 이모도 치매에 걸려서 이미 거기서 지내고 계셨고요. 어머니와 이모가 같은 병실을 쓸 수 있었지요."

잭은 웃음을 터뜨렸다가 계속 말했다.

"두 분은 동물을 무척 사랑했어요. 요양원 고양이 두 마리도 자기네 고양이라고 생각했던 것 같아요. 병실에 가면 이모는 늘 없었지요. 이모를 찾으러 다니면 꼭 남의 병실에서 고양이를 무릎에 앉혀 놓고 계시더군요. 저를 보면 얼굴이 환해지면서 자신의 고양이가 여기 있다고 말씀하셨죠."

"어머니는 어떠셨습니까?"

"어머니도 똑같았어요. 어머니가 저를 못 알아보실 때에도, 고양이가 방에 있을 때는 밝은 표정이었어요. 자매 모두 그랬지요. 침대에 고양이를 내려놓으면 두 분은 미소를 지었어요. 어머니와 이모는 끝내는 거의 모든 기억을 잊으셨어요. 두 분은 제 이름이 뭔지, 자신이 어디에 있는지, 누구인지도 모르셨어요. 그런데도 감정은 여전히 남아 있었지요. 아기를 보거나 라디오에서 친숙한 노래가 나올 때면 미소를 지으셨죠. 심지어 돌아가시기 직전에도 그런 상황에서는 얼굴이 환해졌어요."

"그러면, 마지막에도 오스카가 있었습니까?"

내가 물었다.

"간호사들 말로는 오스카가 이모의 임종을 지켰다고 하더군요. 돌아가시기 몇 시간 전에 병실에 들어왔고 그 후에 이모가 눈을 감으셨다고요. 저는 이모의 임종을 지키지는 못했지만, 어머니와 오스카 사이에 어떤 일이 있었는지는 확실히 말할 수 있지요."

잭이 빙긋 웃었다.

"오스카가 새끼 고양이였을 때 어머니 방에 오스카를 데려가서 침대에 올려놓곤 했어요. 오스카는 잠시 거기 있다가 바로 방에서 나가 버렸지요. 새끼 고양이들이 어떤지 알잖아요."

솔직히 난 고양이가 어떤지 잘 몰랐다.

"어머니는 오스카를 좋아했지만 오스카는 좀처럼 오래 머물지 않았지요. 어머니가 혼수상태였던 때에야 오스카는 병실에 와서 둘러보거나 침대에 올라가 잠시 앉았다가 나가곤 했어요. 어머니가 세상을 떠나던 날 밤, 야간 당직 간호사가 어머니를 보러 오라고 제게 전화를 했지요. 어머니의 상태가 좋지 않으니 곁에 있어야 할 거라더군요. 병실로 갔더니 조명이 어두컴컴하고 아로마 향이 났어요. 침대로 가까이 갔다가 어머니 옆에 웅크리고 있는 오스카를 발견하고 깜짝 놀랐죠. 제가 침대에 걸터앉아도 꿈쩍하지 않고 가르랑대기만 했어요."

이제 잭은 놀라움에 잠긴 표정이었다.

"말했다시피 어머니는 고양이들을 끔찍이 아끼셨지요. 전 어머니가 세상을 떠나실 때 고양이가 곁에 있는 게 어머니와 잘 어울

런다고 생각했어요. 두 시간 뒤, 어머니는 임종하셨어요. 오스카는 어머니가 마지막 숨을 거둘 때까지 꼼짝도 하지 않다가 아무 일도 없었다는 듯이 일어나서 병실에서 나갔지요."

우리는 아무 말 없이 앉아서 오스카를 떠올렸다.

"가장 사랑했던 동물인 고양이와 마지막 순간을 함께했다는 것을 아셨다면 어머니는 틀림없이 기뻐하셨을 거예요. 솔직히 말하면 저는 어머니가 돌아가시자 조금 안도감이 들었어요. 로널드 레이건 전 대통령의 딸이 쓴 아버지에 대한 회고록《기나긴 작별 The Long Goodbye》의 제목이 그런 제 심정을 잘 대변한 것 같아요. 저는 매일 어머니가 그립지만 열여섯 살이었을 때의 어머니를 그리워하는 것이지, 말년의 어머니는 아니에요. 돌아가시기 전의 어머니는 아이 같았지만, 치매 환자는 알았던 모든 것을 잊어버린 존재이지요."

시어 모녀도 똑같은 점을 아쉬워했다. 치매 환자를 돌보는 것은 마치 어떤 사람의 인생을 거꾸로 보여 주는 영화와 비슷할 거라는 생각이 들었다. 다만 여기서는 주인공이 젊어지지 않는다. 잭에게 마지막으로 더 할 말이 있는지 물었다. 그는 잠시 머뭇거리다가 대답했다.

"치매 환자의 가족들은 환자의 변한 모습을 받아들이고, 사랑하는 법을 배워야 해요. 사소한 일에서 행복한 순간을 찾아야 하죠. 스티어하우스의 동물들이 중요한 이유가 바로 그 때문이지요.

치매 환자의 가족들에게는 간병 중에 편안함을 느끼고 한눈팔 곳이 있어야 해요. 어머니와 이모를 요양원에 두고 오면서도 마음이 편했던 것은 두 분이 함께 계셨고 고양이가 있었기 때문이에요."

떠나려고 문간에 서서 잭과 악수했다. 집에서 나오기 전에 그가 마지막으로 말했다.

"오스카는 어머니께 즐거움과 위로를 주었을 뿐만 아니라 제게도 한숨 돌릴 기회를 준 소중한 녀석이었어요."

빈 병실을 지키는 오스카

답을 찾아 나섰다가 더 많은 물음표만 안고 돌아왔다. 그런데도 환자 가족들과 나눈 대화는 치매라는 병을 새롭게 볼 수 있는 기회를 주었다. 덕분에 나는 환자와 환자 가족들에게 더 공감할 수 있는 의사가 되고 있었다.

한편으로 내 이야기를 들어 주는 사람이며 믿음직한 친구인 메리가 훌륭한 간호사인 이유에 대해 생각해 봤다. 메리의 친절함과 공감 능력은 타고난 면도 있겠지만, 산전수전 다 겪어 본 인생에서 우러나오는 면도 있을 것이다. 메리는 로드아일랜드 지역 미인대회에서 입상하고 이상형의 남자와 결혼했지만, 알고 보니 폭력적인 남자였다. 그녀가 경찰에 신고하자 남편은 그에 대한 앙갚음이라도 하듯 자살했다.

메리는 두 자녀가 대학생이 되도록 혼자 키우면서도, 긍정적인 면에 초점을 맞추는 강인한 사람이었다. 하지만 지금 그녀는 쓸 쓸한 표정을 짓고 있었다. 내 기분도 가라앉았다. 인상을 쓰는 메리에게 물었다.

"무슨 일이에요?"

"아무 일도 아니에요. 그냥 힘든 하루네요."

메리는 시선을 허공으로 돌렸다. 나는 아무 말도 하지 않았지만 그녀에게서 눈을 떼지 않았다. 결국 메리가 입을 열었다.

"무슨 이유에서인지 로드아일랜드 주에서 올해 환자 1인당 지원금을 작년만큼 주지 못하겠다네요. 관리자는 예산을 더 삭감하겠다고 위협하고 있고요."

매년 되풀이되는 상황이다. 주 정부는 우리에게 더 적은 돈으로 더 많이 일하라고 요구한다. 불황기에 어디서든 예산을 줄이려고 안간힘을 쓰는 관료들에게 요양원은 쉬운 먹잇감이다. 우리 환자들은 한 표를 행사하러 나가지 못하는 상태니 말이다. 메리가 전한 소식에 나는 기운이 빠져서 의자에 털썩 주저앉았다. 메리는 완벽주의자여서 요양원 환자들을 철저히 보살피지 못하는 상황을 못 견딘다.

"오늘은 누구를 보러 여기 왔어요?"

메리는 다시 미소를 지으려고 애쓰며 물었다.

"루스를 살펴보려고요. 상태가 어때요?"

"많이 좋아졌어요. 섬망 증세가 나아졌고 다시 식사를 하고 있어요. 아까는 복도에서 남편분과 걷는 모습까지 봤다니까요. 부부가 손을 잡고 있는데 참 보기 좋더군요."

메리의 기분이 풀렸지만 오래가지는 않았다. 다시 쓸쓸한 표정을 지었다.

"최근 사울을 본 적이 있어요?"

속삭임에 가까운 목소리로 메리가 물었다.

"병원에 입원한 직후에 보고 나서는 못 만났어요."

사울은 몇 주째 입원 중이었고 상태가 점점 나빠지고 있었다.

"사울의 딸이 오늘 전화했어요. 목소리가 그리 좋지 않더군요. 사울이 지금까지 중환자실에 있고 경과가 좋지 않은가 봐요."

예상치 못한 소식은 아니었다. 요양원에서 병원으로 옮길 당시 사울은 거의 죽음의 문턱에 있었다. 눈을 감는 것은 시간문제였다. 사울이 쓰던 병실 쪽을 내려다보았다.

"전 ……."

뭔가 말하려 했지만 하지 못했다. 예전에 사울은 자신의 병에 대해 모든 조치를 취해 달라고, 원하는 바를 명확하게 밝혔다. 그러나 상황이 바뀌었다. 누구나 마음 한구석으로 어떻게 죽고 싶은지를 그려 보기 마련이다. 분명히 사울의 그림 속에 지금의 상황은 없을 터였다. 하지만 지금 그것은 중요하지 않았다. 이미 주사위는 던져졌다.

"선생님은 사울이 이곳에서 호스피스 치료를 받길 바라시죠? 여기서는 오스카가 그를 보살필 수도 있고요."

"고양이 때문이 아니라 메리나 다른 직원들이 사울을 잘 보살 피니까요. 제가 사울이라면 고양이가 있든 없든 여기 있을 겁니 다!"

마침내 오스카를 언급하자 메리의 얼굴에 화색이 돌았다.

"우리 친구 이야기가 나와서 말인데 사울의 병실에 가 보세요."

조금 망설였다. 사울은 병실에 없었고 내가 스티어하우스에 온 것은 루스 때문이었다.

"가 봐요."

메리의 채근에 사울의 병실로 향했다. 가는 길에 손을 잡고 나 란히 걷는 루스와 프랭크를 만났다. 인사를 건네니 루스가 따스 한 미소로 답했다.

"한결 좋아 보이네요, 루벤스타인 부인."

루스가 내 말을 알아듣는다고 느끼면서도 응대를 기대하지 않 았기에 남편에게 다시 물었다.

"다시 식사를 하신다고요?"

프랭크는 활짝 웃었다.

"집사람이 단식투쟁을 끝낸 것 같아요!"

그 말을 하면서 프랭크는 고맙다는 듯 내 손을 잡고 힘껏 흔들 었고, 난 웃어 보였다. 비록 일시적인 호전에 불과하겠지만 부부에게는 잘된 일이었다.

❖

　무엇을 보게 될지 확실히 모르는 채 사울의 병실로 들어갔다. 실내는 어두웠고 그의 소지품들이 돌아올 때에 대비해 말끔히 정리되어 있었다. 침대에는 이불이 덮여 있었다. 그때 뭔가가 움직였다. 희미한 빛 속에서 고양이의 형체가 어렴풋이 보였다. 주인도 없는 빈 방에서 오스카가 불침번을 서고 있었다. 그 행동의 의미를 알기에 나는 빨리 병원에 가기로 했다.

　요양원에서 나와 병원으로 가면서, 어떤 대가를 치르든 아버지의 목숨을 이어 가게 할 거라는 바버라의 결정에 대해 생각했다. 나에게 그녀를 판단할 자격은 없었다. 부모나 사랑하는 이를 떠나보내는 것은 무척 어려운 일이다. 가족에게 그런 힘겨운 결정의 짐을 지우는 것은 좀 부당하기도 하다. 사울이 모든 조치를 취해 달라고 한 것은 아직 자신이 누구인지 알던 시기였다. 나는 엘리베이터를 타고 중환자실로 올라가면서 각자 운명이 있다고 생각했다. 하지만 마음속으로는 오스카에게 물어보고 싶었다.

　중환자실에는 사생활이 없다. 의료진이 환자를 효율적으로 살필 수 있도록 병실마다 하나같이 문을 활짝 열어 둔다. 요즘 중환자실에는 팔십 대가 넘은 노인 환자들이 대부분이다. 19호실도 다르지 않았다. 노쇠한 남자가 침대에 누워서 자고 있었다. 파란 보온 담요를 덮은 모습이 아이들이 수영장에서 갖고 노는 튜브 침대처럼 보였다. 뜨거운 공기를 채운 담요는 체온을 충분히 내지 못하는 몸에 필요한 온기를 주었다.

처음엔 사울을 알아보지 못했다. 차트에 적힌 이름을 보고서야 사울이라는 걸 알았다. 침대로 다가가니 그의 목에 삽입된 정맥주사 세 줄이 눈에 들어왔다. 침대 옆에는 신장투석기가 있었다. 신장에 아무런 문제도 없었던 사람이 투석이라니 조짐이 좋지 않았다.

"데이비드 도사라고 합니다. 사울의 1차 진료 담당 의사죠."

구석에 서서 컴퓨터에 차트를 입력하는 간호사에게 인사를 했다. 그녀는 짧게 목례를 하고 다시 하던 일에 열중했다.

"사울은 어떤가요?"

"좋지 않아요. 혈압이 낮아서 도부타민과 도파민을 투약 중이에요. 신장이 나빠져서 투석을 시작할지 고민 중이고요. 저희는 할 수 있는 모든 조치를 취하고 있어요."

간호사는 마지막 말을 하면서 어깨를 으쓱했다. 침대로 걸어가서 사울의 머리 위에 있는 기둥에 매달린 정맥주사 약들을 쳐다보았다. 리네졸리드, 반코마이신, 세프타지딤 같은 거창한 이름의 세 가지 항생제가 투약되고 있었다. 지금까지 이 약들은 그의 혈액 내 세균을 제압하지 못했다. 항생제를 이겨 낸 작은 균들이 세력을 확장하고 있었고, 이제 모든 게 시간문제였다.

"오후에 심장전문의들이 와서 경식도초음파를 할 예정이에요. 의사들은 환자분의 심장판막이 세균에 감염되었다고 생각하죠."

간호사가 컴퓨터를 보다가 고개를 들고 말했다. 나는 고개를 저었다.

'사울은 정말 이런 걸 원했을까?'

환자 본인의 뜻이 있었으니 병원행은 합당했다. 하지만 아무리 좋은 뜻이라 해도 살면서 생기는 크고 작은 일들이 그 의도를 방해하곤 한다.

심장판막에 문제가 있는지 판단하기 위해 탐침으로 식도를 찌르는 검사를 받을 터였다. 하지만 문제가 있다는 결과가 나온다 해도 변하는 건 없을 것이다. 사울의 현재 상태로는 수술이 불가능하다. 내가 간호사에게 물었다.

"굳이 이렇게 할 필요가 있을까요?"

그녀는 어깨를 으쓱하며 대답했다.

"중환자실 선생님들과 이야기하세요. 저도 개인적으로는 반대하지만 누가 제 말을 들어 줘야 말이죠."

나는 간호사에게 말했다.

"저도 마찬가지입니다."

내 환자는 자동주행 상태였다. 이 모든 조치가 합당한지 묻는 사람은 아무도 없었다. 호흡이 어려우니 삽관 치료를, 혈압이 낮으니 약물 주입을, 신장에 이상이 생겼으니 투석을 고민했다. 사울의 증상을 볼 때 각각의 치료, 처치, 검사는 맞는 것이었지만, 큰 그림은 없었다. 이유에 대한 고려 따윈 없이, 그저 '전속력으로 전진!' 하는 꼴이었다. 나는 사울을 간호사에게 맡기고 중환자실 담당 의사를 찾으러 갔다. 내과 의사를 만나서 물어보았다.

"이렇게 한다고 뭐가 달라지겠습니까?"

"아마 없을 겁니다. 하지만 보호자가 계속 치료하길 바라시니까요."

나는 접수대로 돌아가 사울의 딸에게 전화했다. 그녀는 곧장 전화를 받았고, 나는 사울의 상태를 알려 주었다.

"이곳 의료진은 심장판막이 감염되었는지 알기 위해 아버님의 목에 관을 삽입하려고 합니다. 검사 결과가 양성으로 나오더라도 사울의 상태가 좋지 않아 별다른 조치를 취하지는 못할 겁니다."

"선생님, 아버지는 가능한 한 모든 치료를 다 해 주시기를 바라셨어요."

"하지만 상황이 변했습니다, 바버라."

"그래도 모든 걸 다 해야죠, 선생님. 전부 다."

자정을 막 넘겼을 때 전화가 왔다. 나는 졸린 눈을 비비며 일어나 전화를 받았다. 젊은 의사가 애도의 말을 전했다.

"선생님의 환자였던 사울 스트라한 씨가 오늘 저녁에 돌아가셨습니다. 저희가 심폐소생술을 시행했지만 호흡을 되돌리지 못했습니다. 저희는 할 수 있는 모든 조치를 취했습니다."

"가족에게 연락했습니까?"

"네, 고인의 따님에게 연락드렸습니다. 많이 힘들어하셨어요. 지금 부친과 함께 계십니다."

나는 바버라에게 애도의 말을 전해 달라고 당부하고 고맙다고 인사한 후 전화를 끊었다. 방에 불을 켜지 않은 채 앉아서 사울에 대해 생각했다. 그에게 짧게 묵념하고 그의 딸을 떠올렸다. 바버라는 아버지에게 작별 인사를 할 기회조차 없었을 것이다. 사울이 임종할 때 목사님이라도 곁에 있었는지 모르겠다.

"무슨 일이에요?"

아내가 잠에 취한 목소리로 물었다.

"내 환자였던 분이 방금 돌아가셨대."

그녀는 알아듣지 못할 말을 중얼댔다. 직업상 이런 전화를 받는 것은 드문 일이 아니다. 나는 다시 침대에 누웠지만 좀처럼 다시 잠들 수가 없었다.

오스카가 사울의 침대에 웅크린 채 병실 창으로 길 건너에 있는 병원 쪽을 빤히 바라보는 광경을 상상했다. 아까 보았던 빈 병실에서 사울을 기다리는 듯했던 오스카의 모습이 떠올랐다. 과연 오스카가 알고 있었는지 궁금했다. 사울을 병원으로 옮기지 않았다면 오스카는 사울 곁을 지키면서 마지막을 함께했을 것이다.

결국 그 모든 치료, 검사, 처치는 다 소용없었다. 사울의 죽음은 시간문제였다. 누구나 자신이 어떻게 죽을지 선택할 수 있다. 다른 죽음보다 좀 더 나아 보이는 죽음도 있다. 적어도 이제 사울은 평온할 것이다. 그게 어떤 의미든지 간에 그는 과거를 뒤로하고 떠나갔다. 다만 그런 과정이 그에게 더 편안했으면 좋았겠지만 말이다.

간병하는 가족의
진실한 친구

사람의 목숨은 하나뿐이고, 누구나 생을 마감하는 일에 대해 말하기를 두려워한다.

"죽음에 대해 말하고 싶은 사람은 아무도 없어요. 예의를 갖춰야 하는 자리에서는 더더욱 그렇죠."

신디 바브에이로스가 책상 맞은편에 앉은 나를 보며 말했다. 나는 그녀의 말뜻을 알았다.

"그 마지막 몇 주간 ……."

그녀는 잠시 말을 멈췄다.

"그래요, 사람들이 두려움과 마주하기를 얼마나 힘겨워하는지 저도 이해해요. 하지만 저는 거의 혼자였어요. 물론 요양원 직원들은 잘해 주었죠. 뭘 더 바랄 수 있겠어요. 하지만 직원들은 근무

시간에 맞춰 왔다가 가곤 했죠."

신디는 생각을 정리하고 나서 다시 말했다.

"선생님, 오스카 때문에 여기 와 달라고 하셨죠? 그래요. 그 이
야기를 하죠. 저는 오스카가 어머니에게 해 준 일이 참 고마워요.
한편으로는 오스카가 거기 있어 준 건 저 때문이라고 생각해요.
어머니의 마지막 몇 주 동안 오스카는 내내 병실을 들락거렸는데
그게 제게는 정말 큰 위로가 되었지요."

"그러니까 오스카가 어머니뿐만 아니라 신디를 위해 거기 있었
다고 생각하신다는 거네요?"

잭에게 들은 마지막 말이 떠올랐다. 신디가 다시 힘주어 말
했다.

"오스카는 저를 위해서 거기 있었을 거예요. 전 그렇다고 확신
해요."

"스티어하우스에서 보낸 삼 주는 정말 기나긴 시간이었죠. 면
회 시간 대부분을 어머니 침대 옆 의자에 앉아서 보냈어요. 병실
이 제 모든 세계가 되었지요. 어머니에게 찬송가를 불러 드릴 때
를 제외하면 산소호흡기 기계음과 어머니가 숨 쉬는 소리가 이
른 아침에 들을 수 있는 소리의 전부였지요. 삼 주 동안은 어머니
에게서 생명이 썰물처럼 빠져나가는 것 같았어요. 오늘이 어머니

인생의 마지막 날이겠구나 싶을 때가 있다가도 또 가끔은 그런 나날이 영원히 끝나지 않을 것만 같기도 했지요.

어머니가 돌아가시던 날, 저는 눈을 비비며 잠을 쫓았죠. 새벽 두 시가 다 되었지만 어머니 곁을 떠나고 싶지 않았어요. 침대 옆 탁자에 놓인 시계의 분침이 느릿느릿 움직이는 동안 일이 닥칠지도 모르니 정신 차리자고 스스로를 다독였어요. 마지막 숨을 쉰 뒤 영원한 침묵이 이어질 거라고 간호사들이 말해 줬거든요. 그런데 어머니가 편히 호흡하는 것을 며칠간 지켜보다 보니, 도무지 마지막이 올 것 같지가 않았어요.

심지어 오스카도 어머니의 상태에 혼란스러워하는 눈치였죠. 다들 죽음을 예견한다고 말하는 오스카가 몇 주간 매일 병실을 들락거렸지만 아무 일도 생기지 않았으니까요. 그런데 마지막 며칠간은 오스카의 걸음걸이에 좀 더 목적의식이 있어 보였어요.

마지막으로 병실에 있던 날에 오스카가 제 곁에 다가와서 앉더군요. 몸을 굽혀 쓰다듬으니 가르랑대길래 오스카를 안아서 무릎에 앉혔지요. 고양이의 보드라운 배를 문지르면서 우리는 어두운 방 건너편에 누워 있는 어머니를 지켜봤어요. 얼마 지나지 않아 오스카가 침대로 올라가더니 허공에 대고 킁킁대며 냄새를 맡더군요. 그러곤 드러누워서 기지개를 켰어요. 마치 포즈라도 취하는 것 같았죠."

그녀가 그 말을 하고는 킥킥 웃었다.

"아시다시피 오스카는 굉장히 예쁜 고양이잖아요!"

그녀는 곧 말을 이었다.

"아무튼 오스카는 어머니에게 시선을 고정했어요. 이게 오스카가 보내는 신호인지 궁금하더군요. 하마터면 '어머니가 돌아가시는 거니?'라고 오스카에게 물어볼 뻔했어요."

오스카는 안다고 해도 입을 다물고 있었을 것이다.

"솔직히 처음에는 오스카가 찾아오면 좀 심란했어요. 오스카가 어머니 침대에 앉아 있는 꿈을 꾸고 놀라서 정신을 차리면 매일 밤 똑같이 세 시였어요. 너무 이상했죠. 저는 첫 주 내내 오스카를 관찰했어요. 오스카는 병실 앞을 지나다가 문지방에 서서 방 안을 들여다보곤 했어요. 처음에는 불안한 마음에 고양이가 우리 세상으로 들어올까 궁금해했죠. 병실은 제 세상과 마찬가지였으니까요."

신디가 미소를 지었다.

"시간이 지나자 제가 지닌 두려움들이 근거가 없음을 알았어요. 별거 아니었죠. 오스카는 초자연적인 존재가 아니었어요. 저승사자처럼 낫이나 쇠스랑을 갖고 다니지도 않았고요. 그냥 평범한 고양이였죠. 어머니는 고양이를 참 좋아하셨어요. 사실 처음 요양원에 왔을 때 돌아다니는 동물들을 보고 이 녀석들이 어머니에게 위로가 될 거라고 생각했죠.

오스카는 그 누구보다도 편한 친구가 되어 주었죠. 친지들이 염려하는 전화를 많이 하고 걱정해 주었지만, 실제로 요양원까지 어머니를 보러 온 사람은 두 명뿐이었어요. 물론 이해할 수 있어요. 아마 요양원에 오고 싶은 사람은 없을 거예요. 꼭 불타는 건물에 뛰어 들어가는 것 같잖아요. 뒤로 도망가고 싶은 충동이 들죠. 그런데 오스카는 달랐어요. 슬슬 피하지 않았어요. 오히려 오스카는 자기가 가장 필요한 때를 아는 것 같았죠.

오스카가 병실 문 앞에 앉아 있는 것을 처음 본 날엔 뭔가 오싹한 기분이었죠. 오스카는 그냥 어슬렁어슬렁 들어오더니 곧장 어머니 침대로 걸어갔어요. 오스카가 찾아오는 게 무슨 의미인지 이미 알고 있었기 때문에 저는 숨을 죽이고 있었죠. 그런데 오스카는 침대로 뛰어오르지 않고 제 옆에 와서 앉았어요. 의자에 반듯하게 자리를 잡고 앉아서, 안부라도 묻는 것처럼 올려다보더군요. 상상이 되나요? 머리를 쓰다듬어 주려고 손을 뻗었더니 오스카는 흡족하다는 듯 길고 큰 소리로 가르랑댔어요. 그러다가 창틀에 뛰어올라가 스핑크스처럼 자세를 취하더군요. 어떤 자세인지 아세요?"

"알지요."

마치 이집트 신전의 수호 동물인 듯한 위풍당당하고 신비로운 그 자세를 나도 알고 있다.

"오스카는 제법 오랫동안 창틀에 앉아서 안쪽과 바깥쪽 세계 모두를 살폈어요. 그 뒤로 매일 병동 정문에서 저를 맞아 주었고,

병실까지 저를 호위해 주는 것 같았죠. 어머니를 면회하는 동안
쭉 같이 있어 주었고요.

저는 이 작은 친구에게 정이 들었고, 위안을 받았죠. 왠지 불안
감이 밀려올 때면 오스카에게 가서 소리 내어 말을 걸었고, 고양
이는 귀담아듣는 것 같았어요. 아무 불평 없이 들어 주었죠. 제가
쉬어야 할 때면 오스카가 어머니 곁을 지켰고, 그사이 전 나가서
다리를 펴거나 간단히 스트레칭을 할 수 있었어요. 제가 집에 갈
때 오스카는 복도를 지나 병동 문까지 나를 데려다주었죠.

병실에 있을 때는 생각할 시간이 많다 보니 어머니가 돌아가시
면 어떨지 생각하기도 했죠. 긴 투병 기간 동안 잘해 드리지 못한
게 너무 많이 생각나서 죄책감이 들었어요. 왜 어머니의 병을 좀
더 일찍 알아차리지 못했는지, 제가 아이들과 직장, 어머니 사이
에서 시간과 관심을 골고루 잘 나누고 있는지, 어머니를 요양원
으로 모신 것은 적절한 일이었는지 자책하곤 했어요. 아무리 최
선을 다해도 늘 부족한 것 같았죠."

신디는 한동안 말을 멈추었다. 웃는지 우는지 알 수 없는 표정
이었다.

"불현듯 죄책감을 느끼지 않는 데 대해서도 죄책감을 느끼고
있다는 생각이 들었죠. 솔직히 죽음은 어머니의 오랜 고통을 끝
내는 자연스러운 일이었어요. 그런데 왜 그게 자연스럽지 않은
건지 자신에게 물었죠. 저는 마음의 안정을 찾으려고 협탁에 놓

인 묵주를 집어 들고 주기도문을 암송했어요.

　　하늘에 계신 우리 아버지,

　　아버지의 이름이 거룩히 빛나시며,

　　아버지의 나라가 오시며,

　　아버지의 뜻이 하늘에서와 같이

　　땅에서도 이루어지소서.

　　오늘 저희에게 일용할 양식을 주시고,

　　저희에게 잘못한 이를 저희가 용서하오니

　　저희 죄를 용서하시고,

　　저희를 유혹에 빠지지 않게 하시고,

　　악에서 구하소서.

　　아멘.

　주기도문 암송을 마치고 나서 다시 등을 기대고 앉았는데 갑자기 깊은 피로감이 밀려들었어요. 처음으로 집에 가고 싶은 강한 욕구를 느꼈어요. 진심에서 우러난 기도가 나왔어요. '부탁입니다, 주님. 어머니를 데려가 주세요.'

　눈을 감으니 어머니와 나누었던 아름다운 추억들이 밀려들더군요. 마음을 위로하는 기억들이었고, 거기 젖어 있다가 산소호흡기의 소음을 들으면서 스르르 잠들었어요. 그러다가 퍼뜩 정신이

들어 주변을 살펴보니 산소호흡기 기계음만 들리고 주위가 조용
했어요. 어머니를 살짝 들여다보니 코 고는 소리가 더 이상 들리
지 않았어요. 어머니는 오랜만에 평온해 보였어요. 손목시계를 봤
더니 새벽 세 시였어요."

"몇 분 후에 간호사가 들어와서 청진기를 어머니 가슴에 댔고,
제가 이미 아는 사실을 확인해 주었어요. 간호사는 애도의 말을
건넨 다음 당직 의사에게 전화하러 나갔지요. 한참 동안 의자에
가만히 앉아 있었어요. 어머니가 돌아가셨다는 사실을 머리로는
알았지만 혹시 다시 움직이실까 해서 지켜보았지요. 저는 몸을
숙여 어머니 이마에 키스하고, 먼저 돌아가신 아버지가 천국에서
기다리고 있을 거라고 말씀드렸어요. 그러자 이제 드디어 끝났다
는 믿을 수 없는 감정이 밀려왔어요. 어머니와 제가 마침내 자유
로워진 거죠."

신디는 아주 희미하게 미소 지었다.

"시간이 좀 지나고 커피를 마시려고 일어났어요. 가족에게 전
화할 마음의 준비가 되지 않아서 정신을 좀 차려야겠다고 생각했
거든요. 병동이 으스스할 만치 조용했던 게 생각나네요. 복도를
내려가는데 바로 옆에서 장판을 딛는 소리가 나는 거예요. 아래
를 내려다보니 오스카가 제 옆에서 같이 걷고 있지 뭐예요."

오스카가 신디와 보조를 맞춰 걷는 광경을 상상했다.

"그러니까, 오스카가 그 길었던 삼 주 동안 신디의 친구가 되어 주었군요."

신디는 고개를 끄덕였고, 얼굴에 경외감이 번졌다. 최근에 사람들이 오스카 이야기를 할 때 자주 봤던 표정이었다.

"저는 우선 찬물로 세수하려고 화장실에 들렀어요. 화장실에서 나오니 오스카가 문간에서 저를 기다리고 있었어요. 탕비실에 가서 커피를 따랐지요. 그런 다음 식탁에 앉아서 누구누구에게 연락해야 할지 생각하고 있는데 갑자기 의자 옆에서 소리가 났어요. 고개를 돌리니 오스카가 바닥에 엉덩이를 대고 앉아서 날 쳐다보고 있더군요. 마치 제가 괜찮은지 확인하려는 것 같았어요."

이제 신디는 활짝 웃고 있었다.

"어머니 일로 많은 사람들이 왔다가 떠났죠. 그렇지만 오스카는 저를 위해 끝까지 옆에 있어 주었어요. 그날 아침 제가 병동을 떠날 때 마지막으로 본 것도 오스카였어요. 오스카는 간호사 책상에 앉아서 제가 문을 닫고 나갈 때까지 계속 저를 바라보았답니다."

루벤스타인 부부의
마지막 결혼기념일

오스카가 임종을 지킨 환자들의 가족 대여섯 명과 얘기를 나누었으니 그만하면 충분했다. 그들의 기억과 감정을 낱낱이 들여다보았고, 치매가 환자 가족들에게 어떤 영향을 미치는지 이전보다 훨씬 더 많이 알았다.

그렇지만 여전히 오스카에 대해서는 아는 게 없었다. 그러나 기분이 묘하게 들떴다. 오스카가 신디 옆에서 복도를 걷고 어두운 탕비실에 같이 앉아 있는 모습이 내 마음에 남았다.

어쩌면 그게 오스카의 본질이었다. '동반자', 다음 세상으로 넘어가는 사람이나 사랑하는 이를 잃는 슬픔을 겪는 사람 옆을 지켜 주는 존재. 그 정도면 충분하지 않을까? 오스카에게 초감각적인 예지력이 있는지, 우수한 의사들보다 먼저 죽음이 임박한 환자를 가려낼 수 있는지 여부는 중요하지 않았다. 어쩌면 오스카는 단지 공감하는 능력이 뛰어날 뿐인지도 모른다. 세심하게 보살피는 마음이야말로 오스카가 지닌 초능력이었다. 메리와 이야기하고 싶었다.

"메리가 말한 내용을 생각해 봤어요. 오스카에게는 마흔한 명의 가족이 있고, 그중 한 사람이 힘든 상황이 되면 오스카가 달려가서 같이 있어 준다는 얘기 말이에요."

오후 세 시 조금 전이었고, 나는 메리와 함께 사무실에 앉아 있었다. 메리가 직원들에게 세 시에 모이라고 지시해 둔 터라, 나는 당직자 근무 교대 전에 몇 마디 나누려고 시간에 맞춰 갔다. 지난번 만났을 때의 걱정거리들이 사라졌는지 메리는 차분해 보였다. 게다가 겸손한 태도까지 보였다.

"제가 뭘 아나요? 전 그냥 동물 애호가일 뿐이에요. 전혀 객관적이지 못해요."

메리가 말했다.

"객관성에는 나름대로 한계가 있어요. 아시다시피 전 오스카를 믿지 않았잖아요. 솔직히 말해 처음엔 메리와 간호사들이 제정신이 아니라고 생각했어요."

메리가 싱긋 웃으면서 대답했다.

"이런 표어가 있잖아요. '여기서 일하기 위해 굳이 미치지 않아도 된다. 하지만 미치면 도움이 된다!'"

내가 말했다.

"그런데 이제 보니 오스카에게 어떤 목적이 있는 것 같아요. 여기 환자들, 메리의 표현을 빌리자면 '가족들'을 도우려는 거겠죠. 그들의 가족들까지 포함해서요. 아무래도 가장 힘든 게 환자의 가족들일 테니까요."

"직원들도 잊지 마세요."

이제 그녀는 내 셜록 홈즈 노릇에 왓슨 역할을 하며 맞장구쳤다. 그녀가 말을 이었다.

"여기서 일하면 환자들의 삶에 개입하지 않을 수가 없어요. 우리는 그분들을 사랑하게 돼요. 환자들이 돌아가시면 우리도 슬퍼요. 우리는 정신적으로, 감정적으로 가족들 못지않게 환자들과 가까워지니까요."

"치매로 죽는 환자들을 많이 접한 게 도움이 되나요? 죽음을 많이 경험하면 조금은 더 쉽게 받아들일 수 있나요?"

메리는 내 물음에 대답하기 전에 한참을 고심했다.

"병이 진행되면 어떤 일이 벌어지는지 이해할 수는 있지만 '왜 사람이 이렇게 고통받을까?', '왜 신은 이런 일이 벌어지게 놔둘까?'라는 의문이 들죠."

종교를 대화의 주제로 삼은 적은 없었지만, 이참에 메리에게 물어보았다.

"메리는 기도를 하나요? 신에게 왜냐고 물은 적이 있어요?"

그녀는 대답하지 않고 빙그레 웃다가 입을 열었다.

"신이 바로 응답하시지는 않더군요."

나는 생각했다.

'그렇죠. 신은 메시지를 받은 다음 나중에 이야기해 주죠.'

메리는 내 마음을 들여다본 것처럼 말했다.

"전에도 말했지만 집에서 기르는 동물에 대해 기억해야 할 점은, 사람들이 동물을 집에서 키우기 시작한 건 분명한 목적이 있어서라는 거예요. 동물들은 밥값을 했어요. 개는 양떼를 몰았고, 고양이는 농장에서 쥐 잡는 일을 했지요. 그런 일을 제대로 하지 못하면 거기 오래 살지 못했죠. 동물들은 열심히 일해서 사람들 곁에 남은 거예요."

"그럼 오스카는 사람들을 보살피는 일을 자신의 '일'로 여긴다는 거예요?"

내 물음에 메리는 어깨를 으쓱했다.

"왜 아니겠어요? 어쩌면 오스카는 다른 고양이들보다 훨씬 더 높은 수준으로 진화한 거겠죠. 그 일을 밥값으로 여길 정도로요."

메리는 손목시계를 쳐다보더니 미소 지으면서 덧붙여 말했다.

"이제 가 봐야겠어요."

그 말과 함께 병동 문이 열리고 근무 교대할 직원들이 들어왔다. 메리가 의자에서 일어났다.

"난 직원들에게 지침을 전달해야 해요. 여기 있을 거지요?"

나는 어깨를 으쓱했다.

"잠깐 기다려 주세요. 선생님이 가기 전에 살펴봤으면 하는 환자가 있거든요. 교대 시간은 얼마 안 걸릴 거예요."

잠시 후 메리는 문을 등지고 서서, 오후 당직 간호사와 간호조무사 네 명에게 그날 일정을 이야기했다. 당직 교대 조회에서 그녀는 근무 조에게 어떤 사항에 대비할지, 어느 환자를 특별히 주시해야 할지 알려 주었다. 나는 한 간호조무사 옆에 자리를 잡고 눈에 띄지 않게 있으려고 애썼다.

메리가 유의 사항을 전달하는 사이 나는 이런저런 생각에 빠졌다. 멀리 복도 끝에 환자 몇 명이 앉아 텔레비전을 보고 있었다.

'이맘때쯤 하는 연속극을 보는 중이겠지.'

이곳은 아무것도 변하지 않는 것 같다. 그들 뒤로 창틀에 앉아서 바깥을 유심히 쳐다보는 고양이가 눈에 들어왔다. 근무를 마친 오스카가 마음에 드는 자리를 찾아 휴식하는 중인 듯했다. 오늘 3층에는 세상을 떠날 환자는 없을 모양이다. 그때 나를 부르는 메리의 목소리에 난 정신을 차렸다.

"선생님께 보여 주고 싶은 환자는 바로 그랜트 씨예요. 여러분, 그랜트 씨에게 다시 욕창이 생겼어요. 하루에 두 번씩 붕대를 갈아 드리고 있어 아직 큰 문제는 없지만 자세를 자주 돌려 눕혀 드리세요. 그랜트 씨는 완전히 누워서 지내시니 욕창이 악화되지 않도록 저희가 신경을 많이 써야 합니다. 제가 퇴근하기 전에 붕대를 다시 갈겠습니다. 선생님은 저랑 같이 가서 좀 살펴보실래요?"

나는 고개를 끄덕였고 메리는 조회를 마무리했다.

"마지막으로 루스 루벤스타인 부인입니다. 루스는 지난 몇 주 사이에 상당히 좋아졌어요. 다시 걸어 다니고 몸무게도 늘었습니다. 섬망도 없어졌고 치료가 효과를 내고 있지요. 그런데 오늘 프랭크가 여기 와서 둘만의 시간을 달라고 요청하셨습니다. 루스와 같은 병실을 쓰는 환자를 식당에 있게 해 달라고요. 오늘이 두 분 결혼기념일인가 봐요. 그래서 아내와 오붓하게 있고 싶은 거죠."

메리가 프랭크의 부탁을 언급하자, 간호조무사 몇 명이 알 만하다는 눈짓을 주고받았다. 환자들이 배우자와 둘만의 시간을 요청하는 것은 그리 특별한 일은 아닌데도 일하는 사람들 중에는 어린 학생들처럼 구는 사람도 있다. 메리가 히죽대는 직원들을 노려보자 다들 금방 눈치채고 각자 자리로 돌아갔다. 메리를 따라 다시 그녀의 방으로 들어갔다. 메리가 물었다.

"루벤스타인 부부가 둘만의 시간을 달라는 게 뭐 그리 우스울까요? 두 사람은 결혼한 부부잖아요. 루스가 요양원 환자라고 해서 두 사람에게 욕구가 없다는 뜻은 아니죠."

메리가 고개를 들어 말을 이었다.

"최근에 한 남자 환자가 루스의 병실을 자주 들락거려요. 루스는 그에게 전혀 관심이 없는 것 같지만요."

"그래도 프랭크가 달가워하지 않겠네요."

내가 소리를 낮춰 대꾸했다.

"언젠가 프랭크에게 말해야겠죠."

"알리더라도 제발 내가 휴가 중일 때 그렇게 해요."

내 말에 메리가 어깨를 으쓱했다. 완전히 농담만은 아니었다.

"자, 퇴근하기 전에 욕창 환자를 보러 가죠."

우리는 사무실에서 나와 그랜트 씨의 병실로 향했다. 갑자기 비명 소리가 들리더니 루스가 병실에서 뛰쳐나왔다. 그녀는 완전히 겁에 질린 얼굴로 정신없이 달려갔다. 잠시 후 프랭크가 뒤따라 나왔다. 그는 메리와 나를 보자 걸음을 멈추었다.

"선생님, 이야기 좀 해야겠는데요."

그가 가쁜 숨을 몰아쉬며 말했다. 괴로움이 가득한 얼굴이었다. 메리는 루스를 찾으러 가고, 나는 프랭크와 루스의 병실로 들어갔다. 우리는 루스의 침대에 나란히 걸터앉았다. 프랭크는 눈물이 가득 고인 눈으로 날 바라보았다.

"선생님, 오늘 무슨 일이 있었는지 곧 말씀드리겠습니다. 선생님에게 먼저 우리 부부 이야기를 해야 할 것 같군요."

"루스와 저는 전쟁 직후에 결혼했지요. 우리는 유대인 강제수용소에서 만났어요."

그는 날 가만히 쳐다보았다.

"그러셨군요."

"오늘까지도 기억이 정말 생생해요. 1943년 10월 20일이었어요. 전 수용소에 온 지 몇 달 되었지요."

그는 잠시 말을 멈추고 추억에 젖어들었다. 일 분쯤 지나자 다시 이야기하기 시작했다. 이번에는 낮고 떨리는 목소리였다.

"흔히 나이 들수록 기억력이 떨어진다고 하는데 그렇지 않아요. 저는 매일 옛날의 기억이 더 생생해지거든요. 어떤 면에서 아내가 부러워요. 아내는 이제 이런 일을 기억하지 못하지만 저는 매일 그 기억들을 안고 살지요. 밤마다 그 시절의 꿈을 꿉니다. 모욕감과 고통 ……."

프랭크는 잠시 말없이 바닥을 내려다보다가 말을 이어 갔다.

"루스를 처음 본 순간이 마치 어제 일처럼 기억납니다."

그가 말을 할수록 동유럽 억양이 점점 도드라졌다.

"루스는 수용소에 도착했을 때 찢어진 갈색 원피스를 입고 있었지요. 위에 걸친 코트는 아직 새것이었지만 오랜 여행 끝이라 얼룩이 져 있었어요. 그녀는 진흙탕 속을 무거운 가방을 끌고 지나느라 안간힘을 쓰고 있었어요. 지금도 그녀의 검고 긴 머리가 기억납니다. 엉키고 지저분했지만 아름다웠어요. 무슨 이유에선지, 아마 운명이겠지요. 우리의 눈이 마주쳤습니다. 선생님, 루스의 눈동자는 세상에서 가장 아름다운 눈이었어요. 그리고 그녀의 눈에는 두려움이 없었지요. 루스는 이 무시무시한 곳에 왔지만, 반드시 살아야겠다는 단호한 표정이었어요! 그렇게 저는 루스에게 반했어요. 그리고 그녀에게 다가가서 가방을 들어 주겠다고 했어요."

나를 처다보는 그의 얼굴에 희미한 미소가 번졌다.

"그녀는 괜찮다며 거절했지만, 전 그날 이후 그녀 생각을 멈출 수 없었지요. 몇 주 후에야 우린 다시 만났어요. 그때의 우리 형편에서는 이런 말이 미친 소리로 들리겠지만, 그때가 제 평생 가장 행복한 날이었답니다. 그날부터 우리는 떨어지지 않았지요. 9개월간 행복하게 지냈어요. 그런데 갑자기 각각 다른 수용소로 보내졌어요. 헤어지기 전에 서로 약속했습니다. 전쟁이 끝날 때까지 살아남으면 상대방을 꼭 찾기로 말입니다. 만날 장소도 정했어요. 제 고향 마을에 있는 교회였습니다. 하지만 누가 목숨을 부지할지 알 수 없었죠."

내가 말을 끊었다.

"그런 일을 겪으신 줄은 상상도 못 했습니다."

그가 손을 들어 내 말을 막았다.

"선생님, 정확히 육십삼 년 전 오늘이 우리가 수용소 마당에서 만난 날입니다."

그는 말을 잇기 힘든지 잠시 말을 멈추었다가 다시 이었다.

"그날 이후 처음으로 루스가 저를 알아보지 못했어요."

프랭크의 뺨에 눈물이 줄줄 흘러내렸다. 나는 무슨 말을 할지 몰라 말없이 그를 바라보았다.

"미국에 왔을 때 우리가 가진 거라고는 건강한 몸 하나밖에 없었지요. 게다가 영어도 할 줄 몰랐어요. 루스는 병원에서 청소 일을 했고 저는 낮에 학교에 가서 영어를 배웠어요. 밤이면 둘이 함께 뉴욕 시내를 걸어 다니면서 상점 진열장들을 들여다보았죠. 그런 다음 좁은 아파트로 돌아가서 나란히 누웠어요. 그게 우리가 누릴 수 있는 작은 즐거움이었지요!

그러다 점차 형편이 나아졌어요. 저는 영어 실력이 조금 늘어서 실험실 조수로 취직했어요. 루스는 부유한 가정의 보모 자리를 얻었고요. 그녀는 아이 보는 일을 정말 좋아했어요. 아마 우리가 자식을 가질 수 없어서 그랬겠지요."

프랭크가 다시 눈물을 쏟기 시작했다.

"유감입니다."

내 말에 그는 눈물을 훔치더니 계속 이야기했다.

"쉽지는 않았지만 우리는 함께 헤쳐 나갔지요. 생활이 점점 나아졌어요. 저는 다시 대학에 입학해 박사 과정을 마쳤습니다. 그리고 제대로 된 직장을 잡아 뉴잉글랜드로 옮겨 왔지요."

이야기가 어디로 갈지 몰라 프랭크를 쳐다보았다. 그도 이야기가 두서없이 흐르고 있음을 깨달았는지, 말을 멈추고 나를 바라보았다.

"오늘은 우리의 만남을 기념하는 날이어서 붉은 장미 꽃다발과, 고급 제과점에서 아내가 좋아하는 타르트를 사 왔지요."

힐끗 쳐다보니 침대 옆 탁자에 열지 않은 케이크 상자가 보였다. 옆에는 장미가 가득 꽂힌 화병이 놓여 있었다.

"좀 전에 저는 아내의 병실에 들어와서, 예전에도 늘 그랬듯이 축하 인사를 건넸지요. 그리고 침대에 앉아서 몸을 굽혀 루스의 이마에 입 맞추었어요."

그가 말을 멈추었다가 이었다.

"그런데 그녀의 눈에는 공포감밖에 없었어요. 루스에게 전 낯선 사람이었던 거죠. 그녀는 비명을 지르기 시작했어요."

방 안이 진공 상태가 된 것 같았다. 프랭크가 계속 말했다.

"어찌 해야 좋을지 모르겠더군요. 입맞춤을 하려 했는데 루스는 비명을 질렀으니까요. 그녀를 달래려고 몸에 손을 댔더니 제 뺨을 때렸어요. 그런 다음 벌떡 일어나 뛰쳐나갔지요."

그러고 보니 그의 왼쪽 뺨에 붉은 자국이 남아 있었다. 프랭크는 이제 눈물을 흘리지 않았고, 옛날 수용소에서 루스가 지었을 표정만큼이나 단호한 표정을 지었다. 이제야 난 그가 두 사람의 지난 시절 이야기를 하고 싶었던 까닭을 이해했다.

"선생님, 저는 아내가 이렇게 사는 걸 더 이상 볼 수 없어요. 도와주실 거죠?"

그의 마음은 산산이 부서졌고 아무것도 남지 않았다. 그들은 전쟁과 수용소, 가난에서 살아남아 여기까지 왔지만 이제 그는 철저히 혼자였다. 나는 프랭크의 처지라면 어떨까 생각해 보았다. 히포크라테스 선서를 어기고 그의 부탁을 들어줄 수 있을까? 그러면 모두가 편안해질 텐데. 나는 한참을 생각한 끝에 대답했다.

"아니요, 그렇게는 못 하겠습니다."

어색한 침묵이 흘렀다. 마침내 내가 입을 열었다.

"루벤스타인 씨, 부인은 불치병을 앓고 있습니다. 최근에 몸 상태가 나아졌지만 적극적으로 치료하지 않는 한 그리 오래 사시지 못합니다. 그러니 적당한 때가 되면 호스피스 병동으로 옮겨 부인을 더 편안하게 지내시게 하겠습니다."

"루스에게 시간이 얼마나 남았나요?"

"루벤스타인 씨, 그것은 신만이 아십니다."

그는 내 대답을 곱씹어 보는 듯했다. 그가 신을 어떻게 생각하는지 궁금했다.

'수용소 경험에다 이런 끔찍한 일을 겪은 사람이 신의 존재를 믿을까?'

"선생님, 제 마음속에서 아내는 오늘 죽었습니다."

프랭크는 침대에 흩어진 그의 물건들을 챙겼다.

"뭐든 해서 그녀가 편안히 지내게 해 주세요. 더는 고통받지 않았으면 해요."

"그렇게 하겠다고 약속하겠습니다."

프랭크는 내게 힘없이 미소 짓고 일어났다. 그는 재빨리 병실에서 나갔다. 나도 뒤따라 나갔다. 그는 접수대 앞에 앉아 있는 아내를 그냥 지나쳐 갔다. 루스는 그를 보지 못한 듯했다. 루스의 시선은 이 소동을 살피기 위해 창가 자리를 떠나 곁으로 온 흑백 얼룩 고양이에게 쏠려 있었다.

현관에 도착해 신분증으로 문을 열어 프랭크를 배웅했다. 그는 나가다가 몸을 돌리더니 내 손을 꼭 잡았다. 그리고 내 눈을 들여다보며 말했다.

"오랫동안 도와주셔서 고맙습니다. 제가 가끔 무례하게 굴었는데도 ……."

그는 말꼬리를 흐렸고 다시 눈물이 고였다. 프랭크가 눈물을 삼키며 마저 말했다.

"제발 그녀를 편안하게 해 주십시오, 선생님."

나는 고개를 끄덕였고, 그는 눈물을 닦으며 우울하게 미소 지었다. 그리고 스티어하우스를 떠났다.

이리스에게
마지막 인사를

　조지 던컨은 지친 눈으로 어머니를 바라보았다. 바로 몇 시간 전만 해도 그는 500킬로미터 떨어진 남부 뉴저지에서 일하고 있었다. 파산한 회사의 청산인으로 일하는 그는 출장을 자주 다녔다. 그날도 시작은 평범했다. 그러다가 오후 네 시에 그가 늘 두려워하던 전화를 받고 말았다.

　"조지, 어머니가 안 좋으세요."

　메리였다. 평소에는 주로 그가 메리에게 전화를 걸었다. 그래서 휴대폰에 '스티어하우스'가 발신자로 뜨자 그는 안 좋은 상황임을 알아차렸다. 메리가 덧붙였다.

　"최대한 서둘러 오시는 게 좋겠네요."

　그 말을 듣는 순간 조지는 어머니를 남겨 두고 온 것을 후회했다. 추수감사절인 지난 주말 내내 어머니 병실에서 지냈다. 어머니의 병세가 급속히 나빠졌다는 것이 분명해 보였다. 그렇지만 다시 월요일이 되었고 맡은 업무에도 책임을 다해야 했다. 어머니의 지병과 잦은 입원 때문에 이미 업무에 지장이 생긴 터였다. 전화를 끊고 나자 밀려드는 죄책감에 온몸이 아파 왔다. 그는 걱정스러운 듯 바라보는 동료에게 말했다.

"미안하네. 어머니 일이야."

조지가 자정 직전에 요양원에 도착했더니, 친척 한 분이 병실 앞에 앉아 있었다.

"내가 저 고양이를 못 들어오게 막고 있었다. 네가 도착하기 전에 고양이가 먼저 들어가는 게 못마땅해서 말이다."

그녀가 복도에 있는 오스카를 가리키며 말했다. 친척 어른이 몇 시간 동안 오스카가 병실에 들어가는 것을 막았다. 그래도 오스카는 멀리 가지는 않았다.

조지는 그녀에게 감사를 표한 다음 병실에 들어가서 어머니 곁에 앉았다. 어머니는 아들이 온 것을 알아차리기라도 한 듯 잠시 뒤척였지만 이내 다시 깊은 잠에 빠져들었다. 조지는 어머니가 숨 쉬는 것을 지켜보았다. 호흡이 가빴고 힘이 없었다. 조지는 어머니의 오른손을 잡았다. 두 손으로 어머니의 손을 감싸 쥐고는 가슴으로 가만히 갖다 댔다. 울음이 터져 나왔다. 이제 곧 어머니를 떠나보내야 한다.

조지는 시간이 흘러가는지도 모른 채 한동안 그렇게 앉아 있었다. 그때 노크 소리가 났다. 청소원이 조용히 병실에 들어와서 화장실로 사라졌다. 그녀는 쓰레기봉투 몇 개를 들고 다시 나타났다. 조지가 젖은 눈으로 바라보자 그녀는 따뜻하게 미소 지었다. 조지가 고개를 숙여 인사했다. 잠시 후 조지는 어깨에 손길을 느꼈다. 고개를 드니 청소원이 염려하는 표정으로 그를 보고 있었다. 그녀가 청소 도구를 내려놓고 조지 옆에 걸터앉았다. 조지는 어머니의 손을 내려놓았다.

"울지 말아요."

청소원이 침대 옆에서 화장지를 한 장 뽑아 조지에게 건넸다. 그녀가 말을 이었다.

"어머님을 다시 만날 거예요. 우리는 이 땅의 소망을 지니고 있으니 아드님은 어머님을 다시 만날 거예요."

조지는 놀라서 청소원을 빤히 보았다.

"제가 아는 분인가요?"

조지의 물음에 그녀는 따뜻하게 미소 지으며 대답했다.

"그건 아니지만 어머님이 정정하실 때 제게 성경을 가르쳐 주셨어요. 전 여기서 팔 년간 일했죠."

조지도 미소를 지었다.

"어머니가 그러셨군요."

청소원은 고개를 끄덕이더니 일어났다.

"다 괜찮을 거예요."

그녀는 힘주어 말하면서 청소 도구를 챙겨서 병실에서 나갔다. 청소원이 나가자마자 야간 당직 간호사가 이리스를 체크하러 들어왔다. 간호사는 이리스의 호흡을 지켜보고 손목시계를 보면서 호흡 횟수를 셌다. 호흡에 별문제가 없다고 판단한 간호사는 조지에게 필요한 게 있는지 물었다. 그는 없다고 대답했지만, 간호사는 병실을 나갔다가 얼마 후 샌드위치를 가지고 돌아왔다.

조지는 음식을 보자 점심시간 이후 아무것도 먹지 않았음을 깨달았다. 그는 샌드위치를 받아 허겁지겁 먹기 시작했다. 그때 도톰한 발로 빠르게 타닥거리며 걸어오는 소리가 들렸다. 아래를 보니 오스카가 어느새 앞쪽에 앉아 있었다. 조지는 놀라지 않았다. 조지가 오스카에게 말했다.

"안녕. 배고프니?"

오스카는 꼼짝도 하지 않고 앉아 있었다. 그들은 묘한 적막감에 휩싸여 서로 쳐다보았다. 조지가 샌드위치에 든 고깃점을 주었지만 오스카는 몇 번 킁킁대고 말았다. 음식을 얻어먹으려고 거기 있는 게 아니었다. 오스카는 창문으로 걸어가더니 창턱에 뛰어올랐다. 거기 웅크리고 앉아서 어두운 창밖을 내다보았다.

조지는 샌드위치를 먹어 치우고 일어나서 시디플레이어의 전원을 켰다. 어머니가 좋아하는 곡을 골랐다. 노래가 시작되자 이리스는 잠시 뒤척였다. 조지는 방을 가로질러서 어머니 옆에 무룙을 꿇고 앉았다. 어머니가 눈을 뜨더니 아들의 눈을 지긋이 바라보았다.

"사랑한다."

그녀는 놀랄 만큼 또렷하게 말했다. 그 말을 한 후 그녀는 다시 평온한 잠에 빠져들었다. 조지는 어머니 옆에 잠시 더 있다가, 깰 것 같지 않자 옷장에서 담요를 꺼내 들고 의자로 돌아왔다. 음악에 빠져서 그도 곧 잠이 들었고, 꿈을 꾸었다. 꿈 속의 어머니는 병마가 사라진 건강한 몸으로 웃고 계셨다.

🐾

조지는 화들짝 놀라 잠에서 깼다. 순간적으로 어리둥절해서 주위를 둘러보았다. 바깥은 여전히 어두웠다. 손목시계를 힐끗 보니 새벽 네 시였다. 겨우 두 시간 눈을 붙였지만 신기할 만큼 가뿐했다. 정신을 차리고 침대를 살펴보았다.

어머니는 가쁜 숨을 쉬고 있었다. 그가 일어나서 침대로 다가가자 창가에 웅크리고 있던 오스카도 몸을 일으켰다. 조지가 어머니의 손을 잡고 맥박을 재는 모습을 오스카는 유심히 지켜보았다. 맥박이 무시무시할 만큼 빠르고 전류가 지나가듯 탁탁 소리를 냈다.

조지가 호출 벨을 누르자 즉시 간호사가 달려왔다. 그녀는 잠시 병실에서 나갔다가 진통제를 갖고 돌아왔다. 간호사는 이리스의 입 안에 약을 넣고, 안심시키려는 듯 조지의 어깨를 토닥였다. 약이 효과를 발휘하기 시작하자, 이리스의 호흡이 안정되고 스타카토처럼 톡톡 뛰던 심장 박동도 느려졌다. 조지는 어머니의 얼굴을 머릿속에 새기려는 듯 찬찬히 살폈다. 그는 어머니가 곧 세상을 떠나리라는 것을 깨닫고 울기 시작했다. 잠시 후 이리스 던컨은 마지막 숨을 거두었다.

"어머니가 돌아가시고 한 시간쯤 지나 간호조무사가 병실로 들어오더군요."

조지가 말했다. 이리스가 스티어하우스에서 눈을 감은 지 몇 달 후, 조지와 나는 전화 통화를 했다. 직접 만나려고 했지만 조지가 업무차 플로리다에 가 있었다.

"간호조무사는 어머니를 목욕시켜 드릴 거라고 했어요. 제가 '어머니는 이미 돌아가셨는데요'라고 말했지요. 간호조무사는 저를 보면서 '어머님은 돌아가셨지만 그래도 깨끗하셔야지요'라고 대답했어요."

조지는 그 순간을 되새기며 잠시 목이 멘 듯했다. 그가 계속 말했다.

"그녀의 대답에 전 어리둥절했지요. 시신을 씻겨 드리는 게 이곳 관례냐고 물었더니 그녀는 어머니를 좋아했기 때문에 씻겨 드리고 싶다고 대답했지요."

내가 말했다.

"스티어하우스에는 생의 마지막에 치르는 여러 가지 의식이 있지요. 예를 들어 요양원은 돌아가신 분들을 들어올 때와 똑같이 정문으로 나가게 하고 있어요. 뒤쪽 화물 엘리베이터를 이용하는 경우는 없습니다."

조지가 말했다.

"그렇군요. 스티어하우스가 어머니를 위해 해 준 일들이 많지만, 가장 내 마음을 울렸던 일은 이거였어요. 임종 후 몇 시간 뒤 장의사가 도착했어요. 오스카는 내내 곁에서 어머니를 지키고 있었죠. 장의사가 어머니를 바퀴 달린 침대로 옮기고 흰 천을 씌우더군요. 그들이 침대를 밀고 병실에서 나가 중앙 엘리베이터로 갔어요. 거의 모든 간호사들, 간호조무사들, 직원들이 복도에 나란히 서 있더군요. 무슨 높은 사람의 행렬이라도 배웅하는 것처럼 말이지요. 우리가 지나갈 때 몇몇 간호사들은 눈물을 흘리고 있었습니다."

전화선 저편에서 조지가 눈물을 터뜨리며 울기 시작했다. 그는 울먹이며 떨리는 목소리로 말했다.

"그게 내 마음을 울렸어요. 그제야 그들이 가족이나 마찬가지였음을 깨달았지요."

루스에게 남은
유일한 가족

3층은 쥐 죽은 듯 조용했다. 환자들은 병실에 편안히 누워 있고, 방문객들은 다 돌아간 다음이었다. 형광등에서 나는 웅웅 소리만 희미하게 들렸다. 오스카는 누구의 방해도 받지 않고 간호사 책상 위에서 커다란 봉제 인형처럼 사지를 뻗고 편히 자고 있었다.

먼 곳에서 구급차 소리가 났다. 요양원 옆에 있는 병원으로 응급 환자가 들어오는 모양이었다. 사이렌 소리가 점점 커지자 오스카가 뒤척이더니 고개를 들고 무슨 일인지 살폈다. 구급차가 병원에 도착했는지 사이렌 소리가 그치자 오스카는 기지개를 쭉 켜고 하품을 했다. 다시 형광등 소리만 들렸다.

메리는 야간 당직 근무 중이었다. 그녀는 환자들이 평온하게 쉬는 데 감사하면서 차트를 기록하느라 바빴다. 오스카는 몇 분간 메리가 일하는 모습을 지켜보더니, 야옹 소리를 내면서 자신이 일어났음을 알렸다. 메리는 팔을 뻗어 고양이의 턱 밑을 긁어 주었다. 그에 기분이 좋아진 오스카는 뒷발을 핥기 시작했다. 메리가 일어나면서 오스카에게 말을 걸었다.

"자, 같이 갈래? 열 시거든. 자기 전에 약 먹을 시간이야."

오스카는 눈을 깜빡거렸지만 움직이지 않았다.

잠시 후 고민이 끝난 건지 아니면 메리의 말을 알아들었는지, 오스카가 약품 카트로 올라타더니 '어디로 갈 거야'라고 묻는 듯 그녀를 쳐다보았다.

"알았어, 오스카. 우리 서쪽 병동부터 돌자."

카트 뒷바퀴가 삐걱거리며 적막을 깼지만, 깨어 있는 사람이 없어서 아무도 신경 쓰지 않았다. 카트에서 복도를 살피는 오스카와 메리는, 마치 익숙하지만 어두운 바다를 경계하며 살피는 선장 같았다.

316호실 문을 열고 메리가 카트를 밀고 들어갔다. 루이즈 체임버스는 평화롭게 코를 골고 있었다. 오스카는 루이즈에게 별 관심이 없었다. 메리가 멈춰 서서 투약 목록을 살핀 다음 서랍을 열었다. 그녀는 항발작제를 꺼내서 약 포장지를 벗기고 컵에 물을 따랐다. 그런 다음 몸을 숙이고 환자의 손을 가만히 쓰다듬어서 깨웠다. 메리는 루이즈가 정신을 차릴 때까지 기다렸다가 일으켜서 앉게 했다. 루이즈는 수월하게 약을 삼키고 금세 다시 잠들었다.

굽힌 허리를 펴던 메리는 침대 옆 탁자에 놓인 액자를 발견하고는 집어 들었다. 군복을 입은 남자가 제2차 세계대전 당시의 전투기 앞에 서 있었다. 그는 한 손으로 헬멧을 들고 자랑스럽게 카메라를 쳐다보았다. 큰 키와 갈색 곱슬머리, 두드러지는 갈색 눈, 말끔하게 면도한 타원형 얼굴이 낯익었다. 메리는 키득대면서 조심스럽게 액자를 제자리에 내려놓았다.

"이제 왜 루이즈가 도사 선생님을 좋아하는지 알겠네요."

그녀는 부조종사 오스카에게 아무 말도 하지 않고 다음 병실로 갔다. 그다음 병실, 또 그다음 병실을 돌면서 환자들을 확인하고 필요하면 약을 먹게 했다. 병실에 들를 때마다 오스카는 주위에 무관심한 듯 약품 카트에 앉아 있었다.

마지막으로 루스 루벤스타인의 병실에 도착했다. 루스는 곤히 잠든 듯했다. 그런데 오스카가 갑자기 뱃머리에 우뚝 서듯이 몸을 일으켜 앉았다. 그러더니 주변을 두리번거리면서 킁킁거리며 냄새를 맡았다.

뭔가 심상치 않았다. 오스카는 잠든 루스를 조심스레 피해 카트에서 침대로 뛰어내렸다. 그러더니 환자를 빤히 바라보았다. 오스카는 제자리에서 한두 번 맴돌고는 루스 옆에 자리 잡을 준비를 했다. 고양이는 메리를 돌아보며 그만 물러가라는 듯이 눈을 한 번 깜빡였다.

"너는 여기 계속 있을 거니?"

오스카는 몸을 루스 루벤스타인에게 바싹 붙인 채로 앞발에 머리를 얹었다. 그리고 그녀의 팔에 자기 코를 비벼댔다. 메리는 하던 일을 멈추고 침대로 다가갔다. 편안하게 잠든 환자를 살폈다. 메리는 침대 옆에 앉아서 임종을 앞둔 루스에게 찾아올 가족이 있을지 생각했다. 몇 달 전 프랭크가 심장마비로 죽은 후 루스를 찾아오는 사람은 전혀 없었다. 루스는 남편보다 오래 살았고, 자녀도 없어서 변호사가 가장 가까운 사람이었다. 전화해서 알려야 할 가족이 아무도 없었다.

메리가 손을 뻗어서 루스의 머리카락을 다정하게 쓰다듬었다. 그녀는 방 저편에 있는 빈 안락의자를 힐끗 쳐다보았다. 의자 등받이에 손뜨개 담요가 걸쳐져 있었다. 담요는 몇 달째 아무도 사용하지 않은 채로 방치되어 있었다. 프랭크가 오랫동안 거기에 있었던 것을 떠올린 메리의 눈시울이 붉어졌다.

프랭크는 다른 방문객들이 돌아간 후에도 남아서 저 안락의자에서 잠을 청하곤 했다. 어떤 때는 메리가 억지로 프랭크를 돌려보내야 했다. 그는 마지못해서 소지품을 챙기고, 아내에게 작별키스를 한 후 터덜터덜 차로 걸어갔다. 그리고 아침 일찍 다시 찾아오곤 했다. 그러나 마지막 기념일 이후 프랭크는 다시 찾아오지 않았다. 매일같이 전화를 했지만 직접 찾아오는 일은 없었다. 어느 날부터 전화가 오지 않았다. 며칠 후, 걱정되어 그의 집을 방문한 한 친구가 침대에 평온하게 잠든 프랭크를 발견했다.

루스의 얼굴에 희미한 미소가 번졌다. 어쩌면 꿈속에서 프랭크를 만났을지도 모른다. 두 사람이 곧 만나리라는 것을 루스는 알고 있을까. 메리는 루벤스타인 부부의 반세기에 걸친 결혼 생활과, 아내가 치매 때문에 모든 것을 잃는 상황에서도 꿋꿋하게 헌신한 프랭크를 떠올렸다. 메리가 오스카에게 말했다.

"오스카, 프랭크는 루스를 정말로 사랑했단다. 루스처럼 복 있는 사람이나 그런 사랑을 받을 수 있지."

메리가 몸을 굽혀서 루스의 뺨에 살짝 입 맞추는 동안, 오스카는 계속해서 가르랑댔다. 둘이 조용히 불침번을 서는 사이 몇 분이 흘렀다. 갑자기 옆 병실에서 기침 소리가 들렸다. 메리가 일어나서 마지막 작별 인사를 했다.

"행운을 빌어요, 루스. 프랭크가 기다리고 계실 거예요."

메리가 오스카에게 고개를 돌렸다.

"너는 나랑 같이 안 갈 거지?"

고양이는 대답 대신 가르랑거리기만 했다.

"그래, 그럴 것 같았지. 나는 이제 다른 가족들을 살피러 갈게."

메리는 회진이 끝나면 다시 한 번 루스에게 들러야겠다고 다짐했다. 병실에서 나갈 때 순간적으로 오스카와 눈이 마주쳤다.

"고마워, 오스카."

메리는 속삭이듯 말하고 전등의 밝기를 낮추었다.

새 환자,
그리고 오스카

루스가 세상을 떠나고 며칠이 지난 오후, 나는 간호사 책상에 앉아 새 환자의 차트를 적고 있었다. 갑자기 소란스러운 기척이 났다. 복도를 내려다보니 마야가 오스카를 전속력으로 쫓고 있었다. 나는 흥미가 동해 고양이들을 지켜보았다. 두 녀석은 의자에서 잠든 루이즈 앞을 쏜살같이 지나서 사라졌다.

고양이들이 쫓고 쫓기며 노는 광경에 웃음이 나왔다. 메리의 말마따나 스티어하우스는 고양이들의 집이었다. 나는 루이즈를 지나쳐 고양이들이 가 버린 쪽을 바라보았다. 오후 햇살이 비쳐 들어와 벽이 환했다. 얼마 안 있어 복도에 햇빛이 쏟아졌다가 사그라질 터였다. 저녁 빛은 오래가지 않는다.

나도 모르게 루스를 생각했다. 그녀의 죽음은 마음속에 여전히 생생했다. 나는 한 시간 전 루스가 쓰던 병실에 들러 혼자 시간을 보냈다. 말끔히 정돈된 빈 침대와 휑한 벽을 찬찬히 보았다. 젊은 시절의 루스와 프랭크, 과거의 사진들은 이제 없었다. 루스가 쓰던 향수 냄새가 희미하게 남아 있는 걸 빼면 이제 이 병실은 루스의 방이 아니었다. 향수 냄새 또한 시간이 지나면 사라질 터다.

병동 출입문이 삐걱하며 열리자 내 생각들이 흩어졌다. 문 쪽으로 고개를 돌려 보니, 입소 담당자인 미미가 연로한 신사와 그보다 젊은 여성 둘을 안내하며 병동으로 들어왔다. 두 여성은 자매로 보였다. 그들은 요양원을 구경하는 중이었고, 미미는 병동에 대해 설명하고 있었다.

"이곳은 중증 치매 병동입니다. 41개의 병상이 있고 간호사들이 하루 스물네 시간 ……."

갑자기 쿵하고 병동 문이 닫혔다. 세 사람은 환자들과 같은 공간에 갇힌 느낌이었던 것일까. 멀리 있었지만 그들의 불편한 기색을 알아차릴 수 있었다. 그들은 예의 바르게 미미의 설명에 귀 기울이고 있었지만, 그들이 속으로 무슨 생각을 하는지 상상할 수 있었다.

'이런 곳에 어떻게 어머니를 모실 수 있겠어? 문이 저절로 잠기잖아! 어머니가 뭘 잘못했다고 이런 대접을 받아야 해?'

새 환자의 보호자들은 대개 자동차 불빛에 놀란 노루 같은 표정을 짓는다. 미미가 방문자들을 루스의 병실 쪽으로 안내했다.

그리고 주방, 식당, 간호사 방 등 병동의 중요 시설들을 차례차례 소개했다. 의자에 앉아 잠든 루이즈 앞을 지날 때, 두 딸 중 한 명이 잠시 걸음을 멈추고 그녀를 살폈다. 그녀가 루이즈를 보면서 머릿속에서 떠올리는 질문들이 내 귀에 들리는 듯했다.

'이 환자는 청결한가요? 행복한가요? 여기서 그녀를 잘 돌보고 있나요?'

그녀는 자기 가족이 옳은 결정을 내리는 거라는, 그들이 적당한 곳을 잘 찾아왔다는 확신을 원했다. 그녀는 걸음을 옮기다가 루이즈의 병실 문 옆에 붙은 사진들을 쳐다보았다. 병동에 들어온 뒤 처음으로 그녀가 미소를 지었다. 그러더니 일행을 뒤쫓아서 복도 저편으로 사라졌다.

나는 다시 메모에 집중했다. 뭔가 내 발을 스친 느낌이 들길래 아래를 보았다.

"안녕, 오스카."

오스카는 다 놀았는지 어느새 내 옆에 와 있었다.

"루스가 세상을 떠날 때 네가 곁에 있었다고 들었어."

놀랍게도 오스카는 책상에 뛰어오르더니 내게 인사라도 건네는 듯 빤히 쳐다보았다. 우리의 눈이 마주치자 오스카는 가르랑 대기 시작했다.

"왜 그래, 오스카? 무슨 일 있는 거야?"

초조하게 손을 뻗으면서 물었다.

'오스카가 나한테 뭔가 말하려는 거라면?'

그러나 오스카는 내 손을 보더니 '긁어, 이 멍청아!'라고 말하는 듯 고개를 쳐들었다. 나는 긴장을 풀고 오스카의 턱 밑을 긁었다. 내 쪽으로 끌어당기자 오스카는 큰 소리로 계속 가르랑댔다. 그 순간을 즐기고 있는데 누군가 방해했다.

"선생님, 안녕하세요. 캐리 씨 가족을 소개해 드릴게요."

고개를 드니 미미가 아까 그 손님들과 함께 와 있었다. 오스카는 그들을 보더니 내 손을 벗어나 바닥으로 뛰어내리고는 곧장 복도를 달려갔다.

"고양이들이란."

나는 인사 삼아 말하고 손을 내밀었다. 두 딸 모두 미소 지었다.

"병동에 대해 궁금한 점이 있으신가요?"

도움이 될까 해서 물었다.

"고양이가 여기 사는 건가요?"

두 딸 중 한 명이 믿기지 않는다는 표정으로 물었다.

"그럼요. 이 병동에 고양이 두 마리가 있고 아래층에는 네 마리가 더 있습니다. 토끼 한 마리랑 새 몇 마리도 있고요."

미미가 대답했다.

"참 잘됐네요."

다른 딸이 말했다. 아까 루이즈를 찬찬히 살폈던 사람이었다. 그녀가 아버지를 보면서 반가운 듯 말했다.

"아버지, 어머니가 고양이를 참 좋아하셨잖아요."

과거 시제였다.

"어머님이 고양이를 '좋아하신다'는 뜻이죠?"

내가 고쳐 말하자 그녀는 당황스러워했다. 보호자들은 치매에 걸린 가족에 대해 이미 세상을 떠난 것처럼 말하곤 한다. 나는 난처한 상황에 빠진 그녀를 도와주기 위해 설명을 조금 더 하기로 했다.

"사실 저희는 동물들이 치매 말기 환자들에게 도움을 준다는 사실을 발견했습니다. 어머님께서도 동물들이 같이 있다는 걸 느끼시고 좋아하실 겁니다."

"정말인가요?"

그녀가 물었다.

"네, 처음에는 저도 반신반의했지만 동물들이 환자들과 보호자들에게 큰 위안을 준다는 사실을 깨닫게 되었지요."

그녀는 믿을 수 없다는 듯한 표정이었다. 아마 메리가 처음 오스카에 대해 얘기했을 때 나도 그런 표정을 지었을 것이다.

"아직 좀 더 연구가 필요하지만요."

나는 잠시 뜸을 들였다가 계속 말했다.

"동물들이 분명 우리에게 뭔가를 가르쳐 준다고 생각합니다."

그녀는 고개를 끄덕이면서 주위를 둘러보았다.

"어떻게 생각하세요, 아버지?"

"여기가 좋겠구나."

그는 애써 미소를 지으려고 노력하고는 미미에게 말했다.

"이곳에 자리가 남아 있고 제 아내 루시를 보살펴 주시겠다면 입원 수속을 밟겠습니다."

미미는 고개를 끄덕이고 캐리 씨 가족을 데리고 병실을 나갔다. 작성해야 할 여러 가지 서류와 문건들에 대해 이야기를 나눈 뒤 그들을 배웅했다.

그들이 떠난 뒤 메리가 맞은편 복도에서 환자를 태운 휠체어를 밀고 나타났다. 그녀는 휠체어를 책상 옆에 세우고 팔을 뻗어 여자 환자를 포옹했다. 환자도 미소 지으면서 메리를 껴안았다.

"무슨 일이었어요?"

그녀는 책상을 빙 돌아 들어와 앉으며 물었다.

"미미가 어느 가족과 함께 왔었어요. 루스의 자리에 새 환자가 올 것 같네요."

"여긴 늘 그렇죠. 병상이 오래 비는 적이 없어요."

물 위에 쓴 글씨처럼 저녁 햇살이 사그라졌다. 복도 중간에 있는 병실에서 오스카가 나왔다. 손님들을 피해 그 방에 들어가 있었던 모양이다. 오스카는 우리 둘을 쳐다보더니 잠시 멈춰 섰다. 그러다가 몸을 돌려 반대편 복도로 타박타박 걸어갔다. 오스카는 오른쪽 끝 방 앞에서 멈춰 서더니 쿵쿵댔다. 그리고 꼬리를 살랑거리면서 병실로 들어갔다.

나는 싱긋 웃으면서 메리를 쳐다보았다. 오스카가 우리에게 뭔가 전하려고 하는 걸까?

나는 그의 몸짓의 의미에 귀를 기울이고 있었다. *end.*

오스카가 우리에게 말하는 것

오스카의 수수께끼를 풀기 위해 만났던 많은 가족들처럼 나 역시 오스카가 임종을 앞둔 환자의 곁을 지키며 인생의 마지막 시간에 대해 생각하게끔 도와 주는 것에 감사한다. 하지만 사람들이 내게 계속 묻는 질문에는 아직 정답을 찾지 못했다.

"어떻게 오스카는 그때를 아는 걸까요?"

〈뉴잉글랜드 의학 저널New England Journal of Medicine〉에 오스카에 대한 글을 발표한 후 전화 한 통을 받았다. 전화한 사람은 플로리다에 사는 제2차 세계대전 참전용사라고 자신을 소개했다. 그는 전쟁 중 유럽에서 위생병이었고, 전장에서 부상병들을 철수시키는 업무를 맡았다고 했다.

"선생님, 몇 달간 전투지에서 병사들을 철수시키다 보니 자연

273

스레 누가 살고 누가 죽을지 구분하게 되더군요. 죽을 사람에게 선 몸에서 달콤한 냄새가 납니다. 그런 체취가 나지 않는 사람은 살더라고요."

'죽음의 달콤한 냄새'에는 그럴듯한 생물학적 설명이 있다. 세포가 죽을 때 탄수화물이 분해되면서 다양한 산소 화합물로 변한다. 그중에는 여러 타입의 케톤도 있는데, 케톤은 향긋한 냄새가 나는 것으로 유명한 화학 혼합물이다. 케톤은 치료를 받기 전의 당뇨병 환자에게서 많이 발견된다. 그 때문에 의과대학에서는 당 수치가 높은지 확인하려면 당뇨 환자들의 입 냄새를 맡아 보면 된다고 가르친다.

그렇다면 오스카 역시 죽음 직전에 다량 방출되는 케톤 화합물의 냄새를 맡는 것일까? 동물의 후각은 인간보다 훨씬 예민하다.

2006년 유수한 암 학술지에 발표된 연구 내용에 따르면, 폐암과 유방암 환자가 숨 쉴 때 암 세포가 극소량의 생화학 물질을 배출하는데, 개들에게 이것을 냄새 맡아 감지하게끔 훈련할 수 있다. 수년간 진행된 다른 연구들에서도 흑색종 냄새를 맡는 개나 지진을 예측하는 물고기가 있음이 밝혀졌다. 그렇다면 치매 말기 환자들이 대부분인 이곳에 사는 오스카는 어떻게 마지막 몇 시간 동안에만 배출되는 특정한 냄새를 구별하게 되었을까?

그러나 나는 오스카를 살아 있는 케톤 경보 장치 정도로 보고 싶지 않다. 어릴 때 잠자기 전 할아버지가 읽어 주던 《정글 북》의

작가 러디어드 키플링의 신기한 이야기들을 듣고 자라서 그런지, 나는 동물도 인간처럼 각자 개성과 나약함을 지닌다고 생각한다. 아니면 단지 동물들에게서 자신의 모습을 비춰 보는 것일 수도 있다.

병동의 의료진은 환자와 보호자들이 고통스러운 과정을 잘 견딜 수 있도록 최선을 다한다. 나는 오스카가 연민과 공감의 상징이라 생각한다. 헌신적이고 능률적으로 움직이는 의료 팀에서 오스카는 핵심적인 톱니 역할을 한다. 의사인 나는 적절한 약을 처방하고 보호자들에게 정보를 주고 조언을 한다. 간호사들은 환자들을 잘 돌보고, 종교인들은 상담과 조언을 통해 환자와 가족들에게 마음의 안정을 주는 것이 할 일이다. 그리고 오스카의 할 일은 마지막 몇 시간을 함께 있어 주는 것이다. 오스카는 분명히 우리 팀의 일원이며 환자뿐 아니라 가족들에게 큰 위로를 준다. 때로는 환자에게 유일하게 남은 가족이 오스카일 때도 있다.

오스카의 특별한 능력이 어디서 왔는지 아는 척하고 싶지는 않다. 난 동물행동학자도 아니고 오스카가 왜, 어떻게 그러는지 철저히 연구하지도 않았다. 오스카의 행동이 예민한 후각 때문인지, 특별한 공감 능력인지, 그것도 아니면 완전히 다른 무엇 때문인지는 아무도 모른다. 그렇지만 나는 우리 모두가 오스카에게서 배울 점이 있다고 생각한다.

처음엔 오스카가 하는 행동의 원인을 파악하기 위해 유족들과 인터뷰를 한 것이었지만, 오스카에 관해서보다 환자들의 삶을 망가뜨린 치매라는 병에 대해 훨씬 더 많이 배웠다. 오스카와 관련된 사건들은 신비롭지만, 치매가 낳는 황폐한 결과는 안타까울 뿐이다.

오늘날 미국의 알츠하이머 환자는 500만 명이 넘고, 다른 종류의 치매 환자도 수십만 명에 이른다. 새로운 치료법이 나오지 않는다면 인구의 고령화에 따라 치매 환자 수는 폭발적으로 늘어날 것이다. 그러나 치매의 비극은 단순히 환자들의 숫자로 측정할 수 없다. 한 명의 치매 환자에게는 수많은 간병하는 가족들이 있게 마련이고, 그들의 삶 또한 완전히 달라지기 때문이다.

최근에 장모님이 치매 판정을 받으셨다. 아내와 나도 간병하는 가족의 대열에 합류했다. 미국과 전 세계의 수많은 사람들이 그렇듯, 우리도 치매를 앓는 부모를 돌본다는 불확실한 미래를 맞이하게 되었다. 부모, 직장인, 배우자로서의 역할에 더해 새로운 책임을 또 하나 맡게 된 것이다. 이 모두를 감당할 힘이 어디서 나올지 걱정스럽다. 온종일 돌봐야 하는 성인인 피부양자를 얼마나 잘 보살필 수 있을까? 이 문제로 씨름하는 보호자들을 보면서 그들의 인내심과 끈기와 낙관주의에 늘 감탄한다. 하지만 막상 나와 내 가족의 문제가 되면 얘기가 완전히 달라진다. 순식간에 내 일이 되기 때문이다.

장모님의 주치의가 기억력 감퇴에 대해 뾰족한 대안을 제시하지 못하자 아내는 통화를 끝내자마자 분통을 터뜨리면서 나에게 도움을 구했다.

"당신은 그동안 많은 환자와 가족들을 접해 왔으니 이 상황을 견디는 데 도움이 될 만한 지혜가 있겠죠?"

가족들마다 처한 상황이 다르고 시행착오를 거쳐 저마다 맞는 해결책을 찾기 마련이지만, 일반적으로 도움이 될 만한 몇 가지 항목이 있다.

하나, 먼저 자신을 보살핀다

노인의학 전문의로 일하면서 환자보다 간병하는 가족들이 육체적, 정신적으로 먼저 쇠약해지는 경우를 많이 보았다. 치매 환자를 돌보는 일은 일 년 365일, 일주일 내내, 하루 스물네 시간 쉴 새 없이 계속되는 일이다. 중증 치매 환자를 간호하려면 잠시도 쉬거나 한눈을 팔 틈이 없다. 치매 때문에 낯설게 변한 사랑하는 가족을 지켜보는 것도 큰 스트레스가 된다.

기억하자. 혼자서는 오래 지속할 수 없다. 입주 도우미를 두든 요양원으로 모시든, 간병의 짐을 누군가와 나누어야 한다. 또 간병의 어려움을 감당하기 위해 의학적, 정신적인 도움을 얻어야만 몸과 마음을 건강하게 유지할 수 있다.

둘, 환자 곁을 지킨다

매일의 업무와 집안일도 중요하겠지만 생의 막바지에 있는 사람과 보내는 시간을 더 늘려라. 말처럼 쉽지는 않겠지만 말이다. 날마다 해야 하는 일들 가운데 의외로 중요하지 않은 일도 있다. 직장에서는 누군가 나를 대신할 수 있고, 자녀들도 축구 연습 경기에 한 번 못 갔다고 해도 이해해 줄 것이다.

우리는 오스카 같은 동물들에게서 꾸준함, 인내심, 함께 있어 주는 것의 의미를 배울 수 있다. 그런 동물들은 있어야 할 자리를 꼭 지킨다. 오스카가 환자 곁에 있을 때는 그때가 몇 시인지, 다른 곳에서 무슨 일이 벌어지는지 따지지 않는다. 그 순간을 중요하게 여길 뿐이다. 소중한 사람의 곁에 있어 주는 것이 중요하다. 그 소중한 사람이 당신이 누군지 못 알아본다고 하더라도 말이다.

셋, 작은 성공을 기뻐하되 큰 그림을 본다

치매 환자와 사는 것은 롤러코스터를 타는 것처럼 정신이 없다. 가끔 식욕이 살아나고 이름을 기억해 내는 등의 소소한 호전이 있을 수도 있지만 치매는 결국은 지속적으로 퇴행하는 질환이다. 치매 같은 진행성 불치병에 가장 잘 적응하는 사람은, 상황을 넓게 보되 일상의 작은 성공을 기뻐하는 이들이다.

넷, 적극적으로 관여하라

대부분의 치매 환자들은 의료제도의 사각지대에 있다. 치매 치료에 탁월한 성과를 보이는 일부 기관들이 있지만, 궁극적으로 병원, 요양원, 외래 진료소는 치료의 질을 더 개선해야 한다. 최상의 진료를 받고 싶다면 적극적으로 치료에 관여하고 질문을 던져야 한다. 또 치매 치료, 특히 요양원 치매 치료의 한계를 이해하되, 개선이 필요한 부분은 강하게 요구해야 한다. 어느 요양원이든 환자 가족의 참여와 관심에 따라 좋은 치료를 받을 수도, 허술한 치료를 받을 수도 있다. 가족들의 관심이 중요하다.

다섯, 사랑하고 놓아주는 용기가 필요하다

언젠가는 치매가 천연두나 흑사병처럼 완전히 정복된 질병으로 의학사의 한 페이지에 남기를 간절히 바란다. 앞으로 매우 효과적인 치료법이 개발될 수도 있다. 하지만 지금은 마땅히 선택할 수 있는 치료법이 거의 없고, 그런 치료법마저 효과가 오래가지 않는다.

결국 어느 시점에서는 환자를 놓아주어야 한다. 놓아주는 것에는 사랑하는 이를 요양원에 맡기는 것부터 죽음이 임박했을 때 떠나보내는 일까지 모두 포함된다. 이런 때가 온다면 명심하기를 바란다. 치매에 걸린 사람을 놓아주는 것은 패배가 아니다. 사랑의 표현이다.

데이비드 도사 선생님과 나누는 대화

→ **고양이 오스카에 대해 말해 주세요.**

오스카는 로드아일랜드 주 프로비던스에 있는 스티어하우스 요양원에서 사는 흑백 얼룩 고양이입니다. 오스카는 2005년에 입양되었고 스티어하우스 3층 치매 병동에서 치매 환자들과 함께 지냅니다. 겉보기엔 평범한 고양이지만 3층 환자들의 임종 순간을 감지하는 특별한 능력이 있어서, 환자들의 마지막 순간에 병상을 지키며 불침번을 섭니다.

저는 2007년 〈뉴잉글랜드 의학 저널〉에 오스카에 대한 글을 실었습니다. 그 이야기가 미국 언론을 비롯해 세계적인 주목을 받았지만 오스카는 이런 관심에 전혀 동요하지 않고 지냅니다. 오스카는 여전히 스티어하우스에서 환자들의 임종을 지키는 '임무'를 수행하면서 환자들과 그 가족들을 위로하고 있습니다.

→ 오스카의 행동에 대한 과학적인 설명이 있나요?

오스카는 단순히 죽어 가는 환자가 내뿜는 페로몬이나 특정한 냄새를 감지하는 것일지도 모릅니다. 죽어 가는 세포는 달착지근한 냄새가 나는 케톤과 기타 부산물을 발산하는데, 이것을 예민한 후각을 가진 고양이가 인지한 것일 수 있으니까요.

동물행동 전문가들은 오스카의 재능을 케톤 같은 물질보다는 행동과 관련한 것으로 봅니다. 즉 오스카가 스티어하우스의 간호사와 직원의 행동을 모방한다는 거지요. 오스카는 자신이 언제 필요한지 알아차리고, 죽어가는 환자에게 연민 넘치는 임종 치료를 하는 의료진의 일원이 되고 싶어서 이런 행동을 하는 것일 수도 있습니다.

→ 처음에는 오스카의 능력을 믿지 않으셨다면서요. 어떻게 해서 마음을 바꾸셨나요?

오스카의 특별한 능력을 맨 먼저 알아챈 장본인이 저라고 말할 수 있으면 좋겠지만, 사실 처음에는 오스카의 능력을 믿지 않았죠. 환자들이 언제 죽을지 의사인 저보다 일개 고양이가 더 잘 감지한다는 사실을 순순히 인정하기에는 자존심이 상했거든요.

그러다가 두 명의 환자가 거의 동시에 임종이 임박했을 때 오스카의 능력을 믿을 수밖에 없는 사건이 생겼습니다. 저를 비롯한 의료진 전원은 두 환자 중 B 환자가 더 빨리 돌아가실 것 같다고 생각했지만 오스카는 계속해서 A 환자 곁에 붙어 있었죠. 그래서 한 간호사가 오스카의 죽음 예지 능력이 끝난 것이 아닐까 염려해, 고양이가 반항하는데도 억지로 끌어안아 상태가 좋지 않은 B 환자의 침대로 데려갔습니다. 오스카를 침대에 내려놓자 오스카는 우리를 미쳤다는 듯 쳐다보곤 병실에서 냉큼 빠져나가더니 A 환자의 병상으로 다시 가 불침번을 섰습니다. 오스카가 지키던 환자는 불과 몇 시간 후에 돌아가셨지만 B 환자는 이틀을 더 버텼지요. 오스카는 B 환자가 눈을 감기 정확히 네 시간 전에 다시 그의 병상을 찾아갔습니다.

→ 오스카는 스티어하우스에 어떻게 오게 되었나요?

본문에서도 설명했듯이, 몇 년 전 요양원에 들어온 길고양이가 나가지 않고 버틴 것을 계기로 스티어하우스의 동물 동반 프로그램이 시작되었습니다. 의료진은 그 고양이를 스티어하우스의 설립자 이름을 따서 헨리라고 불렀습니다.

시간이 지나자 의료진은 헨리 같은 동물들이 스티어하우스를 요양원이 아닌 따뜻한 가정적인 분위기로 만들어 준다는 것을 깨달았지요. 헨리가 죽은 후 인근 유기동물보호소에서 고양이 여섯 마리를 데려왔는데, 그중 오스카가 있었습니다. 스티어하우스의 동물 동반 프로그램은 미국의 요양원 문화를 바꾸는 중요한 캠페인 중 하나입니다.

➜ 스티어하우스 입주자들의 가족 중 오스카를 못마땅해한 경우가 있었나요?

다행히 오스카에 대한 반응은 뿌듯할 만큼 긍정적입니다. 오스카가 사는 병동의 환자들은 기억력 손상이 심해서 오스카의 방문에 특별한 의미를 두지 않습니다. 가족의 임종 순간에 오스카의 접근을 막아 달라고 요청한 경우는 한두 번밖에 없었습니다.

한번은 환자가 죽어 가는 병실의 문이 닫혀 있자 오스카는 몇 시간 동안 병실 앞에서 서성대더니 옆 병실로 가서 두 병실 사이의 벽을 긁어 댔어요. 결국 요양원 직원이 고양이를 그 병실에서 데리고 나와 환자의 병실로 들여보내 주어야 했지요.

➜ 오늘날 500만 명에 이르는 미국인이 치매를 앓고 있습니다. 치매라는 질병에 대해 알려 주세요.

치매는 뇌에 영향을 주어 기억, 사고, 언어, 판단, 성격에 장애를 유발하는 폭넓은 질환을 지칭하는 단어입니다. 치매는 멈추기도 하고 진행되기도 합니다. 진행성 치매의 가장 평범하고 널리 알려진 형태는 알츠하이머지만, 다른 형태도 많습니다. 흔히 노년이 되면 기억력이 감소한다고 하지만, 기억력 장애는 정상이 아닙니다. 의심되는 증상이 있을 때는 반드시 전문의를 찾아가 검사받아야 합니다.

→ '샌드위치 세대'라는 건 뭔가요?

'샌드위치 세대'는 자녀와 병든 부모를 보살피는 두 가지 책임을 동시에 해내야 하는 세대를 묘사하는 용어입니다. 통계상 현재 미국인 여덟 명 중 한 명이 샌드위치 세대에 해당합니다. 향후 이십 년간 고령자가 폭발적으로 늘면서 샌드위치 세대의 수도 늘어나리라 예상하고 있습니다. 우리 부부도 최근 치매에 걸린 장모님을 보살피면서 샌드위치 세대의 일원이 되었지요.

샌드위치 세대의 구성원들은 자녀와 부모, 본인의 욕구 사이에서 균형을 잡아야 합니다. 어머니를 병원에 모시고 가는 게 우선일까, 아니면 딸의 무용 발표회에 참석해야 될까? 증상이 심해지는 부모님을 매일 보살피면서 직장 일을 잘 해 나갈 수 있을까? 이런 의무를 짊어진 사람들은 두 가지 중 하나만 선택해야 하는 상황에 엄청난 죄책감을 갖고, 그 결과 우울증이 생기거나 알코올이나 약물을 남용하게 될 위험성이 높습니다. 앞으로 샌드위치 세대의 정신 건강 문제도 사회문제가 될 가능성이 있지요.

→ 오늘날 미국의 노인 간호는 어떻게 변하고 있나요?

현재 우리는 중대한 건강관리 딜레마에 봉착했습니다. 간단히 말해 우리는 곧 '경로자' 연령이 될 엄청난 수의 베이비부머들을 부양해야 합니다. 국가가 나이 들면서 복합적 만성질환 관리가 필요한 인구도 대폭 증가할 것이 자명한 상황입니다.

안타깝게도 미국의 건강관리 제도는 노인 환자들에게 최적의 보살핌을 제공하지 못하고 있습니다. 예컨대 현재 미국에는 정식 교육을 받은 노인의학 전문의가 채 만 명도 되지 않습니다. 특수 치료보다 보살핌에 중점을 두는 쪽으로 건강관리 제도를 재편하기 전까지는 노년층의 욕구와 필요를 충족시키기는 어려울 전망입니다.

→ 현재 건강관리에 대한 논의가 종말 치료에 어떤 영향을 미칠까요?

현재의 건강관리 시스템은 계속해서 만성질환자와 노인 환자가 늘어나는 상황에서 지속 가능하지 않습니다. 현재 건강보험에서는 의사들이 시술과 검사를 해야만 보험급여를 지급합니다. 시술 외의 선택에 대해 논의하고 상담하는 시간에 대해서는 보험급여가 책정되지 않지요. 이런 논의를 막는 것이 비단 경제적 이유만은 아닙니다. 의사에 따라서는 종말 치료를 하는 것이 환자를 포기하는 것이라고 느끼기도 합니다. 이런 복합적인 이유로, 임종을 앞둔 환자들이 돈이 많이 들고 불필요한 시술과 검사를 받는 경우가 허다하지요. 아무것도 안 한 채 손을 놓고 있는 것보다는 조치를 하는 게 훨씬 마음이 편하고, 보험급여도 지급되니까요.

예를 들어 치매 환자들에게 영양 공급관을 삽입한다고 생존에 도움이 되거나 삶의 질이 높아지지는 않습니다. 그런데도 의사들은 중증 치매 환자들에게 늘 영양 공급관을 삽입합니다. 이런 시술을 해야만 건강보험이나 민간 보험사에서 막대한 처치 비용을 받을 수 있기 때문입니다. 최대한 빨리 건강관리 시스템을 개혁하지 않으면, 이렇듯 환자와 가족에게 비용이 부담되면서도 실제로는 전혀 도움이 되지 않는 시술들이 계속 실시될 것입니다.

→ 치매 말기 환자에게 동물이 좋은 영향을 줄까요?

치매 말기 환자들은 스스로를 보살필 수 없습니다. 보행 능력과 언어 능력을 잃는 경우도 많지요. 환자가 가족을 알아보지 못하는 경우도 꽤 많으며, 이는 가족들에게 큰 슬픔입니다. 그러나 언어 소통 능력을 잃은 중증 치매 환자라도 선천적인 자극, 즉 음악이나 아기, 동물에는 여전히 반응을 보입니다. 심지어 가장 심한 형태의 치매 환자들도 동물과 같이 있을 때 불안과 우울증이 줄어든다는 연구 결과도 있습니다.

→ 죽어 가는 이를 위로하는 육감을 가진 오스카 이외의 동물에 대해 들은 바가 있나요?

오스카가 특이하기는 해도 그런 동물이 오스카만 있는 것은 아닙니다. 오스카의 이야기가 국제적인 뉴스가 된 후, 많은 반려동물의 주인들이 제게 연락해 특별한 동물들에 대한 이야기를 해 줬습니다. 또 다른 신기한 고양이를 데리고 있다는 의료 시설들도 있었습니다. 이런 이메일과 편지를 받으면서 동물이 사람에게 동반자로서 얼마나 중요한지 알게 되었지요. 동물들은 사람이 그들을 가장 필요로 하는 순간을 아는 육감을 가진 게 틀림없습니다.

→ 선생님은 관절염이 있으시다고 들었어요. 지병이 업무에 어떤 영향을 미쳤나요?

저는 스물일곱 살에 건선성관절염(乾癬性關節炎) 진단을 받았고, 이후 삶이 크게 바뀌었습니다. 예전에 좋아했던 농구와 축구 같은 운동을 더 이상 할 수 없지요. 아침마다 침대에서 내려오는 것도 힘듭니다. 하지만 긍정적인 면도 많습니다. 제게 병이 있기 때문에 환자들에게 더 잘 공감할 수 있었고, 더 좋은 의사가 되기 위해 노력했습니다. 진찰을 받는 환자들의 감정, 특히 병이 장기적으로 어떤 파장을 일으킬지 모르는 환자들의 두려움을 더 잘 느끼게 되었습니다.

관절염 때문에 저는 노인질환과 요양원에 관심을 갖게 되었습니다. 관절염 진단을 받은 직후 순환근무를 통해 처음으로 요양 시설에서 일했습니다. 그러던 어느 날 저 역시 언젠가 요양원에 들어가리란 걸 깨달았지요. 요양원에서 목격한 풍경은 썩 아름답지 않았습니다. 요양원과 노인들의 세상에 발전을 가져오겠노라고, 그래서 제가 요양원에 들어간다면 다른 풍경을 만들리라 스스로 다짐했습니다.

생의 마지막 순간을 함께한다는 것

이십 년 전 스코틀랜드 글래스고 교외의 주택단지에서 일 년간 산 적이 있다. 도심에서 차로 이십 분 남짓 거리였지만, 동네 뒤쪽으로 축구장보다 넓은 풀밭이 있고 야트막하게 이어지는 돌담 저편에 양떼가 있는 목가적인 마을이었다. 단지 안에는 조금씩 다르지만 비슷하게 생긴 주택들이 너른 잔디밭을 에워싼 채 자리 잡고 있었다.

우리 집은 조르르 붙은 2층집 네 채 중 두 번째 B호였다. C호에 사는 칠십 대 후반의 더글러스와 프란세스 부부는 마을의 유일한 동양인인 우리를 가족처럼 살갑게 대해 주었다. 양쪽 집이 격의 없이 드나들며 지낸 덕에 우리 가족은 낯선 곳에서 외롭지 않게 지낼 수 있었다.

더글러스와 프란세스는 우리 가족뿐 아니라 D호에 사는 실라
도 곧잘 챙겼다. 파킨슨병 환자인 실라는 거동이 불편한데도 노
인 요양 시설에 가지 않고 혼자 살고 있었다. 일주일에 사나흘은
오전에 요양사가 와서 장을 봐 주거나 집안일을 거들었고, 평소
에는 더글러스가 드나들며 도서관에서 책을 빌려 오는 등 필요한
일을 도와주었다. 실라는 비상시에 사회복지사를 호출할 수 있도
록 항상 목에 벨을 걸고 있었고, 여분의 현관 열쇠를 더글러스의
집에 보관하고 있었다.

어느 날 우리 집 뒷마당 쪽 열린 창으로 낯선 고양이 한 마리가
들어왔다. 퉁퉁한 잿빛 고양이는 제집인 양 서두르는 기색 없이
집을 여기저기 탐색하고 어슬렁댔다. 무슨 고양이가 이렇게 넉살
이 좋나 싶었는데 알고 보니 실라의 고양이였다. 뒷마당에는 나
란히 붙은 집 네 채를 구분하기 위해 30센티미터 남짓한 나무울
타리만 세워져 있어 마음대로 다닐 수 있었던 것이다.

평소 나는 고양이를 무서워했지만, 외로운 실라의 벗이 되어 주
는 고양이라고 생각하니 의외로 선뜻 안아서 집에 데려다줄 수
있었다. 휠체어에 앉아 떨리는 손으로 고양이를 받던 실라의 모
습이 떠올라 마음이 짠하다. 우리가 그 동네에서 산 것은 일 년
남짓한 시간이었지만 실라는 다소 위태로워 보였어도 고양이와
둘이 잘 살았다.

늙고 병들고 죽는 것은 누구도 피할 수 없는 삶의 단면이다. 사랑하는 이들이 곁에 있어도 결국 생의 마지막 문은 혼자 열어야 하는 게 인생이다. 그런데 그 문이 열리는 순간을 미리 알고 끝까지 함께 해 주는 고양이가 있다. 미국 동부의 고즈넉한 마을에 있는 요양병원에 오스카라는 고양이가 산다. 치매 노인들을 주로 보살피는 병동에서는 환자들과 교감할 수 있도록 동물들을 키우는데, 그 가운데 오스카만이 유독 세상을 떠나기 직전의 환자들 곁에 있다가 눈을 감는 순간을 함께한다.

병동 의료진은 그 신기한 현상에 주목하고, 저자는 오랜 시간 오스카와 환자들을 관찰하고 환자 보호자나 유가족과 이야기를 나누면서 오스카가 모두에게 큰 위안이 된다는 것을 깨닫는다. 허무맹랑한 소문으로 치부하던 노인의학 전문의인 저자 역시 오스카의 예지력을 믿게 되지만, 이 책은 그 신비로운 현상보다는 노화의 과정, 치매라는 질환, 치매 환자 가족들의 어려움 등 우리 사회와 가정이 안고 있는 문제들을 세세히 다룬다. 특히 우리가 막연히 알고 두려워하는 치매라는 질환에 대해 새로이 알게 되고, 어떻게 하면 나나 사랑하는 이들의 죽음을 잘 맞이할 수 있는지 생각하게 해 준다.

이 책은 에세이 같기도 하고 소설 같기도 하다. 또 질병과 죽음의 이야기로 읽어도 좋지만, 동물과 사람의 이야기로 읽을 수도 있다. 또 어느 노인의학 전문의가 노인병 환자들을 보살피면서 얻는 삶에 대한 통찰로 읽어도 좋다. 어떻게 읽든 마지막 책장을 덮는 순간, 모두 같은 생각을 할 것 같다. 생의 마지막 순간을 오스카 같은 친구가 함께하면 참 좋겠다는 생각.

공경희

고양이
오스카

초판 1쇄 찍음	2016년 6월 20일
초판 1쇄 펴냄	2016년 6월 25일

지은이	데이비드 도사
옮긴이	공경희
펴낸이	정용수
펴낸곳	도서출판 예문사

박지원이 편집장을, 김은혜가 책임편집을, 김자영이 교정을, 서은영이 표지와 내지 꾸밈을 맡다.

출판등록	1993. 2. 19. 제11-76호
주소	경기도 파주시 직지길 460(출판도시) 도서출판 예문사
대표전화	031-955-0550
대표팩스	031-955-0605
이메일	yms1993@chol.com
홈페이지	http://www.yeamoonsa.com
단행본 사업부 블로그	http://blog.naver.com/yeamoonsa3

ISBN	978-89-274-1936-5 03840

한국어판 ⓒ 도서출판 예문사, 2016